U0916321

国学一本通

徐　潜◎主编

世说新语

南朝宋·刘义庆◎著　许绍早　王万庄◎注译

吉林文史出版社

图书在版编目（CIP）数据

世说新语/（南朝宋）刘义庆著；许绍早，王万庄注译. --长春：吉林文史出版社，2010.1（2022.1重印）
（国学一本通/徐潜主编）
ISBN 978-7-5472-0137-4
Ⅰ.①世… Ⅱ.①刘…②许…③王… Ⅲ.①笔记小说－中国－南朝时代②世说新语－注释③世说新语－译文
Ⅳ.①I242.1

中国版本图书馆CIP数据核字（2009）第219872号

世说新语

出版人/徐 潜

出版发行/甘肃文化出版社 吉林文史出版社（长春市人民大街4646号） www.jlws.com.cn

主编/徐 潜

原著/刘义庆

译评/许绍早 王万庄

选编/孙立权

项目负责/王尔立

责任编辑/王尔立 王凤翎

责任校对/李洁华

装帧设计/李岩冰 董晓丽

印刷/北京一鑫印务有限责任公司

版次/2011年12月第1版 2022年1月第5次印刷

开本/720mm×1000mm 1/16

字数/280千字

印张/14

书号/ISBN 978-7-5472-0137-4

定价/55.00元

前言

《世说新语》是南朝宋刘义庆（公元403-444年）编撰的一部笔记小说集。刘义庆是刘宋王朝的宗室，袭封临川王。历任重职，喜好文辞。书中主要记载东汉末至魏晋间士族阶层的遗闻、轶事、琐语，而以晋代为主。但是书中谈到的人物不只士族阶层，上自帝王将相，下至士庶僧侣，都有记载。编撰者杂采众书，把值得称述的旧闻轶事纂辑起来，并加以润色，按内容分门别类，划为德行、言语、政事等三十六门，以士族阶级的观点，对士族名流的生活、思想、情趣等方面作了较多的反映。

这本书给我们提供的知识是广泛的、丰富的。我们可以从中了解到一些历史情况，看到当时的社会状况、思想状况、生活面貌、风尚习俗等等有历史价值的材料。其次，本书的文学价值也很大。书中所记，多则百余言，少则十数字，有很多经过作者的着意加工，是短小精悍的佳作。其中情节的安排、渲染，言行的互为烘托，文辞的隽永质朴，都能给人留下深刻的印象。鲁迅先生肯定了《世说新语》和刘孝标为本书所作的注，指出其成就“记言则玄远冷俊，记行则高简瑰奇，下至缪惑，亦资一笑。孝标作注，又征引浩博。或驳或申，映带本文，增其隽永”。总之，这是古代轶事小说中的代表作。

《世说新语》对了解魏晋历史、文学、语言都很有价值，值得一读。只是编撰者本人是贵族，书中所搜集记录的人物轶事及作者对人物、事件的评价，当然都是从贵族阶层的观点出发的，他的褒贬爱憎，有很多地方不能作为我们今天评价古人的标准。但是书中所反映的一切，还是给我们提供了广泛的历史知识，具有认识意义。我们相信读者能鉴别是非。正因如此，对本书的内容，我们在注释中未作评论。

鉴于篇幅和读者范围，我们在原著所分的三十六门类中进行了适当筛选，便于读者阅读。

世说新语 目录

德行第一

题解

德行指美好的道德品行。本篇所谈的是那个社会士族阶层认为值得学习的、可以作为准则和规范的言语行动。涉及面很广，从不同的方面、不同的角度反映出当时的道德观念。

道德品行是适应社会和统治阶级的要求而产生的，必将随着社会的发展而有所改变。当然，在反对某些陈腐道德的同时，也必须承认历史上某些正确的道德观念及优良的道德传统。

陈仲举言为士则，行为世范①。登车揽辔，有澄清天下之志②。为豫章太守，至，便问徐孺子所在，欲先看之③。主簿白："群情欲府君先入廨④。"陈曰："武王式商容之闾，席不暇暖⑤。吾之礼贤，有何不可！"

译文

陈仲举的言论和行为是读书人的准则，是世人的模范。他初次做官，就有志刷新国家政治。出任豫章太守时，一到郡，就打听徐孺子的住处，想先去拜访他。主簿禀报说："大家的意思是希望府君先进官署视事。"陈仲举说："周武王刚战胜殷，就表彰商容，当时连休息也顾不上。我尊敬贤人，不先进官署，又有什么不可以呢！"

注释

①陈仲举：名蕃，字仲举，东汉桓帝末年任太傅。当时宦官专权，他与大将军窦武谋诛宦官，未成，反被害。按：这一句说他的言行是士人的榜样。士：读书人。
②登车揽辔：坐上车子，拿起缰绳。这里指走马上任。揽，拿住；辔，牲口的嚼子和缰绳。
③豫章：豫章郡，郡的首府在南昌（今江西省南昌县）。太守：郡的行政长官。徐孺子：名稚，字孺子，东汉豫章南昌人，是当时的名士、隐士。
④主簿：官名，主管文书簿籍，是属官之首。白：陈述；禀报。府君：对太守的称呼。太守办公的地方称府，所以称太守为府君。廨(xiè)：官署；衙门。
⑤式商容之闾：在商容居住的里巷门外立标志来表彰他。式，等于表，表彰；商容是商纣时的大夫，当时被认为是贤人；闾，指里巷。

周子居常云："吾时月不见黄叔度，则鄙吝之心已复生矣[①]！"

译文

周子居常说："我过一段时间见不到黄叔度，庸俗贪婪的想法就又滋长起来了！"

注释

①周子居：名乘，字子居，东汉时人，不畏强暴，陈仲举曾赞他为"治国之器"。时月：时日。黄叔度：名宪，字叔度，出身贫寒，有德行，得到时人赞誉。

郭林宗至汝南，造袁奉高，车不停轨，鸾不辍轭[①]；诣黄叔度，乃弥日信宿[②]。人问其故，林宗曰："叔度汪汪如万顷之陂，澄之不清，扰之不浊，其器深广，难测量也[③]。"

译文

郭林宗到了汝南郡，去拜访袁奉高，见面一会儿就走了；去拜访黄叔度，却留宿一两天。别人问他什么原因，他说："叔度好比万顷的湖泊那样宽阔、深邃，不可能澄清，也不可能搅浑，他的气量又深又广，是很难测量的呀！"

注释

①郭林宗：名泰，字林宗，东汉人，博学有德，为时人所重。造：到……去，造访。袁奉高：名阆(làng)，字奉高，和黄叔度同为汝南郡慎阳人，多次辞谢官府任命，也很有名望。曾为汝南郡功曹，后为太尉属官。郭泰说他的才德像小水，虽清，却容易舀起来。"车不"两句：车不停轨、鸾不辍轭两句同义，指车子不停留，这里形容下车时间短暂。轨，车轴的两头，这里指车轮。鸾，装饰在车上的铃子，这里指车子。轭，架在牲口脖子上的曲木。
②弥日：终日，整天。信宿：连宿两夜。
③汪汪：形容水又宽又深。陂(bēi)：湖泊。器：气量。

李元礼风格秀整，高自标持，欲以天下名教是非为己任[①]。后进之士，有升其堂者，皆以为登龙门[②]。

译文

李元礼风度出众，品性端庄，自视甚高，他要把在全国推行儒家礼教、辨明是非看成自己的责任。后辈读书人有能得到他教诲的，都自以为登上了龙门。

注释

①李元礼：名膺，字元礼，东汉人，曾任司隶校尉。当时朝廷纲纪废弛，他却独持法度，以声名自高。后谋诛宦官未成，被杀。风格秀整：风度出众，品性端庄。高自标持：自视甚高；很自负。名教：以儒家所主张的正名定分为准则的礼教。
②升其堂：登上他的厅堂，指有机会接受教诲。龙门：在山西省河津县西北，那里水位落差很大，传说龟鱼不能逆水而上，有能游上去的，就会变成龙。

陈太丘诣荀朗陵，贫俭无仆役，乃使元方将车，季方持杖后从[①]。长文尚小，载著车中。既至，荀使叔慈应门，慈明行酒，余六龙下食[②]。文若亦小，坐著膝前[③]。于时太史奏："真人东行。[④]"

译文

太丘县县长陈寔去拜访朗陵侯相荀淑，因为家贫、俭朴，没有仆役侍候，就让长子元方驾车送他，少子季方拿着手杖跟在车后。孙子长文年纪还小，就坐在车上。到了荀家，荀淑让叔慈迎接客人，让慈明劝酒，其余六个儿子管上菜。孙子文若也还小，就坐在荀淑膝上。这时候太史启奏朝廷说："有真人往东去了。"

注释

①陈太丘：名寔，字仲弓，曾任太丘县长，所以称陈太丘。古代常以官名称人。元方、季方：都是陈寔的儿子，元方是长子，名纪，字元方；季方是少子，名谌，字季方。父子三人才德兼备，知名于时。下句的长文是陈寔的孙子陈群。
②叔慈、慈明、六龙：荀淑有八个儿子，号称八龙。叔慈、慈明是他两个儿子的名字，其余六人就是这里所说的六龙了。下句的文若是荀淑的孙子荀彧。应门：照管门户，指开门迎送宾客等事，这里指迎接。下食：上菜。
③膝前：膝上。"前"是泛向性的，没有确定的方位意义。
④太史：官名，主要掌管天文历法。真人：修真得道的人，此指德行最为高洁的人。关于"真人东行"一语，余嘉锡氏以为"此盖好事者为之，本无可信之理。据《汉杂事》所载，殆时人钦重太丘名德，造作此言，与荀氏无与焉"。

客有问陈季方："足下家君太丘有何功德而荷天下重名[1]？"季方曰："吾家君譬如桂树生泰山之阿，上有万仞之高，下有不测之深[2]；上为甘露所沾，下为渊泉所润[3]。当斯之时，桂树焉知泰山之高，渊泉之深！不知有功德与无也！"

译文

有位客人问陈季方："令尊太丘长有哪些功勋和品德，因而在天下享有崇高的声望？"季方说："我父亲好比生长在泰山一角的桂树，上有万丈高峰，下有深不可测的深渊；上受雨露浇灌，下受深泉滋润。在这种情况下，桂树怎么知道泰山有多高，深泉有多深呢！不知道有没有功德啊！"

注释

①家君：父亲。对自己或他人父亲的尊称。荷（hè）：担当，承受。
②阿（ē）：山的拐角儿。仞(rèn)：长度单位，一仞等于七尺或八尺。
③渊泉：深泉。

陈元方子长文，有英才，与季方子孝先各论其父功德，争之不能决，咨于太丘[1]。太丘曰："元方难为兄，季方难为弟[2]。"

译文

陈元方的儿子陈长文，有杰出的才能，他和陈季方的儿子陈孝先各自论述自己父亲的事业和品德，两人争执不下，便去问祖父太丘长陈寔。陈寔说："元方很难当哥哥，季方也很难当弟弟。"

注释

①咨：询问。
②"元方"两句：指两人论排行有长幼之别，论功德就难分高下。按：这两句不会是陈寔的原话，因为父亲不会称呼儿子的字。

荀巨伯远看友人疾，值胡贼攻郡，友人语巨伯曰："吾今死矣，子可去①！"巨伯曰："远来相视，子令吾去；败义以求生，岂荀巨伯所行邪！"贼既至，谓巨伯曰："大军至，一郡尽空，汝何男子，而敢独止？"巨伯曰："友人有疾，不忍委之，宁以我身代友人命。"贼相谓曰："我辈无义之人，而入有义之国！"遂班军而还，一郡并获全②。

译文

荀巨伯到远处探望生病的朋友，正好碰上外族强盗攻打郡城，朋友对巨伯说："我这下活不成了，您可以走了！"巨伯说："我远道来看您，您却叫我走；损害道义来求活命，这难道是我荀巨伯干的事吗！"强盗进了郡城，对巨伯说："大军到了，全城的人都跑光了，你是什么样的男子汉，竟敢一个人留下来？"巨伯说："朋友有病，我不忍心扔下他，宁愿我自己代朋友去死。"强盗听了互相议论说："我们这些不讲道义的人，却侵入有道义的国家！"于是就把军队撤回去了，全城也因此得以保全。

注释

①荀巨伯：东汉人，因重视友谊而闻名。胡：古时西方、北方各少数民族统称胡。子：对对方的尊称，相当于"您"。
②班军：班师，出征的军队调回去。

管宁、华歆共园中锄菜，见地有片金，管挥锄与瓦石不异，华捉而掷去之①。又尝同席读书，有乘轩冕过门者，宁读如故，歆废书出看②。宁割席分坐曰："子非吾友也。"

译文

管宁和华歆一同在菜园里刨地种菜，看见地上有一小片金子，管宁不理会，举锄去锄，跟锄掉瓦块石头一样，华歆却把金子捡起来再扔出去。还有一次，两人同坐在一张座席上读书，有达官贵人坐车从门口经过，管宁照旧读书，华歆却放下书本跑出去看。管宁就割开席子，分开座位，说道："你不是我的朋友。"

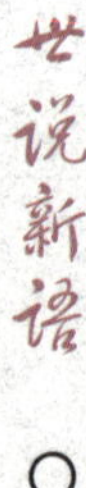

注释

①捉：握；拿。掷：扔；抛。
②席：座席，是古人的坐具。轩冕：大夫以上的贵族坐的车和戴的礼帽。这里是指有达官贵人过门。宁、歆：上文称管，这里称宁，同指管宁；上文称华，这里称歆，同指华歆。古文惯例，人名已见于上文时，就可以单称姓或名。废：放弃；放下。

华歆、王朗俱乘船避难，有一人欲依附，歆辄难之[①]。朗曰："幸尚宽，何为不可？"后贼追至，王欲舍所携人。歆曰："本所以疑，正为此耳。既已纳其自托，宁可以急相弃邪[②]！"遂携拯如初。世以此定华、王之优劣。

译文

华歆、王朗一同乘船避难，有一个人想搭他们的船，华歆马上对这一要求表示为难。王朗说："好在船还宽，为什么不行呢？"后来强盗追来了，王朗就想甩掉那个搭船人。华歆说："我当初犹豫，就是为的这一点呀。已经答应了他的请求，怎么可以因为情况紧迫就抛弃他呢！"便仍旧带着并帮助他。世人凭这件事来判定华歆和王朗的优劣。

注释

①避难：这里指躲避汉魏之交的动乱。辄：立即；就。
②疑：迟疑，犹豫不决。纳其自托：接受了他的托身的请求，指同意他搭船。

王祥事后母朱夫人甚谨[①]。家有一李树，结子殊好，母恒使守之[②]。时风雨忽至，祥抱树而泣[③]。祥尝在别床眠，母自往暗斫之；值祥私起，空斫得被[④]。既还，知母憾之不已，因跪前请死。母于是感悟，爱之如己子。

译文

王祥侍奉后母朱夫人非常小心。他家有一棵李树，结的李子特别好，后母一直派他看管着。有时风雨忽然来临，王祥就抱着树哭泣。有一次，王祥在另一张床上睡觉，后母亲自去暗杀他，正好碰上王祥起夜出去了，只砍着空被子。王祥回来后，知道后母为这事遗憾不止，便跪在后母面前请求处死自己。后母因此受到感动而醒悟过来，从此就当亲生儿子那样爱他。

注释

①王祥：字休征，魏晋时人，是个孝子。因为侍奉后母，年纪很大才进入仕途，官至太常、太保。
②好：美好，优良。守：守护。指防止风雨鸟雀糟蹋。
③时：有时。
④暗斫(zhuó)：偷偷地砍杀。私：小便。

王戎、和峤同时遭大丧，俱以孝称[1]。王鸡骨支床，和哭泣备礼[2]。武帝谓刘仲雄曰："卿数省王、和不[3]？闻和哀苦过礼，使人忧之。"仲雄曰："和峤虽备礼，神气不损；王戎虽不备礼，而哀毁骨立[4]。臣以和峤生孝，王戎死孝[5]。陛下不应忧峤，而应忧戎。"

译文

王戎和和峤同时丧母，都因为尽孝得到赞扬。王戎骨瘦如柴，和峤哀痛哭泣，礼仪周到。晋武帝对刘仲雄说道："你经常去探望王戎、和峤吗？听说和峤过于悲痛，超出了礼法常规，真令人担忧。"仲雄说："和峤虽然礼仪周到，精神状态没有受到损伤；王戎虽然礼仪不周，可是伤心过度，伤了身体，骨瘦如柴。臣认为和峤是生孝，王戎是死孝。陛下不应为和峤担扰，而应该为王戎担忧。"

注释

①王戎：字濬冲，晋代人。受命征伐吴国，吴国平定后，封爵安丰侯。任光禄勋、吏部尚书，因母亲丧事离职。服丧期间，不拘礼制，饮酒食肉，但面容憔悴。和峤(qiáo)：字长舆，任中书令、尚书，因母亲丧事离职。服丧期间，谨守礼法，量米而食，不多吃饭，但不如王戎憔悴。大丧：父母之丧。
②鸡骨支床：指骨瘦如柴，意同下文的哀毁骨立。
③刘仲雄：名毅，字仲雄，为人刚直，任司隶校尉、尚书左仆射。卿：君称臣为卿。数(shuò)：屡次，经常。省(xǐng)：探望。不：同"否"。
④哀毁骨立：形容悲哀过度，瘦弱不堪，剩个骨架立着。
⑤生孝：指遵守丧礼而能注意不伤身体的孝行。死孝：对父母尽哀悼之情而至于死的孝行。

梁王、赵王，国之近属，贵重当时①。裴令公岁请二国租钱数百万，以恤中表之贫者②。或讥之曰："何以乞物行惠③？"裴曰："损有余，补不足，天之道也④。"

译文

梁王和赵王是皇帝的近亲，贵极一时。中书令裴楷请求他们两个封国每年拨出赋税钱几百万来周济皇亲国戚中那些贫穷的人。有人指责他说："为什么向人讨钱来做好事？"裴楷说："破费有余的来补助欠缺的，这是天理。"

注释

①梁王、赵王：梁王，司马肜(róng)，司马懿的儿子。晋武帝（司马懿的孙子）即位后，封梁王，后任征西大将军，官至太宰。赵王，司马伦，司马懿的儿子。晋武帝时封赵王，晋惠帝时起兵反，自为相国，又称皇帝，后败死。

②裴令公：裴楷，字叔则，官至中书令，尊称为裴令公。二国：指梁王、赵王两人的封国。国是侯王的封地。恤：周济。中表：指中表亲，跟父亲的姐妹的子女和母亲的兄弟姐妹的子女之间的亲戚关系。

③或：有人。

④天之道：自然法则；天理。

王平子、胡毋彦国诸人，皆以任放为达，或有裸体者①。乐广笑曰："名教中自有乐地，何为乃尔也②！"

译文

王平子、胡毋彦国等人都以放荡不羁为旷达，有时还有人赤身露体。乐广笑着说："名教中自有令人快意的境地，为什么偏要这样做呢！"

注释

①王平子：王澄，字平子，曾任荆州刺史。胡毋彦国：姓胡毋，名辅之，字彦国，曾任湘州刺史。任放：任性放纵，指行为放纵，不拘礼法。据刘孝标注所引的王隐《晋书》说，这些人"去巾帻，脱衣服，露丑恶，同禽兽。甚者名之为通，次者名之为达也"。或：又。

②乐广：字彦辅，历任河南尹、尚书令，名望很高，说话得体，能宽恕人。名教：礼教。

郗公值永嘉丧乱，在乡里，甚穷馁[1]。乡人以公名德，传共饴之[2]。公常携兄子迈及外生周翼二小儿往食[3]。乡人曰："各自饥困，以君之贤，欲共济君耳，恐不能兼有所存。"公于是独往食，辄含饭著两颊边，还吐与二儿。后并得存，同过江[4]。郗公亡，翼为剡县，解职归，席苫于公灵床头，心丧终三年[5]。

译文

郗鉴在永嘉丧乱时期，住在家乡，生活很困难，经常挨饿。乡里因为他德高望重，便大家轮流供他饭吃。郗鉴经常带着哥哥的儿子郗迈和外甥周翼这两个小孩去吃。乡里说："各家自己也穷困挨饿，只是因为您的贤德，想合伙接济您就是了，恐怕不能兼顾两个小孩。"郗鉴于是便单独去吃，吃完后总是两个腮帮子含满了饭，回来便吐出给两个小孩吃。后来都活了下来，一起到了江南。郗鉴死时，周翼正任剡县县令，他辞职回去，在郗鉴灵床前尽孝子礼，寝苫枕块，守孝足足三年。

注释

①郗(xī)公：郗鉴，以儒雅著名，过江后历任兖州刺史、司空、太尉。永嘉丧乱：晋怀帝永嘉年间（公元307—312年），正当八王之乱以后，政治腐败，民不聊生。至永嘉五年（公元311年），在山西称帝的匈奴贵族刘聪（国号汉）将领石勒、刘曜俘杀宰相王衍，攻破洛阳，俘怀帝，焚毁全城，史称永嘉之乱。穷：生活困难。馁(něi)：饥饿。

②传：轮流。饴(sì)：通"饲"，给人吃。

③外生：外甥。

④过江：指渡过长江到江南。永嘉之乱，中原人士纷纷过江避难，后来镇守建康的琅邪王司马睿即帝位，开始了东晋时代。

⑤为剡(shàn)县：指做剡县县令。剡县，古属会稽郡（今浙江嵊县）。席苫(shān)：铺草垫子为席，坐、卧在上面。古时父母死了，就要在草垫子上枕着土块睡，叫做"寝苫枕块"。灵床：为死者设置的坐卧用具。心丧：好像哀悼父母一样的做法而没有孝子之服。古时父母死，服丧三年；外亲死，服丧五个月。郗鉴是舅父，是外亲，周翼却守孝三年，所以称心丧。

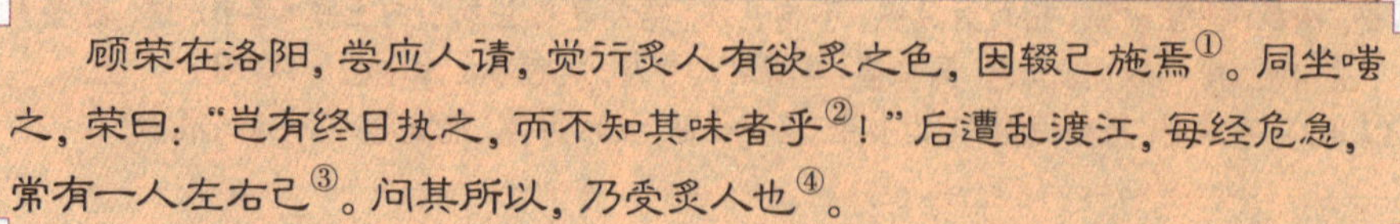

顾荣在洛阳，尝应人请，觉行炙人有欲炙之色，因辍己施焉[1]。同坐嗤之，荣曰："岂有终日执之，而不知其味者乎[2]！"后遭乱渡江，每经危急，常有一人左右己[3]。问其所以，乃受炙人也[4]。

译文

顾荣在洛阳的时候，一次应邀赴宴，发现上菜的人有想吃烤肉的神情，就把自己那一份让给了他。同座的人都笑话顾荣，顾荣说："哪有成天端着烤肉而不知肉味这种道理呢！"后来遇上战乱过江避难，每逢遇到危急，常常有一个人在身边护卫自己。便问他为什么这样，原来就是得到烤肉的那个人。

注释

①行炙人：传递菜肴的仆役。炙，烤肉。因：于是；就。辍己：指自己停下来不吃，让出自己那一份。
②嗤（chī）：讥笑。
③左右：帮助。
④所以：缘故。

祖光禄少孤贫，性至孝，常自为母炊爨作食[①]。王平北闻其佳名，以两婢饷之，因取为中郎[②]。有人戏之者曰："奴价倍婢。"祖云："百里奚亦何必轻于五羖之皮邪[③]！"

译文

光禄大夫祖纳少年时死了父亲，家境贫寒，他生性最孝顺，经常亲自给母亲做饭。平北将军王乂听到他的好名声，就把两个婢女送给他，并任用他做中郎。有人跟他开玩笑说："奴仆的身价比婢女多一倍。"祖纳说："百里奚又何尝比五张羊皮轻贱呢！"

注释

①祖光禄：祖纳，字士言，东晋时任光禄大夫。炊爨（cuàn）：生火做饭 。
②王平北：王乂（yì），字叔元，曾任平北将军。饷：赠送。取：任用。中郎：近侍之官，担任护卫、侍从，所以下文戏称为奴。
③百里奚（xī）：人名。关于百里奚，历史上有不同记载，据《史记·秦本纪》载，百里奚是春秋时虞国大夫，晋国灭虞国时俘虏了他。逃跑后，被楚国人抓住，秦穆公听说他有才德，就用五张羊皮赎了他，授以国政，号为五羖大夫。羖（gǔ）：黑色的公羊。

庾公乘马有的卢，或语令卖去[①]，庾云："卖之必有买者，即复害其主，宁可不安己而移于他人哉！昔孙叔敖杀两头蛇以为后人，古之美谈[②]。效之，不亦达乎！"

译文

庾亮驾车的马中有一匹的卢马，有人告诉他，叫他把马卖掉。庾亮说："卖它，必定有买主，那就还要害那个买主，怎么可以因为对自己不利就转嫁给别人呢！从前孙叔敖打死两头蛇，以保护后面来的人，这件事是古时候人们乐于称道的。我学习他，不也是很旷达的吗！"

注释

①庾公：庾亮，字元规，任征西大将军、荆州刺史。的卢：马名，马白额入口至齿者名的卢。按迷信说法，这是凶马，它的主人会得祸。

②孙叔敖：春秋时代楚国的令尹。据贾谊《新书》载，孙叔敖小时候在路上看见一条两头蛇，回家哭着对母亲说：听说看见两头蛇的人一定会死，我今天竟看见了。母亲问他蛇在哪里，孙叔敖说：我怕后面的人再见到它，就把它打死埋掉了。他母亲说：你心肠好，一定会好心得好报，不用担心。

阮光禄在剡[①]，曾有好车，借者无不皆给。有人葬母，意欲借而不敢言。阮后闻之，叹曰："吾有车而使人不敢借，何以车为[②]！"遂焚之。

译文

光禄大夫阮裕在剡县的时候，曾经有过一辆很好的车，不管谁向他借车，没有不借的。有个人要葬母亲，心想借车，可是不敢开口。阮裕后来听说这件事，叹息说："我有车，可是让别人不敢借，还要车子做什么呢！"就把车子烧了。

注释

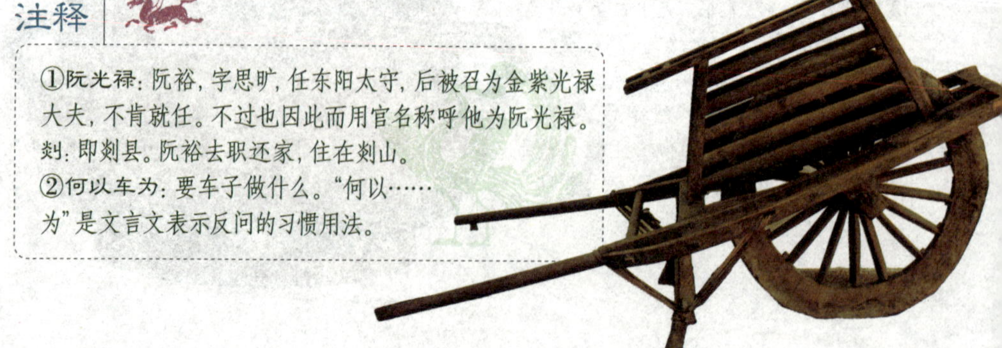

①阮光禄：阮裕，字思旷，任东阳太守，后被召为金紫光禄大夫，不肯就任。不过也因此而用官名称呼他为阮光禄。剡：即剡县。阮裕去职还家，住在剡山。

②何以车为：要车子做什么。"何以……为"是文言文表示反问的习惯用法。

谢太傅绝重褚公，常称“褚季野虽不言，而四时之气亦备[①]。”

译文

太傅谢安非常敬重褚季野，曾经称颂说：“褚季野虽然口里不说，可是心里明白是非，正像一年四季的气象那样，样样都有。”

注释

①褚（chǔ）公：指褚裒(póu)，字季野，曾任兖州刺史，死后赠太傅。《晋书·褚裒传》说：桓彝认为“季野有皮里阳秋”，就是说他虽然口里不说别人的好坏，可是心里是有褒贬的。常：通“尝”，曾经。气：气象，指冷热风雨阴晴等现象。

谢公夫人教儿，问太傅：“那得初不见君教儿？”答曰：“我常自教儿[①]。”

译文

谢安的夫人教导儿子时，追问太傅谢安：“怎么从来没有见您教导过儿子？”谢安回答说：“我经常以自身言行教导儿子。”

注释

①“我常”句：指自己的为人处世，都是儿子所能看到、听到的，可以效法，是一种身教。

晋简文为抚军时，所坐床上，尘不听拂，见鼠行迹，视以为佳[①]。有参军见鼠白日行，以手板批杀之，抚军意色不说[②]。门下起弹，教曰：“鼠被害，尚不能忘怀；今复以鼠损人，无乃不可乎[③]？”

译文

晋简文帝还在任抚军将军的时候，他所坐床上的灰尘不让擦去，见到老鼠在上面走过的脚印，认为很好看。有个参军看见老鼠白天走出来，就拿手板把老鼠打死，抚军为这很不高兴。他的门客站起来批评，劝告他说：“老鼠给打死了，尚且不能忘怀；现在又为了一只老鼠去损伤人，恐怕不行吧？”

注释

①晋简文：晋简文帝司马昱（yù），即位前封会稽王，任抚军将军，后又进位抚军大将军、丞相。床：坐具。古时候卧具叫床，坐具也叫床。听：听凭；任凭。
②参军：官名，是将军幕府所设的官。手板：即“笏”，下属谒见上司时所拿的狭长板子，上面可以记事。魏晋以来习惯执手板。批杀：打死。说：通“悦”，高兴。按：大概因为不高兴，就有责备，所以下文才说“以鼠损人”。
③门下：门客，贵族家里养的帮闲人物。教：告诉。无乃：恐怕。用来表示语气比较缓和的反问。

范宣年八岁，后园挑菜，误伤指，大啼[①]。人问：“痛邪？”答曰：“非为痛，身体发肤，不敢毁伤，是以啼耳[②]。”宣洁行廉约，韩豫章遗绢百匹，不受[③]；减五十匹，复不受；如是减半，遂至一匹，既终不受。韩后与范同载，就车中裂二丈与范，云：“人宁可使妇无裈邪[④]？”范笑而受之。

译文

范宣八岁那年，有一次在后园挖菜，无意中伤了手指，就大哭起来。别人问道：“很痛吗？”他回答说：“不是很痛，身体发肤，不敢毁伤，因此才哭呢。”范宣品行高洁，为人清廉俭省，有一次，豫章太守韩康伯送给他一百匹绢，他不肯收下；减到五十匹，还是不接受；这样一路减半，终于减至一匹，他到底还是不肯接受。后来韩康伯邀范宣一起坐车，在车上撕了两丈绢给范宣，说：“一个人难道可以让老婆没有裤子穿吗？”范宣才笑着把绢收下了。

注释

①范宣：字宣子，家境贫寒，崇尚儒家经典。居住在豫章郡，后被召为太学博士、散骑郎，推辞不就。挑：挑挖；挖出来。
②“身体”句：语出《孝经》：“身体发肤，受之父母，不敢毁伤，孝之始也。”身，躯干。体，头和四肢。
③洁行：品行高洁。廉约：廉洁俭省。韩豫章：韩伯，字康伯，历任豫章太守、丹杨尹、吏部尚书。遗（wèi）：赠送。
④裈（kūn）：裤子。

殷仲堪既为荆州，值水俭，食常五碗盘，外无馀肴；饭粒脱落盘席间，辄拾以啖之[①]。虽欲率物，亦缘其性真素[②]。每语子弟云：“勿以我受任方州，云我豁平昔时意，今吾处之不易[③]。贫者士之常，焉得登枝而捐其本[④]！尔曹其存之[⑤]！”

译文

殷仲堪就任荆州刺史以后，正遇上水灾歉收，吃饭通常只用五碗盘，除外没有其他荤菜；饭粒掉在盘里或座席上，马上捡起来吃了。这样做，虽然是想给大家做个好榜样，也是因为他的本性质朴。他常常告诫子侄们说：“不要因为我担任一个州的长官，就认为我把平素的生活习惯抛弃了，现在我的这种习惯并没有变。贫穷是读书人的常态，怎么能做了官就丢掉做人的根本呢！你们要记住我的话！”

注释

①**殷仲堪**：晋孝武帝太元十七年（公元392年）任荆州刺史，太元十九、二十年，荆、徐二州水灾。他笃信天师道，生活俭省，可是事神不惜钱财。**水俭**：因水灾而年成不好。俭，歉收。**五碗盘**：古代南方一种成套食器，由一个托盘和放在其中的五只碗组成，形制较小。啖（dàn）：吃。
②**率物**：率人，为人表率。**真素**：真诚无饰；质朴。
③**方州**：州。**豁**：抛弃。**时意**：时俗。
④**常**：常态。**“焉得”句**：意指不能因为登上高枝就抛弃树干，比喻不能因为身居高位就忘掉了做人的根本。
⑤**其**：表命令、劝告的语气副词，大致可译“还是”或“要”。

桓南郡既破殷荆州，收殷将佐十许人，咨议罗企生亦在焉[①]。桓素待企生厚，将有所戮，先遣人语云：“若谢我，当释罪[②]。”企生答曰：“为殷荆州吏，今荆州奔亡，存亡未判，我何颜谢桓公！”既出市，桓又遣人问欲何言[③]。答曰：“昔晋文王杀嵇康，而嵇绍为晋忠臣[④]；从公乞一弟以养老母。”桓亦如言宥之。桓先曾以一羔裘与企生母胡；胡时在豫章，企生问至，即日焚裘[⑤]。

译文

南郡公桓玄打败荆州刺史殷仲堪以后，逮捕了殷仲堪的将佐十来人，咨议参军罗企生也在里面。桓玄向来待企生很好，当他打算杀掉一些人的时候，先派人去告诉企生说："如果向我认罪，一定免你一死。"企生回答说："我是殷荆州的官吏，现在荆州逃亡，生死不明，我有什么脸向桓公谢罪！"绑赴刑场以后，桓玄又差人问他还有什么话要说。企生答道："过去晋文王杀了嵇康，可是他儿子嵇绍却做了晋室的忠臣；因此我想请桓公留下我一个弟弟来奉养老母亲。"桓玄也就按他的要求饶恕了他弟弟。桓玄原先曾经送给罗企生母亲胡氏一领羔皮袍子；这时胡氏在豫章，当企生被害的消息传来时，当天就把那领皮袍子烧了。

注释

①"桓南"句：公元399年，桓玄攻据荆州，杀殷仲堪。荆州人士无不谒见桓玄，独罗企生不去，被桓玄逮捕杀害。收：收捕，逮捕。将佐：将领和僚属。十许人：十来人。罗企生：字宗伯，在殷仲堪幕府任咨议参军，掌管谋划。殷仲堪败走，文武官员没有谁送行，只有罗企生随从。

②谢我：向我谢罪。

③市：刑场。何言：意思是"言何"，说什么。

④嵇康：字叔夜，任魏朝中散大夫，世称嵇中散，与阮籍等称竹林七贤，为人内心谨慎，而行为狂放，崇尚老庄哲学，借以反对司马氏的黑暗统治，后遭诬害，被司马昭处死。嵇绍：嵇康的儿子。嵇康被司马昭诬害处死，但嵇绍在晋代累升至散骑常侍。永兴元年（公元304年）晋惠帝亲征成都王司马颖，败于荡阴，百官逃散，独嵇绍以身保卫惠帝而死。罗企生引述这件事，是要求桓玄不搞株连，不杀害他的弟弟。

⑤问：消息。

评点

忠和孝，自古就是立身行事的基本准则，本书必然加以重视。所以，宁死不投降，为旧主殉节得到颂扬；敬老尊贤也是古人赞赏的美德。

篇中还强调自身修养的重要性。不能自命不凡，要处处谦虚谨慎；应该心平气和，喜怒不形于色；生活要简朴，不能暴殄天物，连掉落的饭粒也要捡起来吃；要重人轻物，仗义疏财，以至重义轻生，等等，这多是值得肯定的，其中一些主张和封建王朝的黑暗统治分不开。

言语第二

题解

言语指会说话，善于言谈应对。魏晋时代，清谈之风大行，这不仅要求言谈寓意深刻，见解精辟，而且要求言辞简洁得当，声调要有抑扬顿挫，举止必须挥洒自如。受此风影响，士大夫在待人接物中特别注重言辞风度的修养，悉心磨炼语言技巧，使自己具有高超的言谈本领以保持身份。

本篇所记的是在各种语言环境中，为了各种目的而说的佳句名言，多是一两句话，非常简洁，可是一般却说得很得体、巧妙，或哲理深邃，或含而不露，或意境高远，或机警多锋，或气势磅礴，或善于抓住要害一语破的，很值得回味。

篇中也有部分条目，或卖弄口才，或乘机吹捧，或聊以解嘲，或多方狡辩，都谈不上能言善辩，意义不大。

边文礼见袁奉高，失次序[①]。奉高曰："昔尧聘许由，面无怍色[②]。先生何为颠倒衣裳[③]？"文礼答曰："明府初临，尧德未彰，是以贱民颠倒衣裳耳[④]！"

译文

边文礼谒见袁奉高的时候，举止失措。袁奉高说："古时候尧请许由出来做官，许由脸上没有愧色。先生为什么弄得颠倒了衣裳呢？"文礼回答说："明府刚到任，大德还没有明白显现出来，所以我才颠倒了衣裳呢！"

注释

①**边文礼**：边让，字文礼，陈留郡人。后任九江太守，被魏武帝曹操杀害。**失次序**：失顺序，不合礼节。即举止失措，举动失常。
②**"昔尧"句**：尧是传说中的远古帝王，许由是传说中的隐士。尧想让位给许由，许由不肯接受。尧又想请他出任九州长，他认为这污了他的耳朵，就跑去洗耳。**怍(zuò)色**：羞愧的脸色。
③**颠倒衣裳**：把衣和裳掉过来穿，后用来比喻举动失常。衣，上衣；裳，下衣，是裙的一种，古代男女都穿裳。这句话出自《诗经·齐风·东方未明》："东方未明，颠倒衣裳。"
④**"明府"句**：明府指高明的府君，吏民也称太守为明府。按此，袁奉高似乎曾任陈留郡太守，而边文礼是陈留人，所以谦称为贱民。尧德，如尧之德；大德。按：袁奉高说到"尧聘许由"之事，所以边文礼也借谈"尧德"来嘲讽他。

徐孺子年九岁，尝月下戏，人语之曰："若令月中无物，当极明邪[①]？"徐曰："不然。譬如人眼中有瞳子，无此，必不明。"

译文

徐孺子九岁时，有一次在月光下玩耍，有人对他说："如果月亮里面什么也没有，会更加明亮吧？"徐孺子说："不是这样。好比人的睛睛里有瞳人，如果没有这个，一定看不见。"

注释

①**若令**：如果。**物**：指人和事物。神话传说月亮里有嫦娥、玉兔、桂树等。

孔文举年十岁，随父到洛[①]。时李元礼有盛名，为司隶校尉[②]；诣门者，皆俊才清称及中表亲戚乃通[③]。文举至门，谓吏曰："我是李府君亲[④]。"既通，前坐。元礼问曰："君与仆有何亲[⑤]？"对曰："昔先君仲尼与君先人伯阳有师资之尊，是仆与君奕世为通好也[⑥]。"元礼及宾客莫不奇之[⑦]。太中大夫陈韪后至[⑧]，人以其语语之，韪曰："小时了了，大未必佳[⑨]。"文举曰："想君小时，必当了了。"韪大踧踖[⑩]。

译文

孔文举十岁时，随他父亲到洛阳。当时李元礼有很大的名望，任司隶校尉；登门拜访的都必须是才子、名流和内外亲属，才让通报。孔文举来到他家，对掌门官说：“我是李府君的亲戚。”经通报后，入门就座。元礼问道：“您和我有什么亲戚关系呢？”孔文举回答道：“古时候我的祖先仲尼曾经拜您的祖先伯阳为师，这样看来，我和您就是老世交了。”李元礼和宾客们无不赞赏他的聪明过人。太中大夫陈韪来得晚一些，别人就把孔文举的应对告诉他，陈韪说：“小时候聪明伶俐，长大了未必出众。”文举应声说：“您小时候，想必是很聪明的了。”陈韪听了，感到很难为情。

注释

①孔文举：孔融，字文举，是汉代末年的名士、文学家，历任北海相、少府、太中大夫等职。曾多次反对曹操，被曹操借故杀害。

②司隶校尉：官名，掌管监察京师和所属各郡百官的职权。

③诣（yì）：到。清称：有清高的称誉的人。

④府君：太守称府君，太守是俸禄二千石的官，而司隶校尉是比二千石，有府舍，所以也通称府君（二千石的月俸是一百二十斛，比二千石是一百斛）。

⑤仆：谦称。

⑥先君：祖先，与下文“先人”同。仲尼：孔子，名丘，字仲尼。伯阳：老子，姓李，名耳，字伯阳。著有《老子》一书。师资：师。这里指孔子曾向老子请教过礼制的事。奕世：累世；世世代代。

⑦奇：认为他特殊、不寻常。

⑧太中大夫：掌管议论的官。陈韪（wěi）：《后汉书·孔融传》作“陈炜”。

⑨了了：聪明，明白通晓。

⑩踧踖(cù jí)：局促不安的样子。

孔融被收，中外惶怖①。时融儿大者九岁，小者八岁，二儿故琢钉戏，了无遽容②。融谓使者曰：“冀罪止于身，二儿可得全不？”儿徐进曰：“大人岂见覆巢之下复有完卵乎③？”寻亦收至。

译文

孔融被捕，朝廷内外都很惊恐。当时，孔融的儿子大的才九岁，小的八岁，两个孩子依旧在玩琢钉戏，一点也没有恐惧的样子。孔融对前来逮捕他的差使说："希望惩罚只限于我自己，两个孩子能不能保全性命呢？"这时，儿子从容地上前说："父亲难道看见过打翻的鸟巢下面还有完整的蛋吗？"随即，来拘捕两个儿子的差使也到了。

注释

①"孔融"句：这里叙述孔融被曹操逮捕一事。中外：指朝廷内外。
②琢钉戏：一种小孩玩的游戏。了：完全。遽（jù）容：恐惧的脸色。
③大人：对父亲的敬称。完：完整。按：这句话比喻主体倾覆，依附的东西不能幸免，必受株连。

颍川太守髡陈仲弓[1]。客有问元方："府君何如？"元方曰："高明之君也。""足下家君何如？"曰："忠臣孝子也。"客曰："《易》称：'二人同心，其利断金；同心之言，其臭如兰[2]。'何有高明之君，而刑忠臣孝子者乎？"元方曰："足下言何其谬也[3]！故不相答。"客曰："足下但因伛为恭，而不能答[4]。"元方曰："昔高宗放孝子孝己，尹吉甫放孝子伯奇，董仲舒放孝子符起[5]。唯此三君，高明之君；唯此三子，忠臣孝子。"客惭而退。

译文

颍川太守把陈仲弓判了髡刑。有位客人问陈仲弓的儿子元方说："太守这个人怎么样？"元方说："是个高尚、明智的人。"又问："您父亲怎么样？"元方说："是个忠臣孝子。"客人说："《易经》上说：'两个人同一条心，就像一把钢刀，锋利的刀刃能斩断金属；同一个心思的话，它的气味像兰花一样芳香。'那么，怎么会有高尚明智的人惩罚忠臣孝子的事呢？"元方说："您的话怎么这样荒谬啊！因此我不回答你。"客人说："您不过是拿驼背当做恭敬，其实是不能回答。"元方说："从前高宗放逐了孝子孝己，尹吉甫放逐了孝子伯奇，董仲舒放逐了孝子符起。这三个做父亲的，恰恰都是高尚明智的人；这三个做儿子的，恰恰都是忠臣孝子。"客人很羞愧，就退走了。

注释

①髡（kūn）：古代一种剃去男子头发的刑罚。陈仲弓：陈寔。陈寔被捕两次，一次是在任太丘长后，因逮捕党人，牵连到他，后遇赦放出。
②“二人”句：这两句用来说明高明之君和忠臣孝子是同心的，一致的。金：金属。臭（xiù）：气味。
③何其：怎么这么。表示程度很深。
④“足下”句：这句话是说元方回答不了，就说不值得回答，正好比一个驼背的人直不起腰来，却假装是对人表示恭敬才弯下腰一样。
⑤孝己：殷代君主高宗武丁的儿子，他侍奉父母最孝顺．后来高宗受后妻的迷惑，把孝己放逐致死。伯奇：周代的卿士（王朝执政官）、尹吉甫的儿子，侍奉后母孝顺，却受到后母诬陷，被父亲放逐。符起：其事不详。

荀慈明与汝南袁阆相见，问颍川人士，慈明先及诸兄。阆笑曰：“士但可因亲旧而已乎[①]？”慈明曰：“足下相难，依据者何经[②]？”阆曰：“方问国士，而及诸兄，是以尤之耳[③]！”慈明曰：“昔者祁奚内举不失其子，外举不失其仇，以为至公[④]。公旦《文王》之诗，不论尧、舜之德而颂文、武者，亲亲之义也[⑤]。《春秋》之义，内其国而外诸夏。且不爱其亲而爱他人者，不为悖德乎[⑥]？”

译文

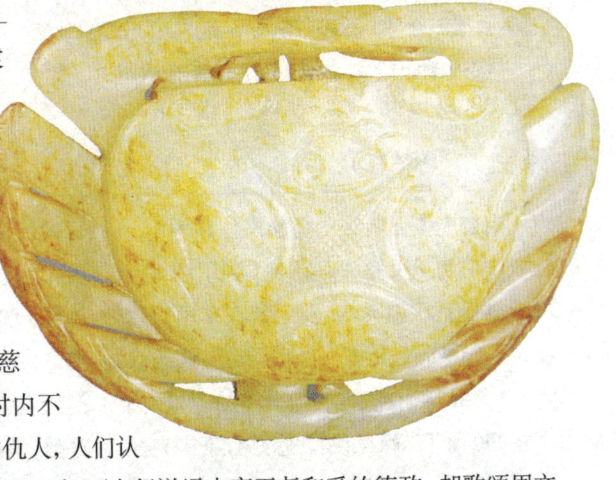

荀慈明和汝南郡袁阆见面时，袁阆问起颍川郡有哪些才德之士，慈明先就提到自己的几位兄长。袁阆讥笑他说：“才德之士只能靠亲朋故旧来扬名吗？”慈明说：“您责备我，依据什么原则？”袁阆说：“我刚才问国士，你却谈自己的诸位兄长，因此我才责问你呀！”慈明说：“从前祁奚在推荐人才时，对内不忽略自己的儿子，对外不忽略自己的仇人，人们认为他是最公正无私的。周公旦作《文王》时，不去叙说远古帝王尧和舜的德政，却歌颂周文王、周武王，这是符合爱亲人这一大义的。《春秋》记事的原则是：把本国看成亲的，把诸侯国看成疏的。再说不爱自己的亲人而爱别人的人，岂不是违反了道德准则吗？”

注释

①因：依靠。
②经：常规；原则。
③国士：全国推崇的才德之士。尤：指责；责问。
④祁奚：春秋时代晋国人，任中军尉（掌管军政的长官）。祁奚告老退休，晋悼公问他接班人的人选，他推荐了他的仇人解狐。刚要任命，解狐却死了。晋悼公又问祁奚，祁奚推荐自己的儿子祁午。大家称赞祁奚能推荐有才德的人。
⑤公旦：周公旦。周公，姓姬，名旦，是周武王的弟弟，周成王的叔父，辅助周成王。《文王》：指《诗经·大雅·文王之什》，包括《文王》《大明》等十篇，分别歌颂文王、武王之德。作者无考，《文王》一篇，有以为周公所作。亲亲：爱亲人。
⑥《春秋》：儒家经典之一。是春秋时代鲁国的史书，也是我国第一部编年体史书。诸夏：古时指属于汉民族的各诸侯国。悖（bèi）德：违背道德。

南郡庞士元闻司马德操在颍川，故二千里候之[①]。至，遇德操采桑，士元从车中谓曰："吾闻丈夫处世，当带金佩紫，焉有屈洪流之量，而执丝妇之事[②]！"德操曰："子且下车。子适知邪径之速，不虑失道之迷[③]。昔伯成耦耕，不慕诸侯之荣[④]；原宪桑枢，不易有官之宅[⑤]。何有坐则华屋，行则肥马，侍女数十，然后为奇！此乃许、父所以慷慨，夷、齐所以长叹[⑥]。虽有窃秦之爵，千驷之富，不足贵也[⑦]。"士元曰："仆生出边垂，寡见大义[⑧]。若不一叩洪钟、伐雷鼓，则不识其音响也[⑨]。"

译文

南郡庞士元听说司马德操住在颍川，特意走了两千里路去拜访他。到了那里，遇上德操正在采桑叶，士元就在车里对德操说："我听说大丈夫处世，就应该做大官，办大事，哪有压抑长江大河的流量，去做蚕妇的事！"德操说："您姑且下车来。您只知道走小路快，却不担心迷路。从前伯成宁愿回家种地，也不羡慕做诸侯的荣耀；原宪宁愿住在破屋里，也不愿换住达官的住宅。哪里有住就住在豪华的宫室里，出门就必须肥马轻车，左右要有几十个婢妾侍候，然后才算是与众不同的呢！这正是隐士许由、巢父感慨的原因，也是清廉之士伯夷、叔齐长叹的来由。就算有吕不韦那样的官爵，有齐景公那样的富有，也是不值得尊敬的。"士元说："我出生在边远偏僻的地方，很少见识到大道理。如果不叩击一下大钟、雷鼓，那就不知道它的音响啊。"

注释

①庞士元：庞统，字士元，东汉末襄阳人，曾任南郡功曹（能参与一郡的政务），年轻时曾去拜会司马德操，德操很赏识他，称他为凤雏。后从刘备。司马德操：司马徽，字德操。曾向刘备推荐诸葛亮和庞统。故：特地。

②带金佩紫：带金印佩紫绶带，指做大官。绶(shòu)带，就是丝带，是用来拴金印的。秦汉时，丞相等大官才有金印紫绶。洪流之量：比喻才识气度很大。

③邪径：斜径，小路。

④伯成：伯成子高。据说尧做君主时，伯成子高封为诸侯。后来禹做了君主，伯成认为禹不讲仁德，只讲赏罚，就辞去诸侯，回家种地。耦耕：古代的一种耕作方法，即两人各扶一张犁，并肩而耕。后泛指务农。

⑤原宪：孔子弟子，字子思。据说，他在鲁国的时候，很穷，住房破破烂烂，用桑树枝做门上的转轴。他不求舒适，照样弹琴唱歌。

⑥许、父：许由、巢父。许由，传说中的隐士。巢父，是许由的朋友，尧也想把职位让给他，他不肯接受。夷、齐：伯夷、叔齐，商代孤竹君的两个儿子。孤竹君死，兄弟俩互相让位，不肯继承，结果都逃走了。后来周武王统一天下，两人因反对周武王讨伐商纣，不肯吃周朝的粮食，饿死在首阳山。所以：相当于“……的原因”。

⑦窃秦：战国末年，吕不韦把一个怀孕的妾献给秦王子楚，生秦始皇嬴政。嬴政登位后，尊吕不韦为相国，号称仲父，这就是所谓窃秦。千驷之富：古时候用四匹马驾一辆车，同拉一辆车的四匹马叫驷。千驷，指有一千辆车，四千匹马。《论语·季氏》说：齐景公有四千匹马，可是死了以后，人民觉得他没有什么德行值得称赞。

⑧边垂：即边陲，边疆。

⑨“若不”句：以此喻不加叩问，就不能认识司马德操的胸怀，而使自己得到教益。洪钟，大钟。伐，敲打。雷鼓，鼓名，古时祭天神时所用的鼓。

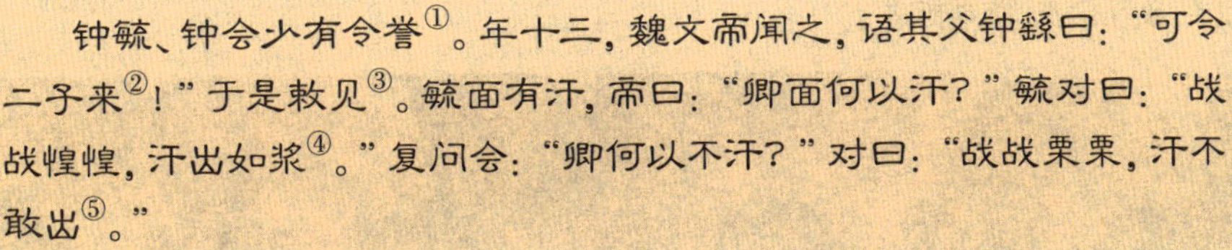
钟毓、钟会少有令誉[①]。年十三，魏文帝闻之，语其父钟繇曰：“可令二子来[②]！”于是敕见[③]。毓面有汗，帝曰：“卿面何以汗？”毓对曰：“战战惶惶，汗出如浆[④]。”复问会：“卿何以不汗？”对曰：“战战栗栗，汗不敢出[⑤]。”

译文

钟毓、钟会兄弟俩少年时就有好名声，钟毓十三岁时，魏文帝听说他们俩，便对他们的父亲钟繇说：“可以叫两个孩子来见我！”于是下令赐见。进见时钟毓脸上有汗，文帝问道：“你脸上为什么出汗？”钟毓回答说：“战战惶惶，汗出如浆。”文帝又问钟会：“你为什么不出汗？” 钟会回答说：“战战栗栗，汗不敢出。”

注释

①钟毓（yù）、钟会：是兄弟俩。钟毓，字稚叔，小时候就很机灵，十四岁任散骑侍郎，后升至车骑将军。钟会，字士季，小时也很聪明，被看成是非常人物，后累迁镇西将军、司徒，因谋划反帝室，被杀。令誉：美好的声誉。
②钟繇(yáo)：任相国职。
③敕（chì）：皇帝的命令。
④战战惶惶：害怕得发抖。浆：凡较浓的液体都可叫做浆。按：惶、浆二字押韵。
⑤战战栗栗：害怕得发抖。按：栗、出二字亦押韵。

钟毓兄弟小时，值父昼寝，因共偷服药酒[①]。其父时觉，且托寐以观之[②]。毓拜而后饮，会饮而不拜。既而问毓何以拜，毓曰：“酒以成礼，不敢不拜。”又问会何以不拜，会曰：“偷本非礼，所以不拜。”

译文

钟毓兄弟俩小时候，一次正碰上父亲白天睡觉，于是一块去偷药酒喝。他父亲当时已睡醒了，姑且装睡，来看他们怎么做。钟毓行过礼才喝，钟会只顾喝，不行礼。过了一会儿，他父亲起来问钟毓为什么行礼，钟毓说：“酒是完成礼仪用的，我不敢不行礼。”又问钟会为什么不行礼，钟会说：“偷酒喝本来就不合于礼，因此我不行礼。”

注释

①“钟毓”句：这一则故事与本篇孔文举二子偷酒事略同，大概是同一件事，只是传闻各异。因：于是，就。
②托寐（mèi）：假装睡着了。

嵇中散语赵景真[①]："卿瞳子白黑分明，有白起之风，恨量小狭[②]。"赵云："尺表能审玑衡之度，寸管能测往复之气[③]。何必在大，但问识如何耳。"

译文

中散大夫嵇康对赵景真说："你的眼睛黑白分明，有白起那样的风度，遗憾的是眼睛狭小些。"赵景真说："一尺长的表尺就能审定浑天仪的度数，一寸长的竹管就能测量出乐音的高低。何必在乎大不大呢，只问识见怎么样就是了。"

注释

①嵇中散：嵇康。赵景真：赵至，字景真，有口才，曾任辽东郡从事，主持司法工作，以廉清见称。
②白起：战国时秦国的名将，封武安君。据说他瞳子白黑分明。人们认为，这样的人一定见解高明。恨：遗憾。
③尺、寸：不一定是表度量的单位，只是形容其短。表：用来观测天象的一种标竿。玑衡：古代测量天象的仪器，即浑天仪。管：指古代用来校正乐律的竹管。

司马景王东征，取上党李喜以为从事中郎[①]。因问喜曰："昔先公辟君，不就，今孤召君，何以来[②]？"喜对曰："先公以礼见待，故得以礼进退[③]；明公以法见绳，喜畏法而至耳[④]。"

译文

司马景王东征的时候，选取上党的李喜来任从事中郎。李喜到任时他问李喜："从前先父召您任事，您不肯到任；现在我召您来，为什么肯来呢？"李喜回答说："当年令尊以礼相待，所以我能按礼节来决定进退；现在明公用法令来限制我，我只是害怕犯法才来的呀。"

注释

①司马景王：司马师，三国时魏人，司马懿的儿子，封长平乡侯，曾任大将军，辅助齐王曹芳，后又废曹芳，立曹髦(máo)。毌(guàn)丘俭起兵反对他，被他打败。这里说的东征，就是指的这件事。晋国建立，追尊为景王。后来晋武帝司马炎上尊号为景帝。李喜：字季和，上党郡人。司马懿任相国时，召他出来任职，他托病推辞。下文说的"先公辟君，不就"，就是指这件事。从事中郎：官名，大将军府的属官，参与谋议等事。

②先公：称自己或他人的亡父。辟：征召。就：到。孤：侯王的谦称。

③进退：指出来做官或辞官。

④明公：对尊贵者的敬称。绳：约束。

邓艾口吃，语称"艾艾"[①]。晋文王戏之曰："卿云'艾艾'，定是几艾？"对曰："'凤兮凤兮'，故是一凤[②]。"

译文

邓艾说话结巴，自称时常重复说"艾艾"。晋文王和他开玩笑说："你说'艾艾'，到底是几个艾？"邓艾回答说："'凤兮凤兮'，依旧只是一只凤。"

注释

①邓艾：三国时魏人，司马懿召为属官，伐蜀有功，封关内侯，后任镇西将军，又封邓侯。艾艾：古代和别人说话时，多自称名。邓艾因为口吃，自称时就会连说"艾艾"。

②凤兮凤兮：语出《论语·微子》，说是楚国的接舆走过孔子身旁的时候唱道："凤兮凤兮，何德之衰……"（凤啊凤啊，为什么德行这么衰微），这里以凤比喻孔子。邓艾引用来说明，虽然连说"凤兮凤兮"，只是指一只凤，自己说"艾艾"，也只是一个"艾"罢了。

满奋畏风[①]。在晋武帝坐，北窗作琉璃屏，实密似疏，奋有难色[②]。帝笑之。奋答曰："臣犹吴牛，见月而喘[③]。"

译文

满奋怕风。一次在晋武帝旁侍坐，北窗是琉璃窗，实际很严实，看起来却像透风似的，满奋就面有难色。武帝笑他，满奋回答说："臣好比是吴地的牛，看见月亮就喘起来了。"

注释

①满奋：字武秋，曾任尚书令、司隶校尉。
②琉璃屏：琉璃窗扇。
③吴牛：吴地的牛，即指江、淮一带的水牛。据说，水牛怕热，太阳晒着就喘息。看见月亮也以为是太阳，就喘起来。比喻生疑心就害怕。

诸葛靓在吴，于朝堂大会，孙皓问："卿字仲思，为何所思？"[①]对曰："在家思孝，事君思忠，朋友思信。如斯而已[②]！

译文

诸葛靓在吴国的时候，一次在朝堂大会上，孙皓问他："你字仲思，是思什么？"诸葛靓回答说："在家思尽孝，侍奉君主思尽忠，和朋友交往思诚实。不过是这些罢了！"

注释

①诸葛靓（jìng）：字仲思，他父亲诸葛诞反司马氏，被司马昭杀害。他入吴国，任右将军、大司马。吴亡，逃匿不出。朝堂：皇帝议政的地方。孙皓：吴国末代君主。"卿字"句：仲思的思，字面义是思考，考虑，所以孙皓才这样问。
②如斯：如此；这样。

蔡洪赴洛[①]。洛中人问曰："幕府初开，群公辟命，求英奇于仄陋，采贤俊于岩穴[②]。君吴楚之士，亡国之馀，有何异才而应斯举[③]？"蔡答曰："夜光之珠，不必出于孟津之河[④]；盈握之璧，不必采于昆仑之山[⑤]。大禹生于东夷，文王生于西羌，圣贤所出，何必常处[⑥]！昔武王伐纣，迁顽民于洛邑，得无诸君是其苗裔乎？[⑦]"

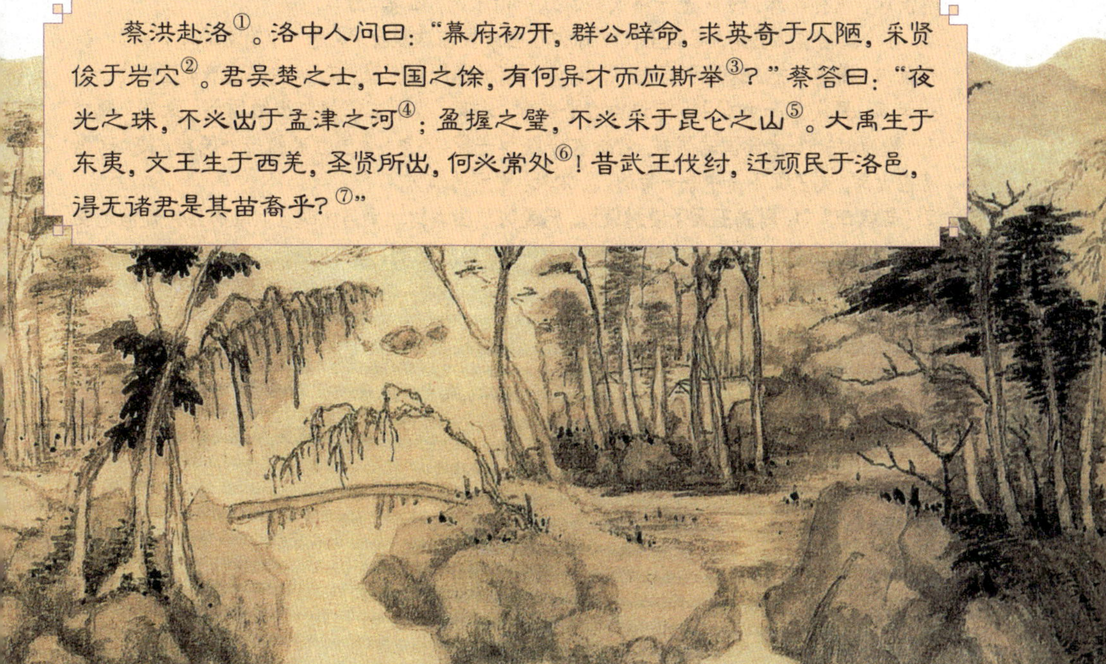

译文

蔡洪到洛阳后，洛阳的人问他："官府设置不久，众公卿征召人才，要在平民百姓中寻求才华出众的人，在山林隐逸中寻访才德高深之士。先生是南方人士，亡国遗民，有什么特出才能，敢来接受这一选拔？"蔡洪回答说："夜光珠不一定都出在孟津一带的河中，满把大的璧玉，不一定都从昆仑山开采来。大禹出生在东夷，周文王出生在西羌，圣贤的出生地，为什么非要在某个固定的地方呢！从前周武王打败了殷纣，把殷代的顽民迁移到洛邑，莫非诸位先生就是那些人的后代吗？"

注释

①蔡洪：字叔开，吴郡人，原在吴国做官，吴亡后入晋，被认为是才华出众的人，西晋初年太康年间，由本州举荐为秀才，到京都洛阳。

②幕府：原指将军的官署，也用来指军政大员的官署。群公：众公卿，指朝廷中的高级官员。辟命：征召。"求英"两句：这两句意思是差不多的，只是要造成对偶句，增强文采。仄陋，指出身贫贱的人。采，搜求。岩穴，山中洞穴，这里指隐居山中的隐士，也可以泛指山野村夫。

③吴楚：春秋时代的吴国和楚国。两国都在南方，所以也泛指南方。亡国：灭亡了的国家，这里指三国时吴国，公元280年为西晋所灭。

④夜光之珠：即夜明珠，是春秋时代隋国国君的宝珠，又叫隋侯珠，或称隋珠，传说是一条大蛇从江中衔来的。孟津：渡口名，在今河南省孟县南。周武王伐纣时和各国诸侯在这里会盟，是一个有名的地方。

⑤盈握：满满一把。这里形容大小。璧：中间有孔的圆形玉器。昆仑：古代盛产美玉的山。

⑥大禹：夏代第一个君主，传说曾治平洪水。东夷：我国东部的各少数民族。文王：周文王，殷商时一个诸侯国的国君，封地在今陕西一带。西羌：我国西部的一个民族。按：这里暗指大禹、文王都不是中原一带的人。常处：固定的地方。

⑦"昔武王"句：周武王灭了殷纣以后，把殷的顽固人物迁到洛水边上，派周公修建洛邑安置他们。战国以后，洛邑改为洛阳。得无：莫非。表示揣测。苗裔：后代。

王武子、孙子荆各言其土地、人物之美[①]。王云："其地坦而平，其水淡而清，其人廉且贞。"孙云："其山嶵巍以嵯峨[②]，其水泙渫而扬波[③]，其人磊砢而英多[④]。"

译文

王武子和孙子荆各自谈论自己家乡的土地、人物的出色之处。王武子说：“我们那里的土地坦而平，那里的水淡而清，那里的人廉洁又公正。”孙子荆说：“我们那里的山险峻巍峨，那里的水浩荡扬波，那里的人才杰出而众多。”

注释

①王武子：王济，字武子，太原晋阳人，历任中书郎、太仆。孙子荆：孙楚，字子荆，太原中都人，仕至冯翊太守。
②嶵(zuì)巍：山险峻的样子。嵯峨(cuó é)：形容山势高峻。
③浹渫：浃渫(jiádié)：水波连续的样子。
④磊砢(lěi luǒ)：形容人才卓越众多。英多：杰出众多。按：以上几句描写人和物多用两个形容词，而两词意义都是相近的。

元帝始过江，谓顾骠骑曰：“寄人国土，心常怀惭[1]。”荣跪对曰：“臣闻王者以天下为家，是以耿、亳无定处，九鼎迁洛邑[2]。愿陛下勿以迁都为念[3]。”

译文

晋元帝刚到江南的时候，对骠骑将军顾荣说道：“寄居在他人国土上，心里常常感到惭愧。”顾荣跪着回答说：“臣听说帝王把天下看成家，因此商代的君主或者迁都耿邑，或者迁都亳邑，没有固定的地方，周武王也把九鼎搬到洛邑。希望陛下不要惦念着迁都的事。”

注释

①元帝：晋元帝司马睿(ruì)，原为琅邪王、安东将军。在西晋末年的战乱中，国都失守，晋愍帝被俘。他先过江镇守建康（南京），几年后又在此登位称帝。建康原是东吴之地，江东士族的势力很大，所以有寄人国土之感。顾骠(piào)骑：顾荣，字彦先，吴人，吴亡后到洛阳。元帝镇守江东时任军司，加散骑常侍。死后赠骠骑将军。顾荣是江东士族，名望很大，所以元帝对他说这番话。
②耿、亳(bó)：商代成汤迁国都到亳邑，祖乙又迁到耿邑，盘庚再迁回亳邑。从成汤到盘庚，共迁都五次，所以说“无定处”。九鼎：传说夏禹铸九鼎，是传国之宝，权力的象征。周武王定都镐京，却把九鼎迁到周的东都洛邑。
③迁都：指迁移镇守地。都指都邑。按：晋元帝初为琅邪王，镇守下邳，后移镇建康。移镇之初，吴地人士不靠拢他。按：顾荣死在元帝即位之前，这里不当称陛下。

庾公造周伯仁，伯仁曰："君何所欣说而忽肥①？"庾曰："君复何所忧惨而忽瘦？"伯仁曰："吾无所忧，直是清虚日来，滓秽日去耳②！"

译文

庾亮去拜访周伯仁，伯仁说："您喜悦些什么，怎么忽然胖起来了？"庾亮说："您又忧伤些什么，怎么忽然瘦下去了？"伯仁说："我没有什么可忧伤的，只是清静淡泊之志一天天增加，污浊的思虑一天天去掉就是了！"

注释

①庾公：庾亮，字元规，晋成帝之舅，成帝朝辅政，任给事中，徙中书令。造：到……去；造访。周伯仁：周颉（yǐ），字伯仁，袭父爵武城侯，世称周侯，曾任吏部尚书、尚书左仆射。
②直是：只是。清虚：清静淡泊。滓秽：污秽；丑恶。

过江诸人，每至美日，辄相邀新亭，借卉饮宴①。周侯中坐而叹曰："风景不殊，正自有山河之异②！"皆相视流泪。唯王丞相愀然变色③，曰："当共戮力王室，克复神州，何至作楚囚相对④！"

译文

到江南避难的那些人，每逢风和日丽的日子，总是互相邀约到新亭去，坐在草地上喝酒作乐。一次，武城侯周颉在饮宴的中途，叹着气说："这里的风景和中原没有什么不同，只是山河不一样了！"大家都你看我，我看你，凄然泪下。只有丞相王导脸色变得很不高兴，说道："大家应该为朝廷齐心合力，收复中原，哪里至于像囚犯似的相对流泪呢！"

注释

①过江诸人：西晋末年战乱不断，中原人士相率过江避难。"过江诸人"本指这些人，这里实际却是指其中的朝廷大官、士族人士。美日：风和日丽的日子。新亭：也叫劳劳亭，原是三国时吴国所筑，故址在今南京市南。借卉（huì）：坐在草地上。
②"正自"句：指北方广大领土已被各族占领。正自，只是。
③王丞相：王导，字茂弘，晋元帝即位后任丞相。愀（qiǎo）然：形容脸色变得不愉快。
④戮力：并力；合力。神州：中国，这里指沦陷的中原地区。楚囚：楚国的囚犯。据《左传·成公九年》载：一个楚囚弹琴时奏南方乐调，表示不忘故旧。后来借指处境窘迫的人。

卫洗马初欲渡江，形神惨悴[1]，语左右云："见此芒芒，不觉百端交集[2]。苟未免有情，亦复谁能遣此[3]！"

译文

太子洗马卫玠刚要渡江，面容憔悴，神情凄惨，对随从的人说："看见这茫茫大江，不觉百感交集。只要还有点感情，谁又能排遣得了这种种忧伤！"

注释

①卫洗（xiǎn）马：卫玠（jiè），字叔宝，任太子洗马（太子的属官），后移家渡江到豫章郡。
②芒芒：即"茫茫"，形容辽阔，没有边际。这里由茫茫长江，引起家国之忧，身世之感。端：头绪。
③未免有情：未能免除"有情"。亦复：又。

会稽贺生，体识清远，言行以礼[1]；不徒东南之美，实为海内之秀[2]。

译文

会稽郡贺循，禀性清纯，见识高深，言语行动都合乎礼；他不只是东南地区的杰出人物，也是国内的优秀人才。

注释

①贺生：贺循，字彦先，会稽郡人，曾任吴国内史、太子太傅。生，对读书人的称呼。体识：禀性见识。
②"不徒"句：按：《晋书·顾和传》载，这两句是王导称赞顾和的话。可能《世说新语》另有所本。不徒，不只。

刘琨虽隔阂寇戎，志存本朝[1]。谓温峤曰："班彪识刘氏之复兴，马援知汉光之可辅[2]。今晋阼虽衰，天命未改[3]。吾欲立功于河北，使卿延誉于江南，子其行乎[4]？"温曰："峤虽不敏，才非昔人，明公以桓、文之姿，建匡立之功，岂敢辞命[5]！"

译文 

刘琨虽然被入侵者阻隔在黄河以北，心中总不忘朝廷。他对温峤说：“班彪认识到刘氏王室能够复兴，马援知道汉光武帝可以辅佐。现在晋室的国运虽然衰微，可是天命还没有改变。我想在黄河以北建功立业，而且想让你在江南扬名，你大概会去吧？”温峤说：“我虽然不聪敏，才能也比不上前辈，可是明公想用齐桓、晋文那样的才智，建立救国中兴的功业，我怎么敢不受命呢！”

注释

①**刘琨**：字越石，封广武侯，西晋末年，出任并州刺史，都督并、冀、幽三州军事，有志辅佐帝室，平定北方。公元316年，京都失陷，317年司马睿在江南称晋王，这时刘琨仍在北方，便派下属温峤到建康上表劝进。**寇戎**：入侵的外族，戎，我国西部少数民族。西晋末诸王侯争权，互相攻伐，北部和西部各族也乘机侵入中原。**存**：思念。

②**温峤**（qiáo）：字太真，在刘琨手下任右司马（军府的官职，综理一府之事）。**班彪**：汉代人，开始时追随隗嚣，隗嚣想叛离汉光武帝刘秀，班彪曾反对。后追随窦融，融初依附淮阳王，班彪为他谋划归附汉光武。**复兴**：衰落后再度兴旺起来。西汉末王莽篡位，改国号为新。后来刘秀即位，定都洛阳，汉室复兴。**马援**：汉代人，封新息侯，拜伏波将军，辅佐汉光武帝，南征北伐，屡建战功。

③**晋阼**：晋王朝的国统。**“天命”句**：封建统治者认为皇帝是由上天的意志安排的，这叫天命。

④**延誉**：传播美名。

⑤**桓、文**：齐桓公、晋文公，都是春秋时代诸侯国的霸主。**姿**：天资；才能。**匡立**：辅助帝室，扶立天子。《晋书·温峤传》作“匡合”，就是用齐桓公九合诸侯，一匡天下之意。**辞命**：不接受命令。

温峤初为刘琨使来过江。于时，江左营建始尔，纲纪未举①。温新至，深有诸虑。既诣王丞相，陈主上幽越、社稷焚灭、山陵夷毁之酷，有《黍离》之痛③。温忠慨深烈，言与泗俱，丞相亦与之对泣③。叙情既毕，便深自陈结，丞相亦厚相酬纳④。既出，欢然言曰：“江左自有管夷吾，此复何忧⑤！”

译文

温峤出任刘琨的使节刚到江南来。这时，江南的政权建立工作刚着手，法纪还没有制定，社会秩序不稳定。温峤初到，对这种种情况很是担忧。接着便去拜访丞相王导，诉说晋帝被囚禁流放、社稷宗庙被焚烧、先帝陵墓被毁坏的酷烈情况，表现出亡国的哀痛。温峤忠诚愤慨的感情深厚激烈，边说边哭，王导也随着他一起流泪。温峤叙述完实际情况以后，就真诚地诉说结交之意，王丞相也深情地接纳他的心愿。出来以后，他高兴地说："江南自有管夷吾那样的人，这还担心什么呢！"

注释

①始尔：开始，"尔"是词缀。纲纪：国家的法制。
②主上：皇帝，这时指晋愍(mǐn)帝司马邺。公元316年11月刘曜围长安，晋愍帝投降并被赶到平阳。317年12月，愍帝被杀。幽越：流亡监禁。社稷：古代帝王、诸侯所祭的土神和谷神。后也借用来泛指国家。山陵：皇帝的坟墓。《黍离》：《诗经·王风》篇名。据说周王室迁到东都洛阳以后，有人到西都，看到原来的宗庙宫室已经毁为平地，种上了黍稷，哀怜周王室日渐衰微，心里忧伤，便作了这首诗。
③忠慨：忠诚愤慨。泗(sì)：鼻涕。
④酬纳：接纳。
⑤管夷吾：字仲，春秋时代齐国人，齐桓公的宰相，辅助齐桓公成为霸主。

郗太尉拜司空[①]，语同坐曰："平生意不在多，值世故纷纭，遂至台鼎[②]。朱博翰音，实愧于怀[③]。"

译文

太尉郗鉴就任司空一职，他和同座的人说："我平生志向不高，遇上世事纷乱，便升到三公位。想起朱博徒有空名，内心实在有愧。"

注释

①郗太尉：郗鉴。晋成帝咸和四年（公元329年）任司空，后又进位太尉。
②世故：世事。台鼎：指三公或宰相。东汉时太尉、司徒、司空合称三公，是最高的官位。人们拿三台（星名）和鼎足来比喻三公，说成台鼎。
③"朱博"句：朱博是汉代人，出任丞相，临授职时，忽然有一种像钟声的声音响起。有人解释说，是因为君主不听取意见，有名无实的人登上朝廷，才会有一种无形的声音发出。这里比喻名不副实，不应处此高位。翰音：翰指高飞，声音高飞，比喻空名。

高坐道人不作汉语[①]。或问此意，简文曰："以简应对之烦。"

译文

高坐和尚不说汉语。有人问起这是什么意思，晋简文帝说："因为要省去应酬的烦扰。"

注释

①高坐：西域和尚名，西晋永嘉年间到中国。据《高坐别传》载：他"性高简，不学晋语。诸公与之言，皆因传译"。道人：和尚。

庾公尝入佛图[①]，见卧佛，曰："此子疲于津梁[②]。"于时以为名言。

译文

庾亮曾经去过佛寺，看见卧佛，就说："这位先生因普渡众生而疲劳了。"当时人们把这句话看成是名言。

注释

①佛图：佛寺。
②津梁：桥梁。这句比喻为接引众生奔忙。佛教说要普渡众生，登上彼岸（超脱生死的境界），这就好比过河一样。同时也说明，佛也会因奔忙而疲劳，这就与常人无异了。

挚瞻曾作四郡太守、大将军户曹参军，复出作内史，年始二十九[①]。尝别王敦，敦谓瞻曰："卿年未三十，已为万石，亦太蚤[②]。"瞻曰："方于将军，少为太蚤；比之甘罗，已为太老[③]。"

译文

挚瞻曾经做过四个郡的太守和大将军户曹参军，现在又调出去做内史，年龄才二十九岁。他曾去向王敦告别，王敦对他说："你还没到三十岁，已经做了五任二千石的官，也太早了吧。"挚瞻说："同将军您相比，稍为早了一些；同甘罗相比，已经是太老了。"

注释

①挚瞻：西晋末，在王敦的大将军幕府中任户曹参军，历任安丰、新蔡、西阳等郡太守，后与王敦言语不合，被贬为随国内史（王侯封国中的官职，与太守相当）。
②万石（dàn）：表示官职等级是由俸谷多少来定的，太守是二千石。挚瞻曾作四郡太守，现又作内史，共五郡，所以说万石。蚤：通"早"。
③方：相比。少：稍；略微。甘罗：战国时秦人，十二岁为秦外交使节，封为上卿。

梁国杨氏子，九岁，甚聪惠[①]。孔君平诣其父，父不在，乃呼儿出，为设果[②]。果有杨梅，孔指以示儿曰："此是君家果。"儿应声答曰："未闻孔雀是夫子家禽[③]。"

译文

梁国有一家姓杨的，有个儿子才九岁，很聪明。一次孔君平去拜访他父亲，他父亲不在，这家便叫儿子出来，给孔君平摆上果品。果品里头有杨梅，孔君平指着杨梅给他看，说道："这是你家的果子。"孩子应声回答说："没听说过孔雀是夫子家的鸟。"

注释

①聪惠：聪慧；聪明。
②孔君平：孔坦，字君平，累迁廷尉（掌管刑法），所以也称孔廷尉。
③夫子：对对方的尊称。这一则文字说明双方利用了杨梅和杨姓、孔雀和孔姓中的一个同音字。

谢仁祖年八岁，谢豫章将送客[①]。尔时语已神悟，自参上流[②]。诸人咸共叹之，曰："年少，一坐之颜回[③]。"仁祖曰："坐无尼父，焉别颜回[④]！"

译文

谢仁祖八岁时，他父亲豫章太守谢鲲已经领着他送客。那时他的言谈便显示出奇异的悟性，已经自居于名流之中。大家都很赞许他，说他："年纪虽小，也是座中的颜回。"谢仁祖说："座中如果没有孔子，怎么能识别颜回！"

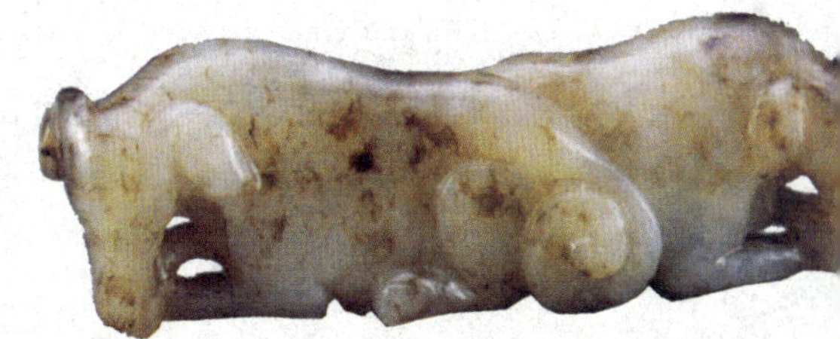

注释

①谢仁祖：谢尚，字仁祖，谢鲲的儿子，后任镇西将军、豫州刺史。谢豫章：谢鲲，曾任豫章太守。将：带领。
②神悟：指领悟神速。自参上流：自处于上等名流之中。上流，上等。
③颜回：春秋时鲁国人，对孔子的学说深有体会，孔子很赏识他。
④尼父（fǔ）：孔子，字仲尼，尊称为尼父。

陶公疾笃，都无献替之言，朝士以为恨[1]。仁祖闻之，曰："时无竖刁，故不贻陶公话言[2]。"时贤以为德音。

译文

陶侃病势沉重，可是有关朝廷兴利除弊、官吏进退等大事，没有一句遗言。朝中官员都认为是憾事。谢仁祖听到这事，就说："现在没有像竖刁那样的人，所以陶公不用留下遗训。"当时人士认为这是有德者的话。

注释

①陶公：陶侃，字士行。历任湘、广、荆州刺史，晋成帝时，封长沙郡公，为太尉，赠大司马，名望很高。都：全。献替：对君主劝善规过，建议兴革。朝士：朝廷的官吏。
②竖刁：春秋时齐桓公所宠信的宦官。管仲病重时，齐桓公问管仲，竖刁可否代他做宰相，管仲认为此人不能用。后来果然发动叛乱。贻：遗留。话言：善言，这里指遗言。

竺法深在简文坐，刘尹问："道人何以游朱门[1]？"答曰："君自见其朱门，贫道如游蓬户[2]。"或云卞令[3]。

译文

竺法深做了简文帝的座上客，丹阳尹刘惔问他："和尚为什么同官宦人家交往？"竺法深回答道："您自己看见那是官宦人家，我却以为同贫苦人家交往一样。"有人说，不是刘惔发问，而是卞壶。

注释 

①竺法深：和尚名。简文：晋简文帝司马昱，据记载简文帝当时还没有登帝位，只是封为会稽王。刘尹：刘惔，字真长，任丹阳尹，即京都所在地丹阳郡的行政长官。朱门：红漆的大门，指达官贵人之家。
②蓬户：用蓬草编成的门，指简陋的房屋，穷苦人家。
③卞令：卞壶，字望之，曾任尚书令。

张玄之、顾敷是顾和中外孙，皆少而聪惠[1]。和并知之，而常谓顾胜，亲重偏至[2]。张颇不恹[3]。于时，张年九岁，顾年七岁。和与俱至寺中，见佛般泥洹像，弟子有泣者，有不泣者[4]。和以问二孙。玄谓："被亲故泣，不被亲故不泣[5]。"敷曰："不然，当由忘情故不泣，不能忘情故泣[6]。"

译文 

张玄之和顾敷是顾和的外孙和孙子，两人小时候都很聪明，顾和对他们都很赏识，又常常说顾敷略胜一筹，就特别偏爱他。张玄之相当不满。这时候玄之九岁，顾敷七岁。一次顾和带他们一起到庙里去，看见卧佛像，旁边佛的弟子有的哭，有的不哭。顾和就问两个孙子为什么会这样。玄之解释说："得到佛的宠爱，所以哭；没有得到宠爱，所以不哭。"顾敷说："不对，应该是因为不动情，所以不哭，不能忘情，所以哭。"

注释 

①中外孙：孙子和外孙。
②偏至：特别深；特别真挚。
③不恹(yàn)：不满意。
④般泥洹(bō ní huán)像：卧佛像。般泥洹，即涅槃，佛教用语，指修行的最高境界，也称僧尼死亡。
⑤玄：即玄之。晋代人单名常加"之"字。被亲：受到宠爱。
⑥忘情：指哀乐不动于心；不为感情所动。这是佛才能达到的境界。

庾法畅造庾太尉，握麈尾至佳[1]。公曰："此至佳，那得在？"法畅曰："廉者不求，贪者不与，故得在耳。"

译文 

庾法畅去拜访太尉庾亮，手里拿的拂尘极好。庾亮问道："这东西这么好，怎么还能留得住？"法畅说："廉洁的人不会向我要，贪心的人我也不会给，所以能留下呢。"

注释 

①庾法畅：当作康法畅，和尚名。麈（zhǔ）尾：拂尘。一说形状像羽扇，扇柄左右扎上麈尾（驼鹿尾）毛，谈话时借助它来指画。魏晋清谈之士喜欢用它。

桓公北征，经金城，见前为琅邪时种柳，皆已十围[①]，慨然曰："木犹如此，人何以堪！"攀枝执条，泫然流泪[②]。

译文 

桓温北伐的时候，经过金城，看见从前任琅邪内史时所种的柳树，都已经十围那么粗了，就感慨地叹道："树木尚且这样，人怎么经受得起呢！"攀着树枝，抓住柳条儿，泪流不止。

注释

①桓公：桓温。桓温在东晋太和四年（公元369年）伐燕。金城：地名，南琅邪（lángyá）郡郡治。桓温在咸康七年（公元341年）任琅邪国内史，镇守金城。到伐燕时已过了快三十年。围：两手的拇指和食指合拢的圆周长为一围。柳树十围，就快要干枯了。将人比物，使人感到时光飞逝，已到暮年晚景，桓温抚今追昔，不免有此慨叹。
②泫（xuàn）然：形容泪珠下滴。

顾悦与简文同年，而发蚤白。简文曰："卿何以先白？"对曰："蒲柳之姿，望秋而落[①]；松柏之质，经霜弥茂。"

译文 

顾悦和简文帝同岁，可是头发早已白了。简文帝问他："你为什么头发比我先白呢？"顾悦回答说："蒲柳的资质差，一到秋天就凋零了；松柏质地坚实，经历过秋霜反而更加茂盛。"

注释 

①蒲柳：植物名，即水杨。因为它早凋，常用来比喻早衰的体质。姿：通"资"，资质。

简文入华林园①，顾谓左右曰："会心处不必在远，翳然林水，便自有濠、濮间想也②，觉鸟兽禽鱼自来亲人。"

译文

简文帝进华林园游玩，回头对随从说："令人心领神会的地方不一定在很远，林木蔽空，山水掩映，就自然会产生濠水、濮水上那样悠然自得的想法，觉得鸟兽禽鱼自己会来亲近人。"

注释

①华林园：在建康台城，本是吴国的皇宫花园，东晋时又仿照洛阳的华林园修整过。
②翳（yì）然：形容荫蔽。濠：濠水。据《庄子·秋水》载：庄子和惠子到濠水的桥上游玩，觉得很快活，就认为河中的鱼也很快活。濮：濮水。据《庄子·秋水》载：庄子在濮水钓鱼，楚威王派大夫去请他出来主持国政，庄子不干，表示宁可做一只在污泥中爬的活龟，也不愿做一只保存在宗庙里的死龟 。

支道林常养数匹马。或言："道人畜马不韵①。"支曰："贫道重其神骏②。"

译文

支道林和尚经常养着几匹马。有人说："和尚养马并不风雅。"支道林说："我是看重马的神采姿态。"

注释

①韵：风雅。
②贫道：和尚的谦称。神骏：良马的精神姿态。

刘尹与桓宣武共听讲《礼记》①。桓云："时有入心处，便觉咫尺玄门②。"刘曰："此未关至极，自是金华殿之语③。"

译文 

丹阳尹刘惔和桓温一起听讲《礼记》。桓温说："有时有所领悟，便觉得离高深境界不远了。"刘惔却说："这还没有涉及最精妙的境界，还只是金华殿上的老生常谈。"

注释 

①《礼记》：主要记录了战国秦汉间儒家关于礼制的言论，侧重阐明礼的作用和意义。
②咫（zhǐ）尺：很近。咫，古代的长度单位，八寸为咫。玄门：奥妙的门径，指高深的境界。
③至极：顶点。金华殿：汉成帝时，郑宽中、张禹曾在金华殿给皇帝讲解《尚书》《论语》。这里用金华殿之语指儒生为皇帝讲书时的老生常谈。

王长史与刘真长别后相见，王谓刘曰："卿更长进。"答曰："此若天之自高耳[①]。"

译文 

司徒左长史王濛和刘真长两人别后重逢，王濛对刘真长说："你更有长进了。"刘真长答道："这就好像天那样，本来就是高的呀！"

注释 

①"此若"句：刘氏在这里以天自比，表现出好清谈者的狂诞。

刘尹云："人想王荆产佳，此想长松下当有清风耳[①]。"

译文 

刘真长说："人们想象王荆产人才出众，其实这等于想象高大的松树下定会有清风罢了。"

注释 

①王荆产：王徽，字幼仁，小名荆产，曾任右军司马。祖父王乂为平北将军，父王澄任荆州刺史，是放诞不羁的人。这一句暗示出身名门，世代官宦人家，儿子不一定优秀。

刘真长为丹阳尹，许玄度出都，就刘宿[1]。床帷新丽，饮食丰甘。许曰："若保全此处，殊胜东山[2]。"刘曰："卿若知吉凶由人，吾安得不保此！"王逸少在坐，曰："令巢、许遇稷、契，当无此言[3]。"二人并有愧色。

译文

刘真长任丹阳尹的时候，许玄度到京都去，便到他那里住宿。他设置的床帐簇新、华丽，饮食丰盛味美。许玄度说："如果保全住这个地方，比隐居东山强多了。"刘真长说："你如果能肯定祸福由人来决定，我怎么会不保全这里呢！"当时王逸少也在座，就说："如果巢父、许由遇见稷和契，一定不会说这样的话。"刘、许两人听了，都面有愧色。

注释

①许玄度：许询，字玄度，善清谈，受敬仰，又乐于隐遁，拒绝出任官职，曾被召为司徒掾，不就。刘惔也是个清谈家，曾在郡中给许玄度准备好住所，且经常去拜访。
②东山：山名，指隐居之处。谢安曾在东山隐居。
③稷：后稷，周的始祖，尧时任稷官。契（xiè）：商的始祖，舜时为司徒，辅助大禹治水。王逸少这两句话是讽刺许、刘二人的，揭穿了当时一般名士敝屣功名、遗落世事的虚伪性。

王右军与谢太傅共登冶城，谢悠然远想，有高世之志[1]。王谓谢曰："夏禹勤王，手足胼胝[2]；文王旰食，日不暇给[3]。今四郊多垒，宜人人自效[4]。而虚谈废务，浮文妨要，恐非当今所宜[5]。"谢答曰："秦任商鞅，二世而亡，岂清言致患邪[6]？"

译文

右军将军王羲之和太傅谢安一起登上冶城，谢安悠闲地凝神遐想，有超尘脱俗的志趣。王羲之就对他说："夏禹操劳国事，手脚都长了趼子；周文王忙到天黑才吃上饭，总觉得时间不够用。现在国家战乱四起，人人都应当自觉地为国效劳。而空谈荒废政务，浮辞妨害国事，恐怕不是当前所应该做的吧。"谢安回答说："秦国任用商鞅，可是秦朝只传两代就灭亡了，这难道也是清谈所造成的灾祸吗？"

注释

①冶城：原是吴国冶铸之地，晋孝武帝时在城中立寺，安帝时改为花园，筑起亭台楼阁。故址在今南京市。悠然：悠闲的样子。高世：超脱世俗。
②勤王：为王事尽力。胼胝(piān zhī)：趼子(jiǎn zi)。尧命禹治水，禹在外九年，由于操劳，手脚都起了趼子。
③旰(gàn)食：天黑了才吃饭。指勤于国事。日不暇给(jǐ)：形容事情多，时间不够用。给，足够。《尚书·无逸》说过，周文王处理政事，忙碌得从早晨到下午也没有闲功夫吃饭。
④四郊：这里指国都四郊，即都城郊外。垒：防护军营的墙壁或堡垒。
⑤废务：荒废了事务。浮文：不切实际的文辞。要：重要的事情。按：虚谈和浮文、废务和妨要，对举成文，字异义同。这句指清谈耽误国家大事。
⑥商鞅：战国中期杰出的法家，辅佐秦孝公（公元前361—前338年）实行变法，秦国因此富强起来，传六代至秦始皇，便统一中国。二世：两代。指秦始皇和秦二世两代。秦始皇死后，秦二世胡亥继位，在位三年。因陈胜起义、刘邦起兵，秦朝便灭亡了。清言：清谈。不务实际，空谈玄学。按：谢安的回答，实际是强词夺理。

谢太傅寒雪日内集，与儿女讲论文义[①]。俄而雪骤[②]，公欣然曰："白雪纷纷何所似[③]？"兄子胡儿曰："撒盐空中差可拟[④]。"兄女曰："未若柳絮因风起[⑤]。"公大笑乐。即公大兄无奕女，左将军王凝之妻也[⑥]。

译文

太傅谢安在一个寒冷的下雪天把家里人聚在一起，和儿女们讲解谈论文章。一会儿，雪下得又大又急，谢安兴致勃勃地问道："白雪纷纷何所似？"侄子胡儿说："撒盐空中差可拟。"侄女说："未若柳絮因风起。"谢安大笑，非常高兴。这位侄女就是谢安的大哥谢无奕的女儿，左将军王凝之的妻子。

注释

①内集：家里人聚会。文义：文章的内容。
②骤：又大又急。
③"白雪"句：大意是：白雪纷纷扬扬像什么。
④"撒盐"句：大意是：往天上撒盐满可以用来一比。差：甚；很。
⑤"未若"句：大意是：比不上柳絮随风飞舞。按：以上三句都仿效汉武帝"柏梁体"歌句，七言，每句用韵。
⑥无奕女：指谢道蕴。

王中郎令伏玄度、习凿齿论青、楚人物[1]。临成，以示韩康伯，康伯都无言[2]。王曰："何故不言？"韩曰："无可无不可。"

译文

北中郎将王坦之叫伏玄度、习凿齿两人评论青州、荆州两地历代人物。等到评论完了，王坦之拿来给韩康伯看，韩康伯一句话也没说。王坦之问他："为什么不说话？"韩康伯说："他们的评论无所谓对，也无所谓不对。"

注释

①王中郎：王坦之，字文度，曾任中书令，兼任北中郎将（统军的将领），徐、兖二州刺史。伏玄度：伏滔，字玄度，青州平昌县人，曾任大司马桓温参军，后任著作郎、游击将军。习凿齿：字彦威，荆州襄阳郡人，桓温为荆州刺史时，他任别驾，后任荥阳太守。青、楚：青州和荆州。楚国旧号荆，所以这里称荆州为楚。古代把中国分为九州，青州包括东部和东北一部分，荆州包括中南和西南一部分。据记载，伏、习二人曾辩论青、楚历代人物的优劣得失，实际是各自赞扬家乡的人物。

②临：到。韩康伯：韩伯，字康伯，曾任丹阳尹、吏部尚书、领军将军。

荀中郎在京口，登北固望海云[1]："虽未睹三山，便自使人有凌云意[2]。若秦、汉之君，必当褰裳濡足[3]。"

译文

北中郎将荀羡在京口任职时，登上北固山远望东海说："虽然不曾望见三座仙山，已经让人有超尘出世的意想。如果像秦始皇和汉武帝那样，一定会提起衣裳下海去的。"

注释

①荀中郎：荀羡，字令则，任北中郎将、徐州刺史。北固：北固山，在京口（今江苏省镇江市）东北，山上有北固亭，下临长江。

②三山：指传说中东海的蓬莱、方丈、瀛洲三座神山。相传山中有不死药。秦始皇曾遣徐市领数千童男女入海寻仙求药，东巡时又曾从江乘县沿海北上到琅邪，希望遇见神山。汉武帝在泰山祭天以后也曾到东海，希望能遇见蓬莱山。凌云：直上云霄，这里指超脱尘世，登上仙境。

③褰(qiān)裳濡（rú）足：提起衣裳沾湿脚。

支公好鹤，住剡东岇山[①]。有人遗其双鹤[②]。少时翅长欲飞，支意惜之，乃铩其翮[③]。鹤轩翥不复能飞[④]，乃反顾翅，垂头，视之如有懊丧意。林曰："既有凌霄之姿，何肯为人作耳目近玩！"养令翮成，置，使飞去。

译文

支道林喜欢养鹤，住在剡县东面的岇山上。有人送给他一对小鹤。不久，小鹤翅膀长成，将要飞了，支道林心里舍不得它们，就剪短了它们的翅膀。鹤高举翅膀却不能飞了，便回头看看翅膀，低垂着头，看上去好像有懊丧的意思。支道林说："既然有直冲云霄的资质，又怎么肯给人做就近观赏的玩物呢！"于是喂养到翅膀再长起来，就放了它们，让它们飞走了。

注释

①支公：支遁，字道林，晋时和尚。剡(shàn)：剡县，属会稽郡。岇(áng)山：山名。
②遗(wèi)：赠送。
③铩(shā)：摧残。翮(hé)：羽毛中间的硬管，这里用来指翅膀毛。
④轩翥(zhù)：高飞的样子。

李弘度常叹不被遇[①]。殷扬州知其家贫，问："君能屈志百里不[②]？"李答曰："《北门》之叹，久已上闻[③]；穷猿奔林，岂暇择木！"遂授剡县。

译文

李弘度经常慨叹得不到赏识提拔的机会。扬州刺史殷浩知道他家境贫困，就问他："您能不能屈就，到一个小地方去？"李弘度回答说："像《北门》篇那样的慨叹，早就让您听到了；我现在像无路可走的猿猴奔窜山林，哪里还顾得上去挑选该逃上哪棵树呢！"殷浩于是就委任他做剡县县令。

注释

①李弘度：李充，字弘度，初为丞相王导掾，转记室参军，后为征北将军褚裒的参军。因为家贫，苦求外任。遇：遇合，指得到君主或在上者的赏识、重用。
②殷扬州：殷浩，字渊源，官至扬州刺史、中军将军。屈志：降低心愿。百里：指百里方圆的地方，即一个县。
③《北门》：《诗经》中的一篇，旧以为是写"仕不得志"的，诗中描写一个小官吏慨叹自己位卑多劳、生活贫困的苦况。

袁彦伯为谢安南司马，都下诸人送至濑乡[1]。将别，既自凄惘，叹曰："江山辽落，居然有万里之势[2]！"

译文

袁彦伯出任安南将军谢奉的司马，京都的友人给他送行一直送到濑乡。快到分手的时候，他已经不胜伤感愁闷，慨叹说："江山辽阔，显然有万里的气势。"

注释

①谢安南：谢奉，字弘道，历任安南将军、广州刺史、吏部尚书。司马：官名，将军府的属官，管理一府之事。都下：京都。
②凄惘：伤感愁闷。辽落：辽阔。

孙绰赋《遂初》，筑室畎川，自言见止足之分[1]。斋前种一株松，恒自手壅治之[2]。高世远时亦邻居，语孙曰："松树子非不楚楚可怜[3]，但永无栋梁用耳！"孙曰："枫柳虽合抱，亦何所施[4]？"

译文

孙绰创作《遂初赋》来表明自己的志向，在畎川建一所房子住，自己说已经明白了安分守己是自己的本分。房前种着一棵松树，他经常亲手培土灌溉。高世远这时正跟他做邻居，对他说："小松树不是不茂盛可爱，只是永远不能用做栋梁呀！"孙绰说："枫树、柳树虽然长得合抱那么粗，又能派什么用场呢？"

注释

①《遂初》：《遂初赋》。孙绰在《序》中说，自己仰慕老子、庄子之道，愿隐居山林。畎(quǎn)川：地名。止足之分(fèn)：止足指知止、知足，即安分守己；分指本分。
②斋：房屋。壅：培土。
③楚楚可怜：茂盛可爱。
④合抱：两臂围拢，形容粗大。施：用。

顾长康从会稽还，人问山川之美，顾云："千岩竞秀，万壑争流，草木蒙笼其上，若云兴霞蔚[1]。"

译文

顾长康从会稽回来，人们问他那边山川的秀丽情状，顾长康形容说："那里千峰竞相比高，万壑争先奔流，茂密的草木笼罩其上，有如彩云涌动，霞光灿烂。"

注释

①岩：高峻的山峰。秀：高出。壑(hè)：山沟。蒙笼：茂密覆盖。云兴霞蔚：彩云兴起，形容绚丽多彩。

简文崩，孝武年十余岁立，至暝不临[①]。左右启："依常应临。"帝曰："哀至则哭，何常之有！"

译文

简文帝逝世，孝武帝十多岁就登上帝位，服丧期间，一次，天黑了他也不哭丧。侍从向他启奏说："按惯例应该哭了。"孝武帝说："悲痛到来时，自然就会哭，有什么惯例不惯例的！"

注释

①孝武：晋孝武帝司马曜，简文帝的儿子，十一岁继简文帝登位。临(lìn)：哭。亲人死，到一定时候要哭丧，叫临。

孝武将讲《孝经》，谢公兄弟与诸人私庭讲习[①]。车武子难苦问谢，谓袁羊曰："不问则德音有遗，多问则重劳二谢[②]。"袁曰："必无此嫌。"车曰："何以知尔？"袁曰："何尝见明镜疲于屡照，清流惮于惠风[③]？"

译文

孝武帝将要研讨《孝经》，谢安、谢石兄弟和众人先在家里研讨、学习。车武子提出一些疑难、急迫的问题来问谢安兄弟，并且对袁羊说："不问，怕漏掉精湛的言论；问得多了，又怕反复劳累二谢。"袁羊说："一定不会引起这种不满。"车武子说："怎么知道会是这样呢？"袁羊说："何曾见过明亮的镜子会因为连续照影而疲劳，清澈的流水会害怕微风？"

注释

①讲：研究、讨论。据《续晋阳秋》载："宁康三年九月九日，帝讲《孝经》，仆射谢安侍坐，吏部尚书陆纳、兼侍中卞耽读，黄门侍郎谢石、吏部袁宏兼执经，中书郎车胤（按：字武子）、丹阳尹王混摘句（指摘出疑难来问）。"私庭：私邸，王侯大官的府第。
②难苦：疑难、不精密。袁羊：应为袁虎（袁宏，小名虎）之误。袁羊卒于永和年间，下迄孝武讲经，相距二十余年。德音：善言，对别人言辞的敬称，这里指谢安兄弟的言论。
③"何尝"句：说明明镜屡照，仍然明亮；惠风轻拂，水流仍然清澈。以喻多问不致重劳二谢。惮（dàn），害怕。惠风，和风。

王子敬云："从山阴道上行，山川自相映发，使人应接不暇[①]。若秋冬之际，尤难为怀[②]。"

译文

王子敬说："从山阴道上走过时，一路上山光水色交相辉映，使人眼花缭乱，看不过来。如果是秋冬之交，更是让人难以忘怀。"

注释

①山阴：会稽郡山阴县（今浙江绍兴）。按：王子敬曾住在会稽郡，那里以山水优美著称。映发：互相映衬，彼此显现。
②为怀：忘怀，忘记。此句意谓犹觉玩赏不尽。

谢太傅问诸子侄："子弟亦何预人事，而正欲使其佳[①]？"诸人莫有言者。车骑答曰："譬如芝兰玉树，欲使其生于阶庭耳[②]。"

译文

太傅谢安问众子侄："子侄们又何尝需要过问政事，为什么总想培养他们成为优秀子弟？"大家都不说话。车骑将军谢玄回答说："这就好比芝兰玉树，总想使它们生长在自家的庭院中啊！"

注释

①预：参预，牵涉。正：只。
②"譬如"句：比喻希望美好、高洁的东西都能出自自己家门。芝兰是芝草和兰草，是芳香的草；玉树是传说中的仙树。二者都用来比喻才德之美。

道壹道人好整饰音辞。从都下还东山，经吴中[①]。已而会雪下，未甚寒[②]。诸道人问在道所经。壹公曰："风霜固所不论，乃先集其惨澹[③]；郊邑正自飘瞥，林岫便已皓然[④]。"

译文

道壹和尚喜欢修饰言辞。他从京都回东山时，经过吴中。随即遇到下雪，还不是很冷。回来后，和尚们问他途中见闻。道壹说："风霜固然不用说了，它却先凝聚起一片暗淡；郊野、村落还只是雪花飞掠，树林和山峰就已经白茫茫一片。"

注释

①吴中：指春秋时吴国旧都，即今江苏省吴县，属吴郡。
②已而：不久。会：正好。
③惨澹：惨淡，色彩暗淡。
④飘瞥：飞掠。林岫(xiù)：树林、山峰。皓然：形容洁白。按：这两句说的是下雪。

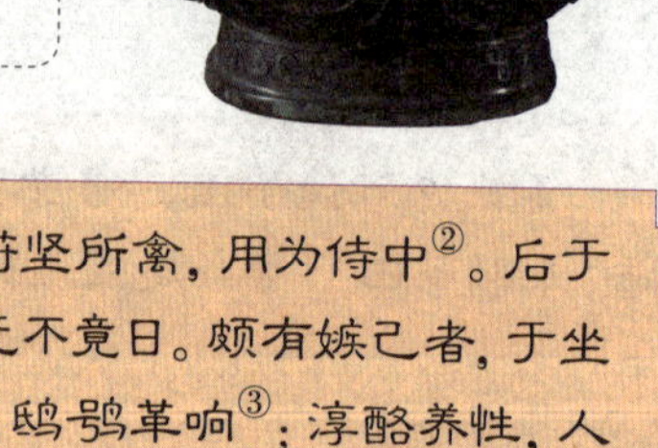

张天锡为凉州刺史，称制西隅[①]。既为苻坚所禽，用为侍中[②]。后于寿阳俱败，至都，为孝武所器。每入言论，无不竟日。颇有嫉己者，于坐问张："北方何物可贵？"张曰："桑椹甘香，鸱鸮革响[③]；淳酪养性，人无嫉心[④]。"

译文

张天锡任凉州刺史，在西部地区称王。被苻坚俘虏以后，任用为侍中。后来随苻坚攻晋，在寿阳县大败，便归顺晋朝，来到京都，得到晋孝武帝的器重。每次入朝谈论，没有不谈一整天的。很有一些妒忌他的人当众问他："北方什么东西可贵？"张天锡回答说："桑葚香甜，鸱鸮振翅作响；醇厚的乳酪怡情养性，人们没有妒忌之心。"

注释

①张天锡：张天锡在东晋兴宁元年（公元363年）杀张玄靓，自称凉州牧、西平公，实行地方割据，继承前凉政权。376年苻坚攻凉州，张天锡投降，前凉亡。后来在淝水之战中苻坚军败，张天锡于阵中逃出，归顺晋朝，任散骑常侍。按：凉州在今甘肃省。下文问及北方，就是指凉州。称制：伪称皇帝。西隅：西部地区。
②苻坚：苻坚在东晋升平元年（公元357年）称大秦天王，继承前秦政权，在十六国中最为强大。383年苻坚举兵攻东晋，直下寿阳县。晋派谢石、谢玄与苻坚战于淝水，击败苻坚军。这就是淝水之战。禽：同"擒"。
③桑椹：桑葚。鸱鸮(chī xiāo)：鸟名。猫头鹰就属于鸱鸮科。革：鸟的翅膀。
④淳酪：醇厚的奶酪。按：张天锡以"人无嫉心"来讽刺那些嫉己者。

顾长康拜桓宣武墓[①]，作诗云："山崩溟海竭，鱼鸟将何依[②]！"人问之曰："卿凭重桓乃尔，哭之状其可见乎[③]？"顾曰："鼻如广莫长风，眼如悬河决溜[④]。"或曰："声如震雷破山，泪如倾河注海[⑤]。"

译文

顾长康去拜谒桓温的陵墓，并且作诗说："山崩溟海竭，鱼鸟将何依！"有人问他说："你过去倚重桓温才会这样说，你痛哭桓温的情状大概可以描述描述吧？"顾长康说："鼻息像旷野生风，眼泪像瀑布倾泻。"又一说是："哭声像疾雷震破山岳，眼泪像江河倾泻大海。"

注释

①"顾长"句：顾长康曾在桓温手下任参军，得到桓温的赏识，所以对桓温很感激。
②"山崩"句：大意是：山倒塌了，海枯竭了，鱼儿鸟儿，依靠什么！溟海，海。
③凭重：倚重。见：显现。
④广莫：广漠，这里指广漠的原野。《淮南子·坠形训》："穷奇广莫，风之所生也。"北风也叫广莫风。悬河：形容瀑布，比喻河水倾泻不止。决溜：指河堤决口，河水急流。
⑤震雷：响雷。注：倒入。

毛伯成既负其才气，常称："宁为兰摧玉折，不作萧敷艾荣[①]。"

译文

毛伯成既然自负有才气，就常常声称："宁可做被摧残的香兰，被打碎的美玉，也不做开花的艾蒿。"

注释

①兰：兰草，一种香草。萧：艾蒿。敷：花开。荣：草开花。

司马太傅斋中夜坐，于时天月明净，都无纤翳[1]，太傅叹以为佳。谢景重在坐[2]，答曰："意谓乃不如微云点缀。"太傅因戏谢曰："卿居心不净，乃复强欲滓秽太清邪[3]？"

译文

太傅司马道子夜里在书房闲坐，这时天空明朗，月光皎洁，一点云彩也没有，太傅赞叹不已，认为美极了。当时谢景重也在座，回答说："私意以为倒不如有点微云点缀。"太傅便打趣谢景重说："你自己心地不干净，还硬要老天也不干净吗？"

注释

①司马太傅：司马道子，晋简文帝的儿子，封会稽王，任太傅。纤翳：微小的遮蔽，指云彩。
②谢景重：谢重，字景重，在司马道子手下任骠骑长史。
③滓秽：污秽，玷污。太清：天。

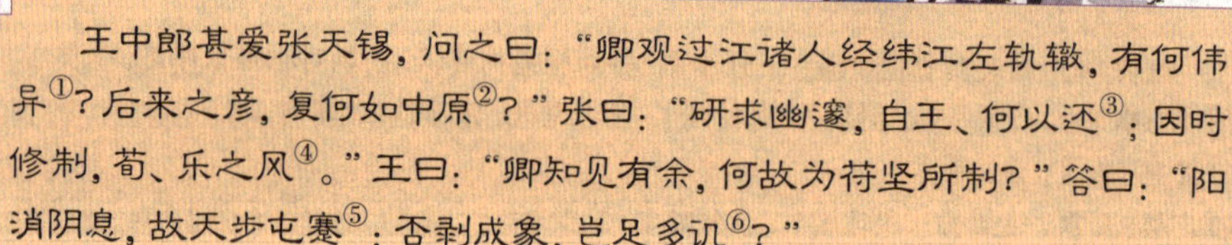

王中郎甚爱张天锡，问之曰："卿观过江诸人经纬江左轨辙，有何伟异[1]？后来之彦，复何如中原[2]？"张曰："研求幽邃，自王、何以还[3]；因时修制，荀、乐之风[4]。"王曰："卿知见有余，何故为苻坚所制？"答曰："阳消阴息，故天步屯蹇[5]；否剥成象，岂足多讥[6]？"

译文

北中郎将王坦之很喜爱张天锡，问他："你看过江来的这些人治理江南的途径，有什么特别的地方？后起之秀，和中原人士相比又怎么样？"张天锡说："说到研讨深奥的玄学，自王弼、何晏以来是最好的了；说到根据时势修订规章制度，那就有荀颉、荀勖和乐广的作风。"王坦之说："你很有远见卓识，为什么会被苻坚挟制呢？"张天锡回答说："阳衰阴盛，所以国运艰难；时运不好，难道这也值得大加讥笑吗？"

注释

①经纬：治理。轨辙：准则；法度。伟异：突出；特别。
②彦：有才学的人。
③幽邃（suì）：幽深，这里指玄学。
④修制：修定规章制度。荀：指荀颉、荀勖。晋初命荀颉定礼乐，他和羊祜等人一起撰定晋礼，荀勖与贾充共定律令。乐：指乐广，但乐广未曾修定法制。
⑤阴、阳：古代的哲学概念，是两个对立面。息：增长。天步：国家的命运。屯蹇（jiǎn）：屯、蹇皆《周易》中卦名，卦象象征艰难险阻。
⑥否剥：否、剥皆《周易》卦名，否卦象征天地不相交，剥卦象征阴盛阳衰，这里比喻时运不利。

宣武移镇南州，制街衢平直①。人谓王东亭曰②："丞相初营建康，无所因承，而制置纡曲，方此为劣。"东亭曰："此丞相乃所以为巧。江左地促，不如中国。若使阡陌条畅，则一览而尽③；故纡馀委曲，若不可测④。"

译文

桓温移镇南州，他规划修建的街道很平直。有人对东亭侯王珣说："丞相当初筹划修筑建康城的街道时，没有现成图样可以仿效，所以修筑得弯弯曲曲，和这里相比就显得差些。"王珣说："这正是丞相规划得巧妙的地方。江南地方狭窄，比不上中原。如果街道畅通无阻，就会一眼看到底；特意拐弯抹角，就给人一种幽深莫测的感觉。"

注释

①"宣武"句：晋哀帝兴宁二年（公元364年），大司马桓温兼任扬州牧。他先移镇春谷县的赭圻，并在此地筑城，第二年又往东移镇姑孰。姑孰，古城名，东晋时始筑。在建康以南，又叫南洲（州）。故址在今安徽省当涂县。
②王东亭：王珣，字元琳，王导之孙。大司马桓温辟为主簿，累迁尚书左仆射，封东亭侯。下文丞相指王导。王东亭意在夸耀自己的祖父王导的街道设计巧于桓温。
③阡陌：田间小路，这里指街道。南北方向的叫阡，东西方向的叫陌。条畅：又直又长；畅通无阻。
④纡馀委曲：曲折。

桓玄诣殷荆州，殷在妾房昼眠，左右辞不之通。桓后言及此事，殷云："初不眠。纵有此，岂不以'贤贤易色'也[1]！"

译文

桓玄去拜访荆州刺史殷仲堪，殷正在侍妾的房里睡午觉，手下的人谢绝给他通报。桓玄后来谈起这事，殷仲堪说："我从来不睡午觉。如果有这样的事，岂不是把重贤之心变成重色了吗！"

注释

①贤贤易色：语出《论语·学而》。这句话有不同的理解，孔安国注《论语》以为"言以好色之心好贤人则善"。大意指尊重贤人，不重女色。

桓玄既篡位，后御床微陷，群臣失色[1]。侍中殷仲文进曰[2]："当由圣德渊重，厚地所以不能载。"时人善之。

译文

桓玄篡位以后，他坐的床稍微陷下去一点，大臣们大惊失色。侍中殷仲文上前说："这是由于皇上德行深厚，以致大地承受不起。"当时的人很赞赏这句话。

注释

①"桓玄"句：晋安帝元兴元年（公元402年）下诏讨伐桓玄，桓玄就举兵东下建康，总理朝政，杀会稽王司马道子。第二年桓玄称帝，国号楚，并改元永始，废晋安帝为平固王。公元404年，刘裕等起兵讨伐桓玄，桓玄兵败被杀。

②殷仲文：桓玄的姊夫，桓玄攻入京都后，殷便离开新安太守职，投奔桓玄，任咨议参军。桓玄将要篡位，派他总领诏命，以为侍中。

谢灵运好戴曲柄笠[①]，孔隐士谓曰："卿欲希心高远，何不能遗曲盖之貌"[②]？谢答曰："将不畏影者未能忘怀[③]！"

译文

谢灵运喜欢戴曲柄笠，隐士孔淳之对他说："你想仰慕德高志远的人，为什么不能抛开曲盖的形状？"谢灵运回答说："恐怕是怕影子的人还不能忘记影子吧！"

注释

①谢灵运：晋宋时人，曾任永嘉太守、临川内史，也曾在会稽隐居了一段时间；喜欢遨游山水，以写山水诗著名。曲柄笠：一种帽子，"笠上有柄，曲而后垂，绝似曲盖之形"。

②孔隐士：孔淳之，在上虞山隐居。希心：仰慕；倾心。高远：指德行高尚，志趣远大。曲盖：帝王、大官外出时的一种仪仗，盖如伞状，柄弯曲。孔淳之因为曲柄笠和曲盖相像，就借以讽刺谢灵运没有忘掉富贵。

③将不：恐怕，表示测度而意思偏于肯定。畏影者：害怕自己影子的人。《庄子》有一个寓言：一个人害怕自己的影子，想甩开它，就拼命逃跑，可是影子仍然跟着，结果气绝身死。谢灵运是说，只有畏影者心里才有个影子，如果不想到富贵，就不会怕富贵的影子，而孔隐士恐怕才是不能忘怀于富贵的。

评点

魏晋时代，受清谈之风影响，士大夫在待人接物中特别注重言辞。在处事待人中，遇事常需要讲道理，这就要求抓准事物或论点的本质要害、是非得失来表述，否则说服不了人，甚至容易言不及义。有时，一种行为、一种见解可能受到指摘甚至误解，需要辩解清楚。如果善于辩明，容易折服对方，甚至能得到对方欣赏，除难消灾。在交谈、论辩中，也常常须要反驳对方的论点，如能以其人之道还治其人之身，更易压倒对方。

古人说话，喜欢引证古代言论、事实或典籍，这是一种时尚。本篇引用古事、古语的地方不少，说话也强调善用比喻。还有一部分条目肯定了描写的深刻、传神，有文采；有一些则是在言谈中隐含说话人的各种思想感情，寓意深远。

政事第三

题解

政事指行政事务，具体指处理政务的才能和值得效法的手段。晋代士族阶层为了巩固自己的政权，必然要维护法制，严格执法，强化国家机构的管理，这就要重视政事和官吏的政绩。

本篇篇幅虽然不大，但涉及的问题还是相当广泛的。

陈仲弓为太丘长，时吏有诈称母病求假，事觉，收之，令吏杀焉。主簿请付狱考众奸[1]，仲弓曰："欺君不忠，病母不孝；不忠不孝，其罪莫大。考求众奸，岂复过此！"

译文

陈仲弓任太丘县县长，当时有个小官吏假称母亲有病请假，事情被发觉，陈仲弓就逮捕了他，并命令狱吏处死。主簿请求交给诉讼机关查究其他犯罪事实，陈仲弓说："欺骗君主就是不忠，诅咒母亲生病就是不孝；不忠不孝，没有比这个罪状更大的了。查究其他罪状，难道还能超过这件吗！"

注释

①主簿：官名。考：查究。众奸：指诸多犯法的事。

陈仲弓为太丘长，有劫贼杀财主，主者捕之[1]。未至发所，道闻民有在草不起子者，回车往治之[2]。主簿曰："贼大，宜先按讨。"仲弓曰："盗杀财主，何如骨肉相残[3]！"

译文

陈仲弓任太丘县县长时，有强盗劫财害命，主管官吏捕获了强盗。陈仲弓前去处理，还没到出事地点，半路上听说有家老百姓生下孩子不肯养育，便掉头去处理这件事。主簿说："杀人事大，应该先查办。"仲弓说："强盗杀物主，怎么比得上骨肉相残这件事重大！"

注释

①财主：财货的主人（不是现在所说的富家）。
②发所：出事地点。在草：生孩子。草，产褥。晋时分娩多用草垫着。
③"盗杀"句：意指母子相残，违逆天理人伦，要先处理，而杀人只是违反常理。

陈元方年十一时，候袁公[①]。袁公问曰："贤家君在太丘，远近称之，何所履行[②]？"元方曰："老父在太丘，强者绥之以德；弱者抚之以仁，恣其所安，久而益敬。"袁公曰："孤往者尝为邺令，正行此事[③]。不知卿家君法孤，孤法卿父？"元方曰："周公、孔子，异世而出，周旋动静，万里如一[④]；周公不师孔子，孔子亦不师周公。"

译文

陈元方十一岁时，有一次去问候袁公。袁公问他："令尊在太丘县任职时，远近的人都称颂他，他是怎么治理的呢？"元方说："老父在太丘时，对强者就用恩德来安抚他，对弱者就用仁爱来抚慰他，放手让他们安居乐业，时间久了，就更加受到敬重。"袁公说："我过去曾经做过邺县县令，正是用的这种办法。不知道是你父亲效法我呢，还是我效法你父亲？"元方说："周公、孔子生在两个不同的时代，他们的礼仪举止，虽然相隔很远也如出一辙；周公没有效法孔子，孔子也没有效法周公。"

注释

①陈元方：陈仲弓的儿子。袁公：未知指何人，一说指袁绍。
②何所履行：所履行者何，执行的是什么。
③孤：古代是王侯的自称。
④周旋：指应酬、揖让一类礼节活动。动静：行止；行动。

贺太傅作吴郡，初不出门[①]。吴中诸强族轻之[②]，乃题府门云："会稽鸡，不能啼。"贺闻，故出行，至门反顾，索笔足之曰："不可啼，杀吴儿。"于是至诸屯邸，检校诸顾、陆役使官兵及藏逋亡，悉以事言上，罪者甚众[③]。陆抗时为江陵都督，故下请孙皓，然后得释[④]。

译文

太子太傅贺邵任吴郡太守，到任之初，足不出门。吴中所有豪门士族都轻视他，竟在官府大门写上"会稽鸡，不能啼"的字样。贺邵听说后，故意外出，走出门口，回过头来看，并且要来笔在句下补上一句："不可啼，杀吴儿。"于是到各大族的庄园，查核顾姓、陆姓家族奴役官兵和窝藏逃亡户口的情况，然后把事情本末全部报告朝廷，获罪的人非常多。当时陆抗正任江陵都督，也受牵连，便特意往建业请求孙皓帮助，这才得以了结。

注释

①贺太傅：贺邵，字兴伯，会稽郡山阴县人，三国时吴国人，任吴郡太守，后升任太子太傅。
②吴中：吴郡的政府机关在吴，即今江苏省吴县，也称吴中。强族：豪门大族。
③屯邸：庄园。检校：查核。逋(bū)亡：逃亡。战乱之时，赋役繁重，贫民多逃亡到士族大家中藏匿，给他们做苦工，官府也不敢查处。
④陆抗：吴郡人，丞相陆逊之子，孙策外孙。下：当时陆抗所在的江陵居上游，孙皓所在的建业居下游，故说"下"。孙皓：三国时吴国的亡国君主，公元280年晋兵攻陷建业，孙皓投降，吴亡。孙皓和陆抗有亲戚关系。

嵇康被诛后，山公举康子绍为秘书丞[①]。绍咨公出处[②]，公曰："为君思之久矣。天地四时，犹有消息，而况人乎[③]！"

译文

嵇康被杀以后，山涛推荐嵇康的儿子嵇绍做秘书丞。嵇绍去和山涛商量出任不出任，山涛说："我替您考虑很久了。天地间一年四季，也还有交替变化的时候，何况是人呢！"

注释

①秘书丞：秘书省的属官，掌管图书典籍。
②出处（chǔ）：出仕和退隐。嵇康是被晋文帝司马昭杀害的，而山涛却把他的儿子嵇绍推荐到晋武帝朝为官，嵇绍必然有所考虑。
③消息：消长，减少和增长。按：山涛以为，四季也有变化，人的进退出处也应按不同情况而定。

王安期为东海郡，小吏盗池中鱼，纲纪推之[①]。王曰："文王之囿，与众共之[②]。池鱼复何足惜！"

译文

王安期任东海郡内史时，有个小吏偷了池塘中的鱼，主簿要追查这件事。王安期说："周文王的猎场，是和百姓共同使用的。池塘中的几条鱼又有什么值得吝惜的呢！"

注释

①王安期：王承，字安期，累迁东海内史（在王国里，内史掌管太守职务）。纲纪：主簿（主管府中事务的官）。
②文王：周文王。囿（yòu）：养禽兽的园子。共：共同使用。《孟子·梁惠王下》载，周文王有个方圆七十里的园囿，人们可以到那里去打柴、打猎。

王安期作东海郡，吏录一犯夜人来[①]。王问："何处来？"云："从师家受书还，不觉日晚。"王曰："鞭挞宁越以立威名，恐非致理之本[②]。"使吏送令归家。

译文

王安期任东海郡内史时，一次，差役抓了一个犯宵禁的人来。王安期审问他："从哪里来的？"那个人回答说："从老师家学完功课回来，没想到时间太晚了。"王安期听后说："处分一个读书人来树立威名，恐怕不是获得治绩的根本办法。"便派差役送他出去，叫他回家。

注释

①录：拘捕。犯夜：触犯夜行禁令。按：《晋律》禁止夜间通行。
②宁越：人名，这里指读书人。《吕氏春秋》载，有人告诉宁越，要学习三十年才能学有所成，宁越说，我不休息，刻苦学习十五年就行。十五年后，便成为周威公的老师。致理：致治，招致太平；获得政绩。"理"当作"治"，大概是唐代避唐高宗李治的讳而改动的。

成帝在石头，任让在帝前戮侍中钟雅、右卫将军刘超[①]。帝泣曰："还我侍中！"让不奉诏，遂斩超、雅。事平之后，陶公与让有旧，欲宥之。许柳儿思妣者至佳，诸公欲全之[②]。若全思妣，则不得不为陶全让，于是欲并宥之。事奏，帝曰："让是杀我侍中者，不可宥！"诸公以少主不可违，并斩二人[③]。

译文

晋成帝被迁到石头城，叛军任让在成帝面前要杀侍中钟雅和右卫将军刘超。成帝哭着说："把侍中还给我！"任让不听命令，终于斩了刘超和钟雅。等到叛乱平定以后，陶侃因为和任让有老交情，就想赦免他。另外叛军许柳有个儿子叫思妣，很有才德，大臣们也想保全他。可是要想保全思妣，就不得不为陶侃保全任让，于是就想两个人一起赦罪。当把处理办法上奏成帝时，成帝说："任让是杀我侍中的人，不能赦罪！"大臣们认为不能违抗成帝命令，就把两人都杀了。

注释

①"成帝"句：晋成帝咸和二年（公元327年），历阳内史苏峻起兵反帝室，咸和三年攻陷建康，并把晋成帝迁到石头城。不久苏峻败死，其弟苏逸立为主。咸和四年正月，侍卫着成帝的钟雅、刘超二人密谋把成帝救出，被发觉，苏逸便派部将任让领兵入宫杀了钟、刘。二月苏逸败死。
②许柳：苏峻起兵反晋时，豫州刺史祖约派许柳率兵与苏峻会合。苏峻攻陷建康后，任许柳为丹阳尹。失败后，许柳被杀。
③少主：指晋成帝司马衍。按：成帝即位时，年仅四岁，到这时也只七八岁。

王丞相拜扬州，宾客数百人并加沾接，人人有说色[①]。唯有临海一客姓任及数胡人为未洽[②]。公因便还到过任边，云："君出，临海便无复人。"任大喜说。因过胡人前，弹指云："兰阇，兰阇[③]！"群胡同笑，四坐并欢。

译文

丞相王导出任扬州刺史，几百名来道贺的宾客都得到了款待，人人都很高兴。只有临海郡一位任姓客人和几位外国和尚还没有被接待过。王导便找机会转身走过任氏身边，对他说：“您出来了，临海就不再有人才了。”任氏听了，非常高兴。王导于是又走过胡僧面前，弹着手指说：“兰闍，兰闍。”胡僧们都笑了，四周的人都很高兴。

注释

①沾接：款待。说色：悦色。
②胡人：此指胡僧，即外国和尚。洽：指沾光，受到款待。
③弹指：搓手指出声。在佛经中也用来表示欢喜、许诺等意思。兰闍（shé）：可能是梵语的音译，对它的词义有不同解释，解为褒誉之辞，寂静处，宣讲佛法的法师，请高兴些吧，尊美他人的敬称，等等。

陆太尉诣王丞相咨事，过后辄翻异①。王公怪其如此。后以问陆，陆曰：“公长民短②，临时不知所言，既后觉其不可耳。”

译文

太尉陆玩到丞相王导那里去请示，商量好了的事情，过后常常改变主意。王导奇怪他怎么这样。后来拿这事问陆玩，陆玩回答说：“公名高位尊，民职卑微，临时不知该说什么，过后觉得那样做不行罢了。”

注释

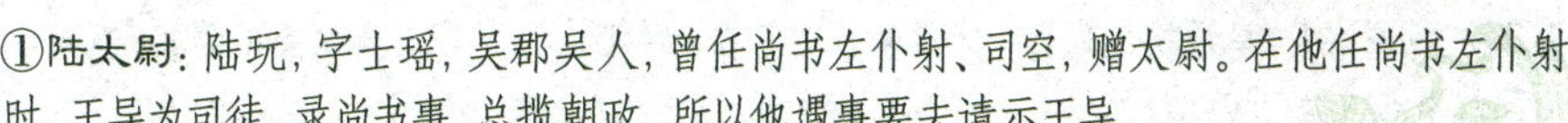

①陆太尉：陆玩，字士瑶，吴郡吴人，曾任尚书左仆射、司空，赠太尉。在他任尚书左仆射时，王导为司徒、录尚书事，总揽朝政，所以他遇事要去请示王导 。
②公长民短：您名位尊贵我名位卑微。按：王导兼任扬州刺史，陆玩是扬州吴郡人，所以谦称为“民”。

丞相尝夏月至石头看庾公①。庾公正料事，丞相云：“暑，可小简之。”庾公曰：“公之遗事，天下亦未以为允！”

译文

一年夏天，丞相王导曾经到石头城探望庾亮。庾亮正在处理公事，王导说："天气热，可以稍为简略一些。"庾亮说："如果您留下些公事不办，天下人也未必认为妥当！"

注释

①庾公：庾亮。公元322年晋明帝嗣位，王导参辅朝政。公元325年晋成帝立，王导和庾亮参辅朝政。这一则所叙之事大概就发生在此后几年内。

陶公性检厉，勤于事。作荆州时，敕船官悉录锯木屑，不限多少，咸不解此意。后正会，值积雪始晴，听事前除雪后犹湿，于是悉用木屑覆之，都无所妨[①]。官用竹，皆令录厚头，积之如山[②]。后桓宣武伐蜀，装船，悉以作钉[③]。又云：尝发所在竹篙，有一官长连根取之，仍当足，乃超两阶用之[④]。

译文

陶侃本性检点、认真，工作勤恳。担任荆州刺史时，吩咐负责建造船只的官员把木屑全都收藏起来，多少不限，大家都不明白这是什么用意。后来到正月初一贺年时，正碰上连日下雪刚刚转晴，正堂前的台阶雪后还是湿漉漉的，于是全用木屑铺上，就一点也不妨碍出入了。官府用的竹子，都叫把竹头收集起来，堆积如山。后来桓温讨伐后蜀，要组装战船，这些竹头就都用来做了钉子。又听说陶侃曾经征调过当地的竹篙，有一个主管官员把竹子连根砍下，就用根部当做铁足，陶侃便把他连升两级来任用。

注释

①正会：正月初一皇帝朝会群臣，接受朝贺的礼仪；封疆大臣也在这一天会见僚属。听事：处理政事的大堂。除：台阶。

②厚头：靠近根部的竹头。

③伐蜀：西晋惠帝时（公元304年），李雄据蜀（今四川）建立割据政权，国号成，后改为汉，史称成汉或后蜀。公元343年，传位至李势。346年桓温举兵伐蜀，到347年3月攻占成都，李势投降，成汉亡。装船：组装战船，即用小船组成大船。

④当足：当做竹篙的铁足。撑船用的竹篙，头部包上铁制的部件，就是铁足。这个官长用竹根代替铁足，既善于取材，又节省了铁足。两阶：两个等级。晋代把官阶分为九个等级，叫做九品。

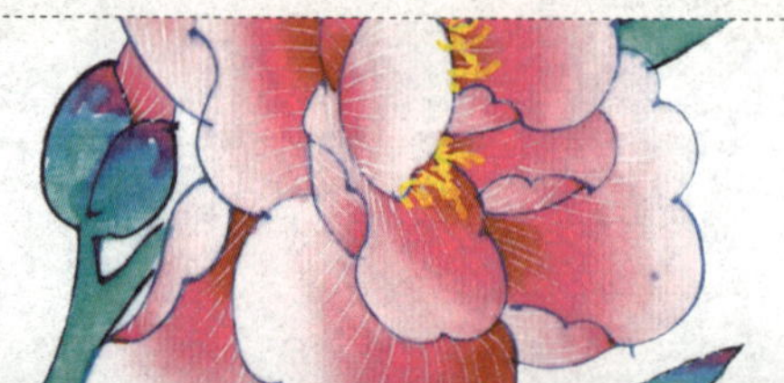

何骠骑作会稽，虞存弟謇作郡主簿，以何见客劳损，欲白断常客，使家人节量择可通者[①]。作白事成，以见存[②]。存时为何上佐，正与謇共食，语云："白事甚好，待我食毕作教[③]。"食竟，取笔题白事后云："若得门庭长如郭林宗者，当如所白[④]。汝何处得此人！"謇于是止。

译文

骠骑将军何充任会稽内史时，虞存的弟弟虞謇任郡主簿，他认为何充见客太多，劳累伤神，想禀告何充谢绝那些常客，让手下人酌量选择可以交往的才通报。他拟好一份呈文，便拿来给虞存看。虞存这时担任何充的上佐，正和虞謇一起吃饭，告诉他说："这个呈文很好，等我吃完饭再作批示。"吃过了饭，拿起笔在呈文后面签上意见说："如果能找到一个像郭林宗那样有眼力的人做门亭长，一定照所陈述的意见办。可是你到哪里去找这样的人！"虞謇于是作罢。

注释

①**何骠骑**：何充，字次道，曾任会稽内史、骠骑将军、扬州刺史，死后赠司空。**白**：下对上的说明，陈述。**节量**：适量；限量。据《品藻篇》载："何次道为宰相，人有讥其信任不得其人。"可知何充和什么人都交往，所以虞謇(jiǎn)希望断常客。

②**白事**：陈述意见的呈文；报告。

③**上佐**：高级佐官的通称，如别驾、治中、长史等。据余嘉锡《世说新语笺疏》考证，虞存当时任治中。治中主管州郡的文书，是要职。因为主管文书，虞謇要先见存，而存也能题白事后。**教**：指示；批示。

④**门庭长**：当作门亭长，主管守门的官。**郭林宗**：郭泰，字林宗，很有眼力，品评人物很准确。

王、刘与林公共看何骠骑，骠骑看文书，不顾之[①]。王谓何曰："我今故与林公来相看，望卿摆拨常务，应对玄言，那得方低头看此邪[②]！"何曰："我不看此，卿等何以得存！"诸人以为佳。

译文

王濛、刘惔和支道林一起去看望骠骑将军何充，何充在看公文，没有答理他们。王濛便对何充说："我们今天特意和林公来看望你，希望你摆脱开日常事务，和我们谈论玄学，哪能还低着头看这些东西呢！"何充说："我不看这些东西，你们这些清谈家怎么能生存呢！"大家认为说得很好。

注释

①王、刘：王濛、刘惔。都是当时有名的清谈家。林公：支道林和尚，也是善谈老庄的。
②玄言：也称玄谈或清谈，崇尚虚无，专谈玄理。

桓公在荆州，全欲以德被江、汉，耻以威刑肃物[①]。令史受杖，正从朱衣上过[②]。桓式年少，从外来，云："向从阁下过，见令史受杖，上捎云根，下拂地足[③]。"意讥不著。桓公云："我犹患其重。"

译文

桓温兼任荆州刺史的时候，想全用恩德来对待江、汉地区的百姓，耻于用威势严刑来整治人民。有一次，一位令史受杖刑，木棒只从令史的红衣上擦过。这时桓温的儿子桓式年纪还小，从外面进来，对桓温说："我刚才从官署门前走过，看见令史受杖刑，木棒子举起来高拂云脚，落下时低擦地面。"意思是讥讽唯独没有碰到令史身上。桓温说："我还担心这也太重了呢。"

注释

①桓公：桓温。桓温在晋穆帝永和元年（公元345年）都督荆、司、雍、梁、益、宁六州诸军事，兼任荆州刺史。荆州包括长江、汉水部分地区。被：施加。肃物：严峻地对待人；儆戒人。
②令史：官名，掌管文书。朱衣：红色官服。
③阁：官署。捎：轻轻擦过。

简文为相，事动经年，然后得过。桓公甚患其迟，常加劝勉。太宗曰："一日万机，那得速[①]！"

译文

简文帝担任丞相的时候，一件政务，动不动就要整年的时间才能批复下来。桓温很担心这太慢了，经常加以劝说鼓励。简文帝说："一天有成千上万件事，哪里快得了呢！"

注释

①太宗：晋简文帝的庙号。或称谥号，或称庙号，这是随意的。简文帝在公元371年登位，在这以前，从公元366年起就任丞相。

谢公时，兵厮逋亡，多近窜南塘下诸舫中[①]。或欲求一时搜索，谢公不许。云："若不容置此辈，何以为京都！"

译文

谢安辅政时，兵员差役时常逃亡，大多就近躲藏在南岸下的船里。有人请求谢安同时搜索所有船只，谢安不答应。他说："如果不能宽恕这种人，又怎么能治理好京都！"

注释

①谢公：谢安，字安石，谢奕的弟弟，后任中书监、录尚书事，进位太保，死后赠太傅。按：谢安辅政时，中原战乱，豪强兼并，赋役繁重，百姓流离失所，没有户口者无数。谢安主张施行德政，不宜扰民，不同意搜求这些人。厮：服杂役的人；差役。南塘：南岸，指秦淮河南岸。

王东亭与张冠军善[①]。王既作吴郡，人问小令曰："东亭作郡，风政何似[②]？"答曰："不知治化何如，唯与张祖希情好日隆耳[③]。"

译文

东亭侯王珣和冠军将军张玄两人很友好。王珣担任吴郡太守以后，有人问中书令王珉说："东亭任郡太守，民风和政绩怎么样？"王珉回答说："不了解政绩教化怎么样，只是看到他和张祖希的交情一天比一天深厚就是了。"

注释

①张冠军：张玄，字祖希，任吏部尚书，后任冠军将军（冠军是将军的名号）、会稽内史。张玄很有才学，名望很高，仅次于谢玄，当时称两人为南北二玄。

②小令：王珉，字僧弥，是王珣的弟弟。先前王献之任中书令，后来王珉接任中书令，当时称大小王令。风政：风化政绩（风化指风俗教化）。

③化：教化；感化。情好：交情。按：王珉没有直接赞美自己的哥哥，而是通过说明与张玄的关系来肯定他。

殷仲堪当之荆州[①]，王东亭问曰："德以居全为称，仁以不害物为名[②]。方今宰牧华夏，处杀戮之职，与本操将不乖乎[③]？"殷答曰："皋陶造刑辟之制，不为不贤；孔丘居司寇之任，未为不仁[④]。"

译文

殷仲堪正要到荆州去就任刺史之职，东亭侯王珣问他："德行完备称为德，不害人叫做仁。现在你要去治理中部地区，处在有生杀大权的职位上，这和你原来的操守恐怕违背了吧？"殷仲堪回答说："帝舜时的法官皋陶制订了刑法，不算不贤德；孔子担任了司寇的职责，也不算不仁爱。"

注释

①殷仲堪：孝武帝时授殷仲堪都督荆、益、宁三州军事，振威将军，荆州刺史，镇江陵。据《晋书·殷仲堪传》载，他主张"王泽广润，爱育苍生"。故有下文的疑问。

②居全：处于完善的情况，指具有全德。全德，指完善无缺的德行。称：称号；名称。

③宰牧：治理。华夏：中国古称华夏，这里实指晋朝的中部地区。

④刑辟：刑法；法律。司寇：掌管刑狱的官。孔子曾任鲁国司寇。

评点

晋代士族阶层重视政事和官吏的政绩。首先是政治主张问题，是实行德政还是依靠法治，这是从政者一向关注的问题，本篇倾向仁德治国。例如强调要"强者绥之以德，弱者辅之以仁，恣其所安"等。但是历代统治者的政治措施很少宽厚待民和给百姓以恩惠，所谓德政，常是停留在口头上。本篇最后一则实际提出了主张仁政和"处杀戮之职"是否矛盾的问题。而论到施政方针，多主张施行"猛政"，使人不敢犯法。对行为危及忠孝和人伦关系者，主张严惩，违法乱纪，决不饶恕。

魏晋时代，清谈盛行，甚至因之废弃政务，很多人对此持否定态度，而主张看重事功，勤于政事，甚至把这一问题提到生死存亡的高度来认识。至于选拔官员，则主张选贤任能，做到"举无失才"。对为官者也有多方面的要求。

文学第四

题解

文学指文章博学，包括辞章修养、学识渊博等内容。本篇所载，很多是有关清谈的活动，编纂者以之为文学活动而记述下来。

郑玄家奴婢皆读书。尝使一婢，不称旨，将挞之。方自陈说，玄怒，使人曳著泥中。须臾，复有一婢来，问曰："胡为乎泥中[①]？"答曰："薄言往诉，逢彼之怒[②]。"

译文

郑玄家里的奴婢都读书。一次曾使唤一个婢女，事情干得不称心，郑玄要打她。她刚要分辩，郑玄生气了，叫人把她拉到泥里。一会儿，又有一个婢女走来，问她："胡为乎泥中？"她回答说："薄言往诉，逢彼之怒。"

注释

①"胡为"句：引自《诗经·邶风·式微》，意为：为什么会在泥水中。
②"薄言"句：引自《诗经·邶风·柏舟》，意为：我去诉说，反而惹得他发火。薄言，助词，无义。

钟会撰《四本论》始毕，甚欲使嵇公一见。置怀中，既定，畏其难，怀不敢出，于户外遥掷，便回急走[①]。

译文

钟会撰著《四本论》刚刚完成，很想让嵇康看一看。便揣在怀里，揣好以后，又怕嵇康质疑问难，揣着不敢拿出，走到门外远远地扔进去，便转身急急忙忙地跑了。

注释

①定：可能指完成。一说是"诣宅"的传写之误。难：问难，质疑。

傅嘏善言虚胜，荀粲谈尚玄远①。每至共语，有争而不相喻。裴冀州释二家之义，通彼我之怀，常使两情皆得，彼此俱畅②。

译文

傅嘏擅长谈论虚胜，荀粲清谈崇尚玄远。每当两人到一起谈论的时候，发生争论，却又互不理解。冀州刺史裴徽能够解释清楚两家的道理，沟通彼此的心意，常使双方都感满意，彼此都能通晓。

注释

①虚胜、玄远：虚胜指虚无的精微境界。虚即虚无，道家用来指道的本体。玄远指道的玄妙幽远。这是清谈中各具特色的两个方面。按：原注，傅嘏擅长谈名理，荀粲崇尚玄远，二者宗旨虽然相同，但是有时各自的意图不易相通。

②裴冀州：裴徽，字文季，任冀州刺史。

卫玠总角时，问乐令梦，乐云是想①。卫曰："形神所不接而梦，岂是想邪？"乐云："因也。未尝梦乘车入鼠穴，捣齑啖铁杵，皆无想无因故也②。"卫思因，经日不得，遂成病③。乐闻，故命驾为剖析之④。卫既小差，乐叹曰："此儿胸中当必无膏肓之疾！⑤"

译文

卫玠幼年时，问尚书令乐广为什么会做梦，乐广说是因为心有所想。卫玠说："身体和精神都不曾接触过的却在梦里出现，这哪里是心有所想呢？"乐广说："是沿袭做过的事。人们不曾梦见坐车进老鼠洞，或者捣碎姜蒜去喂铁杵，这都是因为没有这些想法，没有这些可模仿的先例。"卫玠便思索沿袭问题，成天思索也得不出答案，终于想得生了病。乐广听说后，特意坐车去给他分析这个问题。卫玠的病有了起色以后，乐广感慨地说："这孩子心里一定不会得无法医治的病！"

注释

①总角：未成年的人，头发扎成抓髻，叫总角，借指幼年。乐令：乐广。字彦辅，累迁河南尹、尚书右仆射，后任尚书令，故称乐令。
②捣齑（jī）：把葱、蒜、姜等捣碎腌咸菜。啖(dàn)：给吃。
③经日：《晋书·乐广传》作经月，较好。
④命驾：吩咐人驾车，即坐车；前往。
⑤差（chài）：病好了。膏肓(huāng)：心尖脂肪叫膏，心脏和隔膜之间叫肓。古人认为这是药力达不到的地方，病入膏肓就无药可治了。乐广是说，卫玠一有疑难就一定要弄个明白才心安，这就不会积忧成病。

裴散骑娶王太尉女[①]。婚后三日，诸婿大会，当时名士，王、裴子弟悉集。郭子玄在坐，挑与裴谈。子玄才甚丰赡，始数交，未快[②]。郭陈张甚盛；裴徐理前语，理致甚微[③]，四坐咨嗟称快。王亦以为奇，谓诸人曰："君辈勿为尔，将受困寡人女婿[④]。"

译文

散骑郎裴遐娶太尉王夷甫的女儿为妻。婚后三天，王家邀请诸女婿聚会，当时的名士和王、裴两家子弟齐集王家。郭子玄也在座，他领头和裴遐谈玄。子玄才识很渊博，刚交锋几个回合，还觉得不痛快。郭子玄把玄理铺陈得很充分；裴遐却慢条斯理地梳理前面的议论，义理情趣都很精微，满座的人都赞叹不已，表示痛快。王夷甫也以为新奇罕见，于是对大家说："你们不要再辩论了，不然就要被我女婿困住了。"

注释

①裴散骑：裴遐，字叔道，任散骑郎。他善谈名理，且谈吐风雅。余嘉锡《世说新语笺疏》说："晋、宋人清谈，不惟善言名理，其音响轻重疾徐，皆自有一种风韵。"裴遐就是这样。
②丰赡：富足，这里指才识渊博。
③陈张：铺陈。理致：义理情致。
④寡人：王侯的谦称。王夷甫居宰辅之重，也自称寡人。

褚季野语孙安国云："北人学问，渊综广博[①]。"孙答曰："南人学问，清通简要[②]。"支道林闻之，曰："圣贤固所忘言[③]。自中人以还，北人看书，如显处视月；南人学问，如牖中窥日[④]。"

译文

褚季野对孙安国说："北方人做学问，深厚广博而且融会贯通。"孙安国回答说："南方人做学问，清新通达而且简明扼要。"支道林听到后，说："对圣贤，自然不用说了，从中等才质以下的人来说，北方人读书，像是在敞亮处看月亮；南方人做学问，像是从窗户里看太阳。"

注释

①北人、南人：一说北人指黄河以北的人，南人指黄河以南的人，因为褚季野原籍在黄河以南，孙安国在黄河以北，两人互相推重。渊综：深厚而且融会贯通。
②清通：清新通达。这两句是说北方人做学问着重渊博，南方人则着重专精。
③忘言：指默识其意，无需用言语来说明。
④中人：中等人，指具有中等才质的人。以还：以下。牖(yǒu)：窗户。按：显处视月，视野开阔，但不易专一；牖中窥日，视野狭窄，但能专一。

刘真长与殷渊源谈，刘理如小屈，殷曰："恶卿不欲作将善云梯仰攻[①]？"

译文

刘真长和殷渊源谈玄，刘真长似乎有点理亏，殷渊源便说："怎么你不想造一架好云梯来仰攻呢？"

注释

①恶(wū)：何，怎么。作将：做。云梯：长梯。

殷中军云："康伯未得我牙后慧[①]。"

译文

中军将军殷浩说："康伯还没有学到我牙缝里的一点聪明。"

注释

①康伯：韩康伯，是殷浩的外甥，殷浩很喜欢他。牙后慧：指言外的义理情趣。殷浩善清谈，这里是说康伯还不善谈玄。

谢镇西少时，闻殷浩能清言，故往造之。殷未过有所通，为谢标榜诸义，作数百语[1]；既有佳致，兼辞条丰蔚，甚足以动心骇听[2]。谢注神倾意，不觉流汗交面[3]。殷徐语左右："取手巾与谢郎拭面。"

译文

镇西将军谢尚年轻时，听说殷浩擅长清谈，特意去拜访他。殷浩没有做过多的阐发，只是给谢尚提示好些道理，说了几百句话；不但谈吐举止有风致，加以辞藻丰富多采，很能动人心弦，使人震惊。谢尚全神贯注，倾心向往，不觉汗流满面。殷浩从容地吩咐手下人："拿手巾来给谢郎擦擦脸。"

注释

①过：过分。通：陈述；阐发。标榜：提示。
②佳致：风致，指谈吐举止风雅。辞条：文辞的条目，指辞藻。丰蔚：丰富华美。骇听：骇人听闻，使人听起来惊讶。
③交面：在脸上交织。按：殷浩只比谢尚大三岁，便成名士，且谈玄能把人引入胜境，所以谢尚不觉流汗。

有北来道人好才理，与林公相遇于瓦官寺，讲《小品》[1]。于时竺法深、孙兴公悉共听。此道人语，屡设疑难，林公辩答清析，辞气俱爽。此道人每辄摧屈。孙问深公："上人当是逆风家，向来何以都不言[2]？"深公笑而不答。林公曰："白旃檀非不馥，焉能逆风[3]！"深公得此义，夷然不屑[4]。

译文

有位从北方过江来的和尚很有才思，他和支道林和尚在瓦官寺相遇，两人一起研讨《小品》。当时竺法深和尚、孙兴公等人都去听。这位和尚的谈论，屡次都设下疑难问题，支道林的答辩分析透彻，言辞气概都很爽朗。这位和尚总是被驳倒。孙兴公就问竺法深说："上人应该是顶风上的人士，刚才为什么一句话也不说？"竺法深笑笑，没有回答。支道林接口说："白檀香并不是不香，但逆风怎能闻到香呢！"竺法深体会到这话的含义，坦然自若，置之不理。

注释

①才理：才气和文思。《小品》：指佛教经典《小品般若波罗密经》。这是略本，称小品，另有详本，是大品。
②"上人"句：上人是佛教用语，称有上德的人，也用来尊称僧人。这一句指深公本不在林公之下，当不会甘拜下风，一定会迎风而上，做逆风家。
③白旃(zhān)檀：白檀香树。这一句说，这种树只能顺风闻香味，意指深公也不是自己的对手。
④夷然：平静地；坦然。不屑：不顾；不理会。

孙安国往殷中军许共论，往反精苦，客主无间[①]。左右进食，冷而复暖者数四[②]。彼我奋掷麈尾，悉脱落，满餐饭中。宾主遂至莫忘食[③]。殷乃语孙曰："卿莫作强口马，我当穿卿鼻！[④]"孙曰："卿不见决鼻牛，人当穿卿颊[⑤]！"

译文

孙安国到中军将军殷浩处一起清谈，两人来回辩驳，精心竭力，宾主都无懈可击。侍候的人端上饭菜也顾不得吃，饭菜凉了又热，热了又凉，这样已经好几遍了。双方奋力甩动着拂尘，以致拂尘的毛全都脱落，饭菜上都落满了。宾主竟然到傍晚也没想起吃饭。殷浩便对孙安国说："你不要做硬嘴马，我就要穿你鼻子了！"孙安国接口说："你没见挣破鼻子的牛吗，当心人家会穿你的腮帮子！"

注释

①许：处所。精苦：精心竭力。无间（jiàn）：没有空隙、漏洞。
②数四：再三；三番四次。
③莫：即"暮"。
④强口马：比喻嘴硬，不服输。
⑤"卿不"句：说明如果再不认输，人家就会像穿牛鼻那样穿你的腮，那你就无法挣脱了。决鼻牛，挣破鼻子的牛。按：马不穿鼻，牛才穿鼻，但牛能挣脱鼻绳，孙安国利用殷浩的急不择言，予以反击。

殷中军尝至刘尹所清言。良久，殷理小屈，游辞不已，刘亦不复答[1]。殷去后，乃云："田舍儿，强学人作尔馨语[2]！"

译文

中军将军殷浩曾到丹阳尹刘惔那里去清谈。谈了很久，殷浩有点理亏，就不住地用些浮辞来应对，刘惔也不再答辩。殷浩走了以后，刘惔就说："乡巴佬，硬要学别人发这样的议论！"

注释

①游辞：不切实际的躲躲闪闪的言辞；浮辞。
②尔馨：这样。这一句是讥笑殷浩强学谈玄。

林道人诣谢公[1]。东阳时始总角，新病起，体未堪劳，与林公讲论，遂至相苦[2]。母王夫人在壁后听之，再遣信令还，而太傅留之[3]。王夫人因自出，云："新妇少遭家难，一生所寄，唯在此儿[4]。"因流涕抱儿以归。谢公语同坐曰："家嫂辞情慷慨，致可传述，恨不使朝士见[5]！"

译文

支道林和尚去拜访谢安。当时东阳太守谢朗还年幼，病刚好，身体还禁不起劳累，和支道林一起研讨、辩论玄理，终于弄到互相困辱的地步。他母亲王夫人在隔壁房中听见这样，就一再派人叫他进去，可是太傅谢安把他留住。王夫人便只好亲自出来，说："我早年寡居，一辈子的寄托，只在这孩子身上。"于是流着泪把儿子抱回去了。谢安告诉同座的人说："家嫂言辞情意都很激愤，很值得传诵，可惜没能让朝官听见！"

注释

①林道人：即支道林，下文又称"林公"。谢公：谢安，下文又称"太傅"。
②东阳：谢朗，官至东阳郡太守，是谢安的侄儿。
③信：送信的人，这里指传话的人。
④新妇：妇女谦称。家难：家里的不幸遭遇，这里指丈夫死了。
⑤致：同"至"，最。

殷中军问："自然无心于禀受，何以正善人少，恶人多[①]？"诸人莫有言者。刘尹答曰："譬如写水著地，正自纵横流漫，略无正方圆者[②]。"一时绝叹，以为名通[③]。

译文

中军将军殷浩问道："大自然赋予人类什么样的天性，本来是无心的，为什么世上恰恰好人少，坏人多？"在座的人没有谁回答得了。只有丹阳尹刘惔回答说："这好比把水倾泻地上，水只是四处流淌，绝没有恰好流成方形或圆形的。"当时大家非常赞赏，认为是名言通论。

注释

①禀受：指人所承受于自然的天性。
②写："泻"的古字，倾泻。流漫：流淌。这一句是说一切都是任其自然。
③名通：名言通论，指精妙通达的解释。

人有问殷中军："何以将得位而梦棺器，将得财而梦矢秽[1]？"殷曰："官本是臭腐，所以将得而梦棺尸；财本是粪土，所以将得而梦秽污。"时人以为名通。

译文

有人问中军将军殷浩："为什么将要得到官爵就梦见棺材，将要得到钱财就梦见粪便？"殷浩回答说："官爵本来就是腐臭的东西，因此将要得到它时就梦见棺材尸体；钱财本来就是粪土，因此将要得到它时就梦见肮脏的东西。"当时的人认为这是名言通论。

注释

①位：官位，爵位。矢：通"屎"。迷信的说法，做梦和现实正相反，故有此问。

谢公因子弟集聚，问："《毛诗》何句最佳[1]？"遏称曰："昔我往矣，杨柳依依；今我来思，雨雪霏霏[2]。"公曰："讦谟定命，远猷辰告[3]。"谓此句偏有雅人深致[4]。

译文

谢安趁子侄们聚会在一起的时候，问道："《诗经》里面哪一句最好？"谢玄称赞说："最好的是'昔我往矣，杨柳依依；今我来思，雨雪霏霏'。"谢安说："应该是'讦谟定命，远猷辰告'最好。"他认为这一句特别有高雅之士的深远意趣。

注释

①《毛诗》：即毛亨作传的《诗经》，是周代的一部诗歌总集。
②遏：是谢玄的小名，谢玄是谢安的侄儿。"昔我"两句：出自《诗经·小雅·采薇》，大意是：想起我离家出征的时光，杨柳轻轻摆荡；如今我回到家乡啊，雪花漫天飘扬。按：谢玄是从艺术性方面称赞这两句的。雨(yù)雪，下雪 。
③"讦（xū）谟"句：出自《诗经·大雅·抑》，大意是：国家大计一定要号召，重大方针政策就及时宣告。按：谢安是从政治角度肯定这一句的。
④雅人：高尚文雅的人。深致：深远的意趣。

张凭举孝廉，出都，负其才气，谓必参时彦①。欲诣刘尹，乡里及同举者共笑之。张遂诣刘，刘洗濯料事，处之下坐，唯通寒暑，神意不接。张欲自发，无端。顷之，长史诸贤来清言，客主有不通处，张乃遥于末坐判之；言约旨远，足畅彼我之怀，一坐皆惊。真长延之上坐，清言弥日，因留宿。至晓，张退，刘曰："卿且去，正当取卿共诣抚军②。"张还船，同侣问何处宿，张笑而不答。须臾，真长遣传教觅张孝廉船，同侣惋愕③。即同载诣抚军。至门，刘前进谓抚军曰："下官今日为公得一太常博士妙选④。"既前，抚军与之话言，咨嗟称善，曰："张凭勃窣为理窟⑤。"即用为太常博士。

译文

张凭察举为孝廉后，到京都去，他仗着自己有才气，认为必定能跻身名流。想去拜访丹阳尹刘真长，他的同乡和一同察举的人都笑话他。张凭终于去拜访刘真长，这时刘真长正在洗濯和处理一些事务，就把他安排到下座，只是和他寒暄一下，神态心意都没有注意他。张凭想自己开个头谈谈，又找不到个话题。不久，长史王濛等名流来清谈，主客间有不能沟通的地方，张凭便远远地在末座上给他们分析评判，言辞精炼而内容深刻，能够把彼此心意表述明白，满座的人都很惊奇。刘真长就请他坐到上座，和他清谈了一整天，于是留他住了一夜。第二天，张凭告辞时，刘真长说："你暂时回去，我将邀你一起去谒见抚军。"张凭回到船上，同伴问他在哪里过夜，张凭笑笑，没有回答。不一会儿，刘真长派郡吏来找张孝廉坐的船，同伴们很惊愕。刘真长当即和他一起坐车去谒见抚军。到了大门口，刘真长先进去对抚军说："下官今天给您找到一个太常博士的最佳人选。"张凭进见后，抚军和他谈话，不住赞叹，连声说好，并说："张凭才华横溢，是义理荟萃之所。"于是就任用他做太常博士。

注释

①孝廉：指很孝顺父母，品行端正的人。汉武帝时令郡国每年考察并推荐孝、廉各一人，魏晋沿用此制。时彦：当代有才德有名望的人士。

②抚军：指简文帝司马昱。晋穆帝永和元年（公元345年），以会稽王司马昱为抚军大将军，故称抚军。

③传教：主管宣布教令的郡吏。

④下官：下属官吏的自称。太常博士：官名，是礼官，专管仪礼的。

⑤勃窣（sū）：形容才华迸发而出。《广韵》没韵"窣"字下注："勃窣，穴中出也。"理窟：义理聚集之处；义理的渊薮。

殷仲堪云："三日不读《道德经》，便觉舌本间强[①]。"

译文

殷仲堪说："三天不读《道德经》，就会觉得舌根发硬。"

注释

①《道德经》：《老子》一书后来称为《道德经》。间（jiàn）强：生硬。按：这句指对理论根据生疏了，才思就不敏捷，言谈就不流畅。

文帝尝令东阿王七步中作诗，不成者行大法[①]。应声便为诗曰："煮豆持作羹，漉菽以为汁[②]。其在釜下然，豆在釜中泣[③]；本自同根生，相煎何太急[④]！"帝深有惭色。

译文

魏文帝曹丕曾经命令东阿王曹植在七步之内作成一首诗，作不出的话，就要动用死刑。曹植应声便作成一诗："煮豆持作羹，漉菽以为汁。其在釜下燃，豆在釜中泣；本自同根生，相煎何太急！"魏文帝听了深感惭愧。

注释

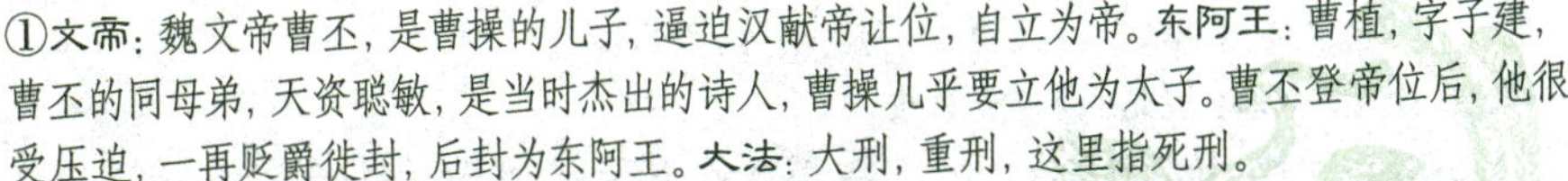

①文帝：魏文帝曹丕，是曹操的儿子，逼迫汉献帝让位，自立为帝。东阿王：曹植，字子建，曹丕的同母弟，天资聪敏，是当时杰出的诗人，曹操几乎要立他为太子。曹丕登帝位后，他很受压迫，一再贬爵徙封，后封为东阿王。大法：大刑，重刑，这里指死刑。

②"煮豆"句：大意是：煮熟豆子做成豆羹，滤去豆渣做成豆汁。羹，有浓汁的食品。漉（lù），过滤。菽（shū），豆类的总称。

③"其（qí）在"句：大意是：豆秸在锅下烧，豆子在锅中哭。然，通"燃"，烧。

④"本自"句：大意是：我们（豆子和豆秸）本来是同根所生，你煎熬我怎么这样急迫！按：曹植借豆子的哭诉，讽喻胞兄曹丕对自己的无理迫害。

孙子荆除妇服，作诗以示王武子[①]。王曰："未知文生于情，情生于文[②]！览之凄然，增伉俪之重[③]。"

译文

孙子荆为妻子服丧期满后，作了一首悼亡诗，拿给王武子看。王武子看后说："真不知是文由情生，还是情由文生！看了你的诗感到悲伤，也增加了我对夫妻情义的珍重。"

注释

①除妇服：按照礼俗为妻子服丧期满，脱去丧服。
②"未知"句：文指文章，情指思想感情。这句是说：情文相生，文与情交融在一起了，分不出哪是情、哪是文。即情文并茂。
③凄然：形容悲伤。伉俪(kàng lì)：夫妻。

庾子嵩作《意赋》成[①]。从子文康见[②]，问曰："若有意邪，非赋之所尽[③]；若无意邪，复何所赋[④]？"答曰："正在有意无意之间。"

译文

庾子嵩写成了《意赋》。他的侄儿庾亮看见了，问道："如果有那样的心意呢，那不是赋体能说尽的；如果没有那样的心意呢，又写赋做什么？"庾子嵩回答说："正是在有意和无意之间。"

注释

①庾子嵩：庾敳(ái)，字子嵩。《晋书·庾敳传》："敳见王室多难，终知婴祸，乃作《意赋》以豁情。"意，指心意感情，《意赋》是一篇咏怀的骚体诗 。
②从子：侄儿。文康：庾亮，谥号是文康。
③赋：文体的一种，有韵而句式不拘字数，像散文句式，性质在诗和散文之间。叙事成分多，抒情成分少。
④何所赋：所赋的是什么；赋什么。赋，是动词，创作，作赋。

孙兴公云："潘文烂若披锦，无处不善[①]；陆文若排沙简金，往往见宝[②]。"

译文

孙兴公说："潘岳的文章好像摊开锦绣一样文采斑斓，没有一处不好；陆机的文章好像披沙拣金，常常能发现瑰宝。"

注释

①潘：指潘岳，字安仁，早负才名，曾任著作郎等职，以善写文章著称，长于抒情，善用辞藻。
②陆：指陆机，字士衡，西晋时著名文学家，诗文都很有名。曾任平原内史、河北大都督。排沙简金：披沙拣金，比喻从大量的事物中挑选精华。简，选择。

孙兴公作《天台赋》成，以示范荣期，云："卿试掷地，要作金石声①。"范曰："恐子之金石，非宫商中声②。"然每至佳句，辄云："应是我辈语③。"

译文

孙兴公写成了《天台赋》，拿去给范荣期看，并且说："你试把它扔到地上，定会发出金石般的声音。"范荣期说："恐怕您的金石声，是不成曲调的金石声。"可是每当看到优美的句子，总是说："这正该是我们这些人的语言。"

注释

①金石：指用金属和玉、石制成的钟磬之类乐器。这句是自夸文章之美，掷地有声。
②宫商：五音（宫、商、角、徵、羽）中的两音，指代音乐、音律。
③"应是"句：范荣期以文才自负，把自己和孙兴公看成文章高手，以为只有他们才能构思佳句。

评点

魏晋时代，清谈的名士们不但高谈老庄，而且一些人还留心佛教经义，跟佛教徒关系密切，这已经形成一种文学风气。他们经常聚会，清谈名理。所谈内容，有些条目会具体点明是某一篇、某一问题；有时又只泛泛说是"共谈析理"，"标榜诸义"，"标新理"，"立新义"。在记叙中，会借叙事来赞扬或讥讽某人，更多的是欣赏其人的才华、辞藻；许多条目还描绘了清谈的各种场面和气氛；还记下有人甚至因清谈得病或提为高官。从这些记载里足以看出当时士大夫对清谈的迷恋，他们认为善谈名理就是博学多通的表现。

本篇还用部分条目记下对人物、文章的各种评论。例如论及北方人和南方人做学问的差异，等等。对文章、书籍的评论更为常见，因受到编纂者的赏识而收录。

方正第五

题解

方正指正直。正直是我们民族一贯重视的优良品德，历来都得到赞美。本篇主要记载言语、行动、态度等方面表现出来的正直品质。

说话、行事，坚持正确的原则，这是体现正直人品的一个重要问题。这个问题可以表现在许多方面。

陈太丘与友期行，期日中，过中不至，太丘舍去，去后乃至[①]。元方时年七岁，门外戏。客问元方："尊君在不？"答曰："待君久不至，已去。"友人便怒，曰："非人哉！与人期行，相委而去[②]！"元方曰："君与家君期日中。日中不至，则是无信；对子骂父，则是无礼。"友人惭，下车引之[③]。元方入门不顾。

译文

太丘长陈寔和朋友约好一同外出，约定中午出发，过了中午，朋友还没有来，陈寔便不管他，自己走了，走了以后，那位朋友才到。当时陈寔的儿子元方才七岁，正在门外玩耍。来客问元方："令尊在家吗？"元方回答说："家父等了您很久，见您不来，已经走了。"那位朋友便生起气来，说道："真不是人呀！和别人约好一起走，却扔下别人不管，自己走了！"元方说："您是跟家父约定中午走的。到了中午还不来，这就是不守信用；对着人家的儿子骂人家的父亲，这是不讲礼貌。"那位朋友听了很惭愧，就下车来招呼他。元方掉头回家去，再也不回头看一眼。

注释

①陈太丘：陈寔。期：约定时间。日中：日到中天，中午。
②委：抛弃。
③引：招引，拉。

魏文帝受禅，陈群有戚容[①]。帝问曰：“朕应天受命，卿何以不乐[②]？”群曰：“臣与华歆服膺先朝，今虽欣圣化，犹义形于色[③]。”

译文

魏文帝称帝，陈群面带愁容。文帝问他：“朕顺应天命即帝位，你为什么不高兴？”陈群回答说：“臣和华歆铭记先朝，现在虽然欣逢盛世，但是怀念故主恩义的心情，还是不免要流露出来。”

注释

①受禅（shàn）：接受禅让帝位，指曹丕登位称帝。公元220年农历正月，曹操死，其子曹丕继位为汉丞相，十月，曹丕废汉献帝为山阳公，自称皇帝。陈群：字长文，东汉末，曹操召他为司空西曹掾属，后迁御史中丞。曹丕即帝位后，迁尚书令。戚容：忧伤的神色。

②应天受命：指登帝位。帝王都认为自己是顺应天意、接受天命而登位的。

③华歆：字子鱼，曹操召他为议郎，后任尚书令、御史大夫。建安十九年（公元214年）禀承曹操意旨领兵入宫收杀皇后伏氏，灭其族。曹丕即帝位后，迁为司空。服膺先朝：指不忘汉朝。两人都当过汉朝的臣子，要表示不忘汉室之恩。服膺，谨记在心中。圣化：圣人的教化，这里指盛世。按：陈、华二人一直依附曹魏，当然不会对汉朝的灭亡感到痛心疾首。这里所说的话有说是其子孙、门客的附会。

郭淮作关中都督，甚得民情，亦屡有战庸[①]。淮妻，太尉王凌之妹，坐凌事，当并诛[②]。使者征摄甚急，淮使戒装，克日当发[③]。州府文武及百姓劝淮举兵，淮不许。至期遣妻，百姓号泣追呼者数万人。行数十里，淮乃命左右追夫人还，于是文武奔驰，如徇身首之急[④]。既至，淮与宣帝书曰：“五子哀恋，思念其母。其母既亡，则无五子。五子若殒，亦复无淮。”宣帝乃表特原淮妻。

译文

郭淮出任关中都督期间，很得民心，也多次建立过战功。郭淮的妻子，是太尉王凌的妹妹，因为王凌犯罪事受株连，应当一起处死。派来逮捕她的官吏要人要得很急，郭淮让妻子准备好行装，限定日子就要上路。州和都督府的文武官员和百姓都劝说郭淮起兵反抗，郭淮不同意。到期打发妻子上路，百姓号啕痛哭，一路跟着呼唤不舍的有几万人。走了几十里路后，郭淮到底还是叫手下的人去把夫人追回来，于是文武官员飞跑传命，好像救自家性命那么急。夫人追回来以后，郭淮写了封信给宣帝司马懿说："五个孩子哀痛欲绝，恋恋不舍，思念他们的母亲。如果他们的母亲死了，我就会失去五个孩子。五个孩子如果死了，也就不再有我郭淮了。"司马懿于是上表魏帝，特准赦免了郭淮的妻子。

注释

①**郭淮**：字伯济，魏朝时任雍州刺史，齐王曹芳嘉平元年（公元249年）迁征西将军，都督雍、凉诸军事，在关中（今陕西省地）三十多年，功绩显著。**都督**：官名，地方军政长官。**战庸**：战功。庸即功劳。

②**王凌**：历任司空、太尉，密谋废立，司马懿当时为魏朝大将军（晋朝时追尊为宣帝），亲自领兵讨伐他，便自杀。**坐凌事**：因王凌事获罪。

③**征摄**：收捕。**戒装**：准备行装。**克日**：定期。

④**洵**：谋求。**身首**：这里指性命。

高贵乡公薨，内外喧哗[①]。司马文王问侍中陈泰曰："何以静之？"泰云："唯杀贾充以谢天下。"文王曰："可复下此不？"对曰："但见其上，未见其下。"

译文

高贵乡公被杀，朝廷内外群情激愤，议论纷纷。文王司马昭问侍中陈泰："怎样才能使舆论平静下来呢？"陈泰说："只有杀掉贾充来向天下人谢罪。"司马昭说："可以不可以再考虑一个比这轻一些的处理办法呢？"陈泰回答说："我只知道有比这更重的，不知比这更轻的。"

注释

①**高贵乡公**：指曹髦(máo)，是魏文帝曹丕的孙子，未登位时封为郯县高贵乡公。大将军司马师废魏齐王曹芳后，立他为帝。他在位时，司马昭继承哥哥司马师的职位，专国政，自为相国，曹髦想除掉他，反被司马师的党羽贾充率兵杀死。

杜预拜镇南将军，朝士悉至，皆在连榻坐[1]。时亦有裴叔则。羊稚舒后至[2]，曰："杜元凯乃复连榻坐客！"不坐便去。杜请裴追之，羊去数里住马，既而俱还杜许。

译文

杜预任命为镇南将军，朝廷的官员都来庆贺，大家都坐在连榻上。当时在座的也有裴叔则。羊稚舒后来才到，说："杜元凯竟然用连榻待客！"不落座就走了。杜预请裴叔则去追他回来，羊稚舒骑马走了几里地就停下了，接着就和裴叔则一起回到杜预家。

注释

①连榻：榻分独榻和连榻，坐独榻为尊，坐连榻则否。
②羊稚舒：羊琇，字稚舒，也是晋室的外戚，是恃贵而骄之辈。

卢志于众坐问陆士衡："陆逊、陆抗是君何物[1]？"答曰："如卿于卢毓、卢珽。"士龙失色[2]。既出户，谓兄曰："何至如此！彼容不相知也。"士衡正色曰："我父、祖名播海内，宁有不知？鬼子敢尔[3]！"议者疑二陆优劣，谢公以此定之[4]。

译文

卢志在大庭广众中问陆士衡道："陆逊、陆抗是您的什么人？"陆士衡回答说："正像你和卢毓、卢珽的关系一样。"陆士龙听了大惊失色。出门以后，士龙就对哥哥说："哪至于弄到这种地步呢！他可能真是不了解底细呀。"士衡很严厉地说："我父亲、祖父海内知名，岂有不知道的？鬼子竟敢这样无礼！"舆论界对陆家兄弟的优劣一向难于确定，谢安就拿这件事来判定两人的优劣。

注释

①卢志：字子道，历任成都王左长史、中书监。父亲是魏朝卫尉卿卢珽，祖父是魏朝司空卢毓。陆士衡：陆机，字士衡，历任著作郎、平原内史。父亲是吴国大司马陆抗，祖父是丞相陆逊。按：魏晋人重视避讳，不能当面说出对方长辈的名字，直指祖父、父亲名字，最为无礼。
②士龙：陆云，字士龙，是陆机的弟弟。
③鬼子：对人的憎称。原注引孔氏《志怪》说，卢志的远祖卢充曾因打猎而入鬼府，与崔少府的亡女结婚而生子。陆机因此骂卢志是鬼的子孙。
④"谢公"句：谢安认为陆士衡为优。

王太尉不与庾子嵩交，庾卿之不置[①]。王曰：“君不得为尔[②]。”庾曰：“卿自君我，我自卿卿；我自用我法，卿自用卿法。”

译文

太尉王夷甫不和庾子嵩交往，可是庾子嵩却用卿来称呼他，亲热个没完。王夷甫说：“君不能用这种称呼。”庾子嵩回答说：“卿尽管称我为君，我尽管称卿为卿；我自己用我的叫法，卿自己用卿的叫法。”

注释

①卿：对官爵、辈份低于自己的人或同辈之间的亲热、不拘礼节的称呼。庾子嵩官至豫州长史，职位在太尉之下，不应用“卿”来称呼王太尉。置：放下。
②君：对对方的尊称。王太尉对庾子嵩原是可以称呼“卿”的，可是他用了尊称的词。

阮宣子论鬼神有无者。或以人死有鬼，宣子独以为无，曰：“今见鬼者云著生时衣服，若人死有鬼，衣服复有鬼邪？”

译文

阮宣子谈论鬼神有无问题。有人认为人死后有鬼，唯独宣子认为没有，他说：“现有自称看见过鬼的人说鬼是穿着活着时候的衣服，如果人死了有鬼，那么衣服也有鬼吗？”

诸葛恢大女适太尉庾亮儿，次女适徐州刺史羊忱儿。亮子被苏峻害，改适江虨[①]。恢儿娶邓攸女。于时谢尚书求其小女婚[②]，恢乃云：“羊、邓是世婚，江家我顾伊，庾家伊顾我，不能复与谢裒儿婚[③]。”及恢亡，遂婚。于是王右军往谢家看新妇[④]，犹有恢之遗法，威仪端详，容服光整[⑤]。王叹曰：“我在遣女，裁得尔耳[⑥]！”

译文

诸葛恢的大女儿嫁给太尉庾亮的儿子，二女儿嫁给徐州刺史羊忱的儿子。庾亮的儿子被苏峻杀害了，大女儿又改嫁江虨。诸葛恢的儿子娶了邓攸的女儿为妻。当时尚书谢裒为儿子谢石向诸葛恢求娶他的小女儿，诸葛恢就说：“羊家、邓家和我们是世代姻亲，江家是我看顾他，庾家是他看顾我，我不能再和谢裒的儿子结亲。”等到诸葛恢死了以后，两家终于结亲。结婚时，右军将军王羲之到谢家去看新娘，看到新娘还保存着诸葛恢旧有的礼法，容貌举止，端庄安详；风采服饰，华美整齐。王羲之叹道：“我活着时嫁女儿，也仅仅能做到这样啊！”

注释

①“亮子”句：晋成帝咸和二年（公元327年），历阳内史苏峻（字子高）举兵反，次年二月，攻陷首都建康，大肆抢掠、杀戮。后来陶侃、温峤、庾亮等起兵讨苏峻，九月苏峻败死。这期间庾亮的儿子庾会被杀。庾会妻子后来改嫁江彪(bān)。

②谢尚书：谢裒(póu)，字幼儒，任吏部尚书，曾为其子谢石向诸葛恢求亲。

③世婚：世代联姻的人家。“不能”句：按：诸葛恢是士族，庾亮更是士族的代表。当时谢裒家功业不显，人们还不认为他是世家，所以诸葛恢不肯与他结亲。诸葛恢死后，谢家兴起，诸葛氏渐衰微，这才肯嫁女给谢家。

④“于是”句：按：看新妇是古代习俗，《南史·齐·顾协传》：“晋、宋以来，初婚三日，妇见舅姑，众宾皆列见。”舅姑即公婆。

⑤威仪：严肃的容貌和庄重的举止。

⑥遣：送走。裁：通“才”，仅仅。

明帝在西堂，会诸公饮酒[①]，未大醉，帝问：“今名臣共集，何如尧、舜？”时周伯仁为仆射[②]，因厉声曰：“今虽同人主，复那得等于圣治[③]！”帝大怒，还内，作手诏满一黄纸，遂付廷尉令收，因欲杀之。后数日，诏出周。群臣往省之，周曰：“近知当不死，罪不足至此。”

译文

晋明帝在西堂召集众大臣举行宴会，还没有大醉的时候，明帝问道：“今天名臣都聚会在一起，和尧、舜时相比，怎么样？”当时周伯仁任尚书仆射，便声音激昂地回答说：“现在圣上和尧、舜虽然同是君主，可又怎么能和那个太平盛世等同起来呢？”明帝大怒，回到内宫，亲自写了满满一张黄纸的诏令，便交给廷尉，命令逮捕周伯仁，想就此杀掉他。过了几天，又下诏令释放他。众大臣去探望周伯仁，周说：“起初我就知道不会死，因为罪状还不可能到这个地步。”

注释

①"明帝"句：据《晋书·周顗传》载，帝宴群公于西堂，是晋元帝太兴初年的事。且明帝还没有登位，周顗已被王敦杀害。可知事出于晋元帝时。
②仆射：官名，是尚书省的副职。
③圣治：太平时代。和帝王有关的事物都加"圣"字来称颂。

王敦既下，住船石头，欲有废明帝意[①]。宾客盈坐，敦知帝聪明，欲以不孝废之。每言帝不孝之状，而皆云："温太真所说[②]。温常为东宫率[③]，后为吾司马，甚悉之。"须臾，温来，敦便奋其威容，问温曰："皇太子作人何似？"温曰："小人无以测君子。"敦声色并厉，欲以威力使从己，乃重问温："太子何以称佳？"温曰："钩深致远，盖非浅识所测[④]；然以礼侍亲，可称为孝。"

译文

王敦从武昌东下以后，把船停在石头城，他的愿望是想废掉明帝。有一次宾客满座，王敦知道明帝聪敏明慧，就想借不孝的罪名废掉他。每次说到明帝不孝的情况，都说："这是温太真说的。他曾经做过东宫的卫率，后来在我手下担任司马，非常熟悉太子的情况。"一会儿，温太真来了，王敦便摆出他的威严的神色，问太真："皇太子为人怎么样？"温太真回答说："小人没法儿估量君子。"王敦声色俱厉，想靠威力来迫使对方顺从自己，便重新问道："根据什么称颂太子好？"温太真说："太子才识的广博精深，似乎不是我这种认识肤浅的人所能估量的；可是能按照礼法来侍奉双亲，这可以称为孝。"

注释

①"王敦"句：据《资治通鉴·晋纪》载，王敦在公元322年3月攻入石头城，拥兵不朝，又因皇太子有勇略，为朝野所向，就想废太子，于是大会百官。4月退兵还武昌。闰十一月晋元帝死，皇太子司马绍继位，就是晋明帝。不过下文说及温太真任王敦司马，此事却在明帝即位以后。
②温太真：温峤，字太真，曾任太子中庶子（即太子的近侍官），得到司马绍的宠遇。司马绍即位为明帝后，调任中书令。王敦畏惧晋明帝倚重他，便请他出任左司马。
③率：卫率，官名，是太子属官，主管门卫。按：温太真似乎没有做过东宫率。
④钩深致远：指才识的广博精深。

王长史求东阳，抚军不用[①]。后疾笃，临终，抚军哀叹曰："吾将负仲祖于此。"命用之。长史曰："人言会稽王痴，真痴。"

译文

左长史王仲祖请求出任东阳太守，抚军不肯委任他。后来王仲祖病重，临去世时，抚军哀叹说："我将会在这件事上对不起仲祖。"便下命令委任他。王仲祖说："人们说会稽王痴心，确实痴心。"

注释

①王长史：王濛，字仲祖。抚军：晋简文帝，登位前曾任抚军大将军，封会稽王。

刘真长、王仲祖共行，日旰未食[①]。有相识小人贻其餐，肴案甚盛，真长辞焉[②]。仲祖曰："聊以充虚，何苦辞！"真长曰："小人都不可与作缘[③]。"

译文

刘真长、王仲祖一起外出，天色晚了还没有吃饭。有个认识他们的吏役送来饭食给他们吃，菜肴很丰盛，刘真长辞谢了。王仲祖说："暂且用来充饥吧，何苦推辞！"刘真长说："绝不能跟小人打交道。"

注释

①旰（gàn）：天色晚。
②小人：晋代注重门第，士族阶层把府中吏役、老百姓等地位低的人都看成小人。肴案：菜肴。案，食盘。
③作缘：打交道；交朋友。

王文度为桓公长史时，桓为儿求王女，王许咨蓝田。既还，蓝田爱念文度，虽长大，犹抱著膝上。文度因言桓求己女婚。蓝田大怒，排文度下膝，曰："恶见文度已复痴，畏桓温面！兵，那可嫁女与之！"文度还报云："下官家中先得婚处。"桓公曰："吾知矣，此尊府君不肯耳[①]。"后桓女遂嫁文度儿。

译文

王文度在桓温手下任长史时，桓温为儿子求娶文度的女儿，文度答应回去和父亲蓝田侯王述商量。回家后，王述因为怜爱文度，虽然长大了，也还是抱在膝上。文度便说到桓温求娶自己女儿的事。王述非常生气，把文度从膝上推下去，说道："我不喜欢看见文度又犯傻了，是害怕桓温那副面孔！当兵的，怎么可以嫁女儿给他家！"文度就回复桓温说："下官家里已经给女儿找了婆家。"桓温说："我知道了，这是令尊大人不答应呢。"后来桓温的女儿便嫁给文度的儿子。

注释

①尊府君：指令尊，府君在此是尊称。按：桓温虽名位很高，但不是士族名门，所以王述不肯把孙女嫁给他家。而寒族之女却可嫁到名门，所以桓女可嫁文度儿。

王子敬数岁时，尝看诸门生樗蒱[①]，见有胜负，因曰："南风不竞[②]。"门生辈轻其小儿，乃曰："此郎亦管中窥豹，时见一斑。"子敬瞋目曰："远惭荀奉倩，近愧刘真长[③]。"遂拂衣而去。

译文

王子敬只有几岁的时候，曾经观看一些门客赌博，看见他们要出现输赢的时候，便说："南风不竞（南边的要输）。"门客们轻视他是小孩子，就说："这位小郎也是管中窥豹，时见一斑。"子敬气得瞪大眼睛说："比远的，我愧对荀奉倩；比近的，我愧对刘真长。"于是拂袖而去。

注释

①门生：依附士族权贵的寒士；门客。樗（chū）蒱：一种赌博游戏。

②南风不竞：事出《左传·襄公一八年》。古人迷信，常用乐律来占卜出兵的吉凶。一次，楚国出兵攻打郑国，晋国的乐师师旷说：我屡次唱北方的曲调，又唱南方的曲调。南风不竞（南方的曲调不强），象征死亡的声音多，楚国一定不能建功。这里比喻坐在南边的要输。

③瞋（chēn）目：发怒时睁大眼睛。按：此句可能是说，荀奉倩和刘真长二人严于择交（即"小人都不可与作缘"之意），不畜门生，即令有之，亦不与之欵洽，而王子敬自悔看门生赌博，且轻易发言，终于受欺。

张玄与王建武先不相识，后遇于范豫章许，范令二人共语。张因正坐敛衽，王熟视良久，不对。张大失望，便去，范苦譬留之，遂不肯住。范是王之舅，乃让王曰："张玄，吴士之秀，亦见遇于时，而使至于此，深不可解。"王笑曰："张祖希若欲相识，自应见诣。"范驰报张，张便束带造之。遂举觞对语，宾主无愧色。

译文

张玄和建武将军王忱两人原先不认识，后来在豫章太守范宁家相遇。范宁叫两人交谈交谈。张玄便正襟危坐，王忱却久久地仔细看着他，不答话。张玄非常失望，便告辞，范宁苦苦地解释并挽留他，他到底不肯留下。范宁是王忱的舅舅，就责怪王忱说："张玄是吴地名士中的优秀人物，又是当代名流所看重的，你却让他处在这种情况下，真是很难理解。"王忱笑着说："张祖希如果想认识我，自然应该上门来探望我。"范宁赶紧把这话告诉张玄，张玄便穿好礼服去拜访他。两人于是一边喝酒一边谈论，宾主都没有抱愧的表情。

评点

方正在本篇中表现在许多方面。

首先表现在礼制方面。那个时代，由于社会生活的影响，形成了很多行为准则和道德规范，还有相应的礼节。坚持这些，才合乎礼，才算正直。例如记太尉王夷甫反对对方用不拘礼节的"卿"字来称呼自己，坚持要用尊称；对于无礼的言语、行动则坚决反对，义形于色。例如记元方小时候对那个无信无礼的客人很不客气，"入门不顾"；坚持忠孝，自然属于维护礼制之列，从而避讳也成了坚持忠孝的一种礼节，不能直接说出君主和尊亲的名字，如果对方无视这一点，就要以牙还牙。

其次是坚持实事求是地对待或处理问题，坚持正确的说法和做法，因为直言极谏正是德行方正的表现；有些人在交友上也很慎重，不可结交的就不能交往；当时，士族阶层的人自以为高人一等，他们恃贵而骄，看不起庶族，处处要显示自己的身份，这也被编纂者看成是方正。

除此之外，刚直不阿，不信鬼神，当仁不让，等等，都是本篇所称道的。

雅量第六

题解

雅量指宽宏的气量。魏晋时代讲究名士风度，这就要求注意举止、姿势的旷达、潇洒，强调七情六欲都不能在神情态度上流露出来。不管内心活动如何，只能深藏不露，表现出来的应是宽容、平和、若无其事，就是说，见喜不喜，临危不惧，处变不惊，遇事不改常态，这才不失名士风流。

嵇中散临刑东市，神气不变，索琴弹之，奏《广陵散》[1]。曲终，曰："袁孝尼尝请学此散，吾靳固不与，《广陵散》于今绝矣！"太学生三千人上书，请以为师，不许。文王亦寻悔焉。

译文

中散大夫嵇康在法场处决时，神态不变，要求给他琴弹，弹奏《广陵散》曲。弹完后说："袁孝尼曾经请求学这支曲子，我吝惜固执，不肯传给他，《广陵散》从今以后要失传了！"当时，三千名太学生曾上书，请求拜他为师，朝廷不准许。嵇康被杀后，文王司马昭随即也后悔了。

注释

①嵇中散：嵇康。《广陵散》：古琴曲。

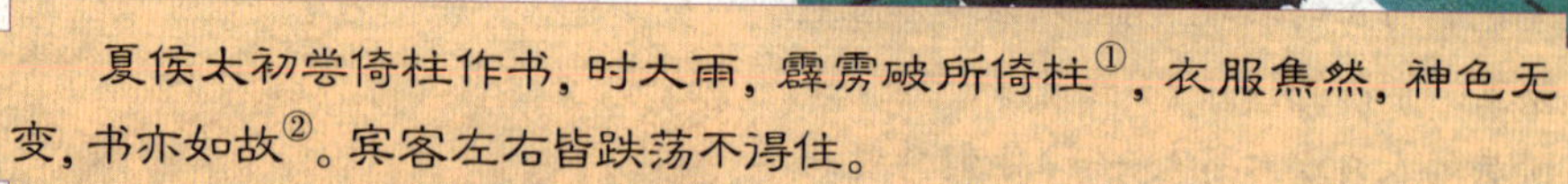

夏侯太初尝倚柱作书，时大雨，霹雳破所倚柱[1]，衣服焦然，神色无变，书亦如故[2]。宾客左右皆跌荡不得住。

译文

夏侯太初有一次靠着柱子写字，当时下着大雨，雷电击坏了他靠着的柱子，衣服烧焦了，他神色不变，照样写字。宾客和随从都跌跌撞撞，站立不稳。

注释

①霹雳（pīlì）：响声很大的雷。
②焦然：形容烧焦了。

王戎七岁，尝与诸小儿游，看道边李树多子折枝，诸儿竞走取之，唯戎不动[①]。人问之，答曰："树在道边而多子，此必苦李。"取之，信然[②]。

译文

王戎七岁的时候，有一次和一些小孩儿出去游玩，看见路边的李树挂了很多果，压弯了树枝，小孩儿们争先恐后跑去摘李子，只有王戎站着不动。别人问他，他回答说："树长在路边，还有这么多李子，这一定是苦的李子。"拿李子来一尝，果真是苦的。

注释

①折枝：使树枝弯曲。
②信然：确实这样。

魏明帝于宣武场上断虎爪牙，纵百姓观之[①]。王戎七岁，亦往看。虎承间攀栏而吼，其声震地，观者无不辟易颠仆[②]。戎湛然不动，了无恐色[③]。

译文

魏明帝在宣武场上包着老虎的爪牙，举行人、虎搏斗表演，任凭百姓观看。王戎当时七岁，也去看。老虎乘隙攀住栅栏大吼，吼声震天动地，围观的人全都吓得退避不迭，跌倒在地。王戎却平平静静，一动不动，一点也不害怕。

注释

①宣武场：场地名，在洛阳城北。断：隔绝。纵：听凭。按：《水经·谷水注》引《竹林七贤论》说：魏明帝在宣武场上围起栅栏，包住虎牙，派大力士跟虎搏斗。
②承间：同"乘间"，趁着空子。颠仆：跌倒。
③湛然：形容镇静。

裴遐在周馥所，馥设主人①。遐与人围棋，馥司马行酒②。遐正戏，不时为饮，司马恚 ，因曳遐坠地。遐还坐，举止如常，颜色不变，复戏如故。王夷甫问遐："当时何得颜色不异？"答曰："直是暗当故耳！"

译文

裴遐在周馥家，周馥以主人身份宴请大家。裴遐和人下围棋，周馥的司马负责劝酒。裴遐正在下棋，时时要酒喝，司马很生气，便把他拽倒在地上。裴遐爬起来回到座位上，举动如常，脸色不变，照样下棋。后来王夷甫问他："当时怎么能做到面不改色呢？"他回答说："只不过是暗地忍受着罢了！"

注释

①设主人：以主人身份备办酒食。
②馥司马：周馥手下的司马。周馥任平东将军，将军府下有司马，管一府之事。行酒：在宴会上主持行酒令、斟酒劝饮等事。

刘庆孙在太傅府，于时人士多为所构，唯庾子嵩纵心事外，无迹可间①。后以其性俭家富，说太傅令换千万，冀其有吝，于此可乘②。太傅于众坐中问庾，庾时颓然已醉，帻堕几上，以头就穿取③，徐答云："下官家故可有两娑千万，随公所取④。"于是乃服。后有人向庾道此，庾曰："可谓以小人之虑，度君子之心。"

译文

刘庆孙在太傅府任职，在这期间，名人多被他构陷，只有庾子嵩不把心思放在世事上，使他没有空子可钻。后来就抓住庾子嵩生性吝啬而家境富裕这点，怂恿太傅向庾子嵩借千万钱，希望他表现得吝啬不肯借，然后在这里找到可乘之机。于是太傅就在大庭广众中向庾子嵩借钱，这时庾子嵩已经醉醺醺的了，头巾颠落在小桌上，他把头伸进头巾里戴上，慢吞吞地回答说："下官家原来大约有两三千万，随您取多少。"刘庆孙这才佩服了。后来有人向庾子嵩谈起这件事，庾子嵩说："这可以说是以小人之心，度君子之腹。"

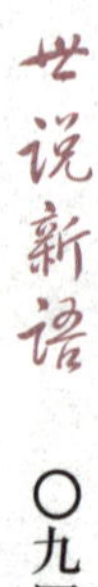

注释

①刘庆孙：刘舆，字庆孙，在太傅司马越的官府中任长史。构：罗织罪状陷害人。纵心：放开心思，不关心事情。间（jiàn）：插在中间；乘间。
②俭：吝啬。换：借。
③颓然：形容精神不振的样子。帻（zé）：头巾。几：坐时靠着或放物品的小桌子。
④两娑：两三。

郗太傅在京口，遣门生与王丞相书，求女婿[1]。丞相语郗信："君往东厢，任意选之。"门生归白郗曰："王家诸郎亦皆可嘉，闻来觅婿，咸自矜持，唯有一郎在东床上坦腹卧，如不闻[2]。"郗公云："正此好！"访之，乃是逸少，因嫁女与焉[3]。

译文

太傅郗鉴在京口的时候，派门生送信给丞相王导，想在他家挑个女婿。王导告诉郗鉴的来人说："您到东厢房去，随意挑选吧。"门生回去禀告郗鉴说："王家的那些公子还都值得夸奖，听说来挑女婿，就都拘谨起来，只有一位公子在东边床上袒胸露腹地躺着，好像没有听见一样。"郗鉴说："正是这个好！"一查访，原来是王羲之，便把女儿嫁给他。

注释

①郗（xī）太傅：郗鉴，曾兼徐州刺史，镇守京口。
②矜持：拘谨。坦腹：敞开上衣，露出腹部。按：后人称女婿为东床或令坦，本此。
③逸少：王羲之，字逸少，是王导的侄儿。

周仲智饮酒醉，瞋目还面谓伯仁曰："君才不如弟，而横得重名[1]！"须臾，举蜡烛火掷伯仁，伯仁笑曰："阿奴火攻，固出下策耳！"

译文

周仲智喝酒喝醉了，瞪着眼扭着头对他哥哥伯仁说："您才能比不上我，却意外地获得大名声！"接着，举起点着的蜡烛扔到伯仁身上，伯仁笑着说："阿奴用火攻，原来是用的下策啊！"

注释

①横：意外；无缘无故。

桓公伏甲设馔，广延朝士，因此欲诛谢安、王坦之[①]。王甚遽，问谢曰："当作何计？"谢神意不变，谓文度曰："晋阼存亡，在此一行[②]。"相与俱前，王之恐状，转见于色；谢之宽容，愈表于貌。望阶趋席，方作洛生咏，讽"浩浩洪流[③]。"桓惮其旷远，乃趣解兵[④]。王、谢旧齐名，于此始判优劣。

译文

桓温埋伏好甲士，设宴遍请朝中百官，想趁此机会杀害谢安和王坦之。王坦之非常惊恐，问谢安："应该采取什么办法？"谢安神色不变，对王坦之说："晋朝的存亡，决定于我们这一次去的结果。"两人一起前去赴宴，王坦之惊恐的状态，越来越明显地表现在脸色上；谢安的宽宏大量，也在神态上表示得更加清楚。他到台阶上就快步入座，模仿洛阳书生读书的声音，朗诵起"浩浩洪流"的诗篇。桓温害怕他那种旷达的气量，便赶快撤走了埋伏的甲士。原先王坦之和谢安名望相等，通过这件事才分出了高低。

注释

①"桓公"句：晋简文帝死时，桓温出镇在外，遗诏使桓温辅政，而没有满足他的篡位野心，他就以为是吏部尚书谢安和侍中王坦之（字文度）的主意，非常愤恨。后入朝，屯兵新亭，要谢、王前去迎接，想杀掉二人。甲，甲士，披铠甲的士兵。

②阼：皇位，这里指国家。

③望阶趋席：指到了台阶上就疾行就座。方作：通"仿作"，仿效。洛生咏：用洛阳书生读书的语音来吟诗。浩浩洪流：这是嵇康《赠秀才入军》诗中的句子，意谓大河浩浩荡荡。

④旷远：旷达；心胸宽阔。趣（cù）：通"促"，急促。

谢安南免吏部尚书还东，谢太傅赴桓公司马出西，相遇破冈[1]。既当远别，遂停三日共语。太傅欲慰其失官，安南辄引以它端。虽信宿中涂，竟不言及此事[2]。太傅深恨在心未尽，谓同舟曰："谢奉故是奇士。"

译文

安南将军谢奉被免去吏部尚书的官职后回东边老家去，太傅谢安因为应召出任桓温的司马往西去，两人在破冈相遇。既然就要久别了，便停留三天一起叙叙旧。谢安对他丢了官一事想安慰几句，谢奉总是借别的事避开这个问题。虽然两人半路上同住了两夜，却始终没有谈到这件事。谢安因为心意还没有表达出来，深感遗憾，就对同船的人说："谢奉确实是个奇特的人。"

注释

①谢安南：谢奉，字弘道，曾任安南将军。按：谢奉是会稽郡山阴县人，这里所说的还东，盖指回到会稽。"谢太傅"句：谢安隐居在会稽郡东山，不肯出仕，后来征西大将军桓温请他出任司马，谢安才赴召。

②信宿：连住两夜。中涂：中途；半路。

谢公与人围棋，俄而谢玄淮上信至，看书竟，默然无言，徐向局[1]。客问淮上利害，答曰："小儿辈大破贼。"意色举止，不异于常。

译文

谢安和客人下围棋，一会儿谢玄从淝水战场上派出的信使到了，谢安看完信，默不作声，又慢慢地下起棋来。客人问他战场上的胜败情况，谢安回答说："孩子们大破贼兵。"说话间，神色、举动和平时没有两样。

注释

①"俄而"句：公元383年，前秦王苻坚大发兵分道南侵，企图灭晋，军队屯驻淮水、淝水间。当时晋朝以谢安录尚书事，征讨大都督，谢安派他弟弟谢石、侄谢玄率军在淝水坚拒苻坚军，苻坚大败，这就是淝水之战。淮上，淮水上，这里指淝水战场上。向局：面向棋局。

王子猷、子敬曾俱坐一室，上忽发火①。子猷遽走避，不惶取屐②；子敬神色恬然，徐唤左右，扶凭而出，不异平常③。世以此定二王神宇④。

译文

王子猷和子敬曾经同坐在一个房间里，前面忽然起火了。子猷急忙逃避，连木板鞋也来不及穿；子敬却神色安详，慢悠悠地叫来随从，搀扶着再走出去，就跟平时一样。世人从这件事上判定二王神情气度的高下。

注释

①王子猷 、子敬：王徽之，字子猷，官至黄门侍郎。王献之，字子敬，官至中书令。都是王羲之的儿子。
②遽：匆忙。不惶：没有时间。惶，通“遑”，空闲。
③扶凭：搀扶。按：当时贵族的一种气派是走路要由仆人搀扶着。
④神宇：神情气宇(气度)。

评点

本篇所记的就是当时名士们表现出的雅量。如遇喜事却能不异于常，这就很有涵养而显出雅量。例如记谢安得知淝水之战大捷的消息后，“意色举止，不异于常”。本篇还记载了一些豁达处事、宽容待人的事例，受到困辱打骂也不发火，更不动手报复。例如记裴遐在宴会上因饮酒事被人拽倒在地，爬起来后，“举止如常，颜色不变，复戏如故”。就算遇上牢狱之灾，杀身之祸，也应该若无其事，好像心胸能包容万物。除此以外，只要没有虚伪的表现，纯任自然，不为外物所累，都可以看成雅量。例如记郗家到王家选女婿时，王家子弟“咸自矜持”，只有王羲之“在东床上坦腹卧，如不闻”。这正是直率、不掩盖、不做作的很好写照。

真正有雅量的名士，确也表现出一种难得的修养，值得肯定。但从记载中可看出，有一些士族名士所讲究的魏晋风度实际是故作旷达。

识鉴第七

题解

识鉴指能知人论世，鉴别是非，赏识人才。魏晋时代，讲究品评人物，其中有相当一部分涉及人物的品德才能，并由此预见这一人物未来的变化和优劣得失，如果这一预见终于实现，预见者就被认为有识鉴。品评也包括审查人物的相貌和言谈举止而下断语，这类断语一旦被证实，同样认为有识鉴。这种有知人之明的人，能够在少年儿童中识别某人将来的才干和官爵禄位，也能够在默默无闻的人群中选拔超群的人才。

潘阳仲见王敦小时，谓曰："君蜂目已露，但豺声未振耳[1]。必能食人，亦当为人所食[2]。"

译文

潘阳仲看见王敦少年时候的样子，就对他说："您已经露出了胡蜂一样的眼神，只是还没有嗥出豺狼般的声音罢了。你一定能吃人，也会给别人吃掉。"

注释

① "君蜂"句：古人认为蜂目而豺声的人是残忍的人。蜂目，指像胡蜂一样的眼睛。振，扬起。
② "必能"句：指会杀害别人，也会被人杀掉。

张季鹰辟齐王东曹掾[1]，在洛，见秋风起，因思吴中菰菜羹，鲈鱼脍[2]，曰："人生贵得适意尔，何能羁宦数千里以要名爵[3]！"遂命驾便归。俄而齐王败，时人皆谓为见机[4]。

译文

张季鹰调任齐王的东曹属官，在都城洛阳，他看见秋风起了，便想吃老家吴中的菰菜羹和鲈鱼脍，说道："人生可贵的是能够顺心罢了，怎么能远离家乡到几千里外做官，来追求名声和爵位呢！"于是坐上车就南归了。不久齐王败死，当时人们都认为他能见微知著。

注释 

①张季鹰：张翰，字季鹰，吴郡吴人。他在洛阳当官，看到当时战乱不断，就借想吃家乡名菜为由，弃官归家。齐王：司马冏(jiǒng)，封为齐王。晋惠帝时任大司马，辅政，日益骄奢。公元302年，在诸王的讨伐中被杀。东曹：官名。主管二千石长史的调动等事。
②菰菜羹：《晋书·张翰传》作"菰菜、莼羹"，与鲈鱼脍并为吴中名菜。
③羁宦：寄居在外地做官。
④见机：洞察事情的苗头。机，通"几"。

周伯仁母冬至举酒赐三子曰[①]："吾本谓度江托足无所，尔家有相，尔等并罗列吾前，复何忧[②]！"周嵩起，长跪而泣曰[③]："不如阿母言。伯仁为人志大而才短，名重而识暗，好乘人之弊，此非自全之道。嵩性狼抗，亦不容于世。唯阿奴碌碌，当在阿母目下耳[④]。"

译文 

周伯仁的母亲在冬至那天的家宴上赐酒给三个儿子，对他们说："我本来以为避难过江以后没有个立脚的地方，好在你们家有福气，你们几个都在我眼前，我还担心什么呢！"这时周嵩离座，恭敬地跪在母亲面前，流着泪说："并不像母亲说的那样。伯仁的为人志向很大而才能不足。名气很大而见识肤浅，喜欢利用别人的毛病来达到自己的目的，这不是保全自己的做法。我本性乖戾，也不会受到世人的宽容。只有小弟弟平平常常，将会在母亲的眼前罢了。"

注释 

①周伯仁：周颉，字伯仁。下文的周嵩、阿奴指他的两个弟弟。冬至：节气名。古人重视冬至节，这一天要祭祖、家宴、庆贺往来，像过年一样。
②度：通"渡"。有相：有吉相；有福相。
③长跪：古人坐时臀部放在脚后跟上，跪时伸直腰和大腿，挺直上身跪着，叫长跪，表示尊敬。
④碌碌：平庸无能。

评点 

本篇主要记载识别人物的事例。相当一部分内容是记述根据某人过去的言谈、作为来断言他将来的成就或结局。还有条目赞赏根据风采相貌来识别人物才能的人。另有条目赞扬了对事件有洞察力的人，这些人能见微知著，预见国家的兴亡、世事的得失。有一些记载还是有一定的启发的。

赏誉第八

题解

赏誉指赏识并赞美人物，这是品评人物的风气所形成的。品评是士大夫生活的重要组成部分，当时士大夫常在各种情况下评论人物的高下优劣，其中一些正面的、肯定的评语被记录在本篇里，都是很简练而且被认为是恰当的话。从中可以看出士族阶层的追求和情致。

陈仲举尝叹曰："若周子居者，真治国之器[1]。譬诸宝剑，则世之干将[2]。"

译文

陈仲举曾经赞叹说："像周子居这个人，确是治国的人才。拿宝剑来打比方，他就是当代的干将。"

注释

①周子居：周乘，字子居，东汉人，官至泰山太守。
②干将：宝剑名。传说吴王阖闾叫吴人干将铸剑，后来铸成两剑，雄剑叫干将，雌剑叫莫邪。

世目李元礼："谡谡如劲松下风。[1]"

译文

世人评论李元礼说："像挺拔的松树下呼啸而过的疾风。"

注释

①目：品评。常以某一方式指出人或物的独特之处。谡谡（sùsù）：疾风声。

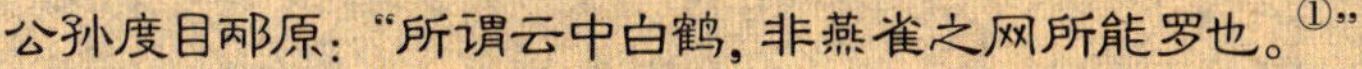

公孙度目邴原："所谓云中白鹤，非燕雀之网所能罗也。[1]"

译文

公孙度评论邴原说："他是所说的云中白鹤，不是用捕燕雀的网所能捕到的。"

注释

①邴(bǐng)原：三国时魏人，避乱到辽东，受到公孙度的礼遇，后想回家，公孙度曾劝阻他，他便偷偷地走了。吏役想去追回他，公孙度说他是白鹤，自己无法挽留这样的人才。

裴令公目夏侯太初："肃肃如入廊庙中，不修敬而人自敬[①]。"一曰："如入宗庙，琅琅但见礼乐器[②]。""见钟士季，如观武库，但睹矛戟[③]。见傅兰硕，江廧靡所不有[④]。见山巨源，如登山临下，幽然深远[⑤]。"

译文

中书令裴楷评论夏侯太初说："好像进入朝廷一样恭恭敬敬的，人们无心加强敬意，却自然会肃然起敬。"另一种说法是："好像进入宗庙之中，只看见礼器和乐器琳琅满目。"又评论说："看见钟士季，好像参观武器库，矛戟森森，全是兵器。看见傅兰硕，像是一片汪洋，浩浩荡荡，无所不有。看见山巨源，好像登上山顶往下看，幽深得很。"

注释

①"肃肃"句：《礼记·檀弓下》："社稷宗庙之中，未施敬于民而民敬。"意指未使人们致敬意而人们肃然起敬。这里用其意。肃肃，形容恭敬。廊庙，指朝廷。
②琅琅：形容玉的光彩。
③矛戟：矛和戟都是兵器。
④江廧(qiáng)：当作汪翔，《晋书·裴楷传》作汪翔（翔、廧，音近借用），即汪洋，广大，浩大。
⑤幽然：形容深远。

羊公还洛，郭奕为野王令，羊至界，遣人要之，郭便自往[1]。既见，叹曰："羊叔子何必减郭太业[2]！"复往羊许，小悉还，又叹曰："羊叔子去人远矣[3]！"羊既去，郭送之弥日，一举数百里，遂以出境免官。复叹曰："羊叔子何必减颜子[4]！"

译文

羊祜回洛阳去，路过野王县，当时郭奕任野王县令，羊祜到了县界，派人去请郭奕来会一会，郭奕便去了。见面后，郭奕赞叹说："羊叔子何必要不如我郭太业呢！"过后再前往羊祜住所，不多久便回去，又赞叹道："羊叔子远远超过一般人啊！"羊祜走了，郭奕整天都送他，一送就送了几百里，终于因为出了县境被免官。他仍旧赞叹道："羊叔子何必定比颜子差呢！"

注释

①羊公：羊祜，字叔子，博学能文，善谈论。郭奕：字太业。
②减：不如；次于。
③小悉：少顷；不多久。去人：离开别人；超过别人。
④颜子：颜回，孔子最得意的学生。

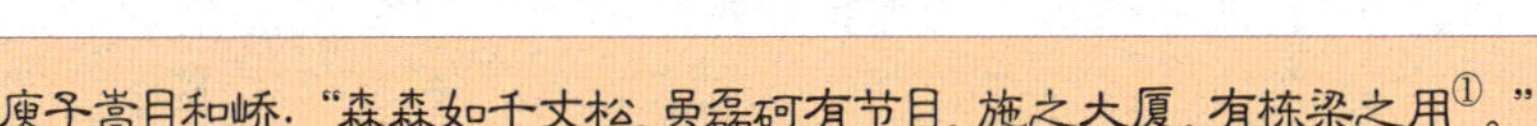

庾子嵩目和峤："森森如千丈松，虽磊砢有节目，施之大厦，有栋梁之用[1]。"

译文

庾子嵩评论和峤说："好像高耸入云的千丈青松，虽然疙节累累，可是用它来盖高楼大厦，还是可以用做栋梁材。"

注释

①森森：高耸的样子。磊砢（lěi luǒ）：形容众多。节目：分出树杈的地方，疙节。

裴仆射，时人谓为言谈之林薮[①]。

译文

左仆射裴頠，当时的人认为他是清谈的府库。

注释

①裴仆射：指裴頠（wěi），字逸民，历任侍中、尚书左仆射。林薮(sǒu)：草木丛聚的地方，比喻事物荟萃的地方。

张华见褚陶，语陆平原曰[①]："君兄弟龙跃云津，顾彦先凤鸣朝阳，谓东南之宝已尽，不意复见褚生[②]。"陆曰："公未睹不鸣不跃者耳！"

译文

张华见到褚陶以后，告诉平原内史陆机说："您兄弟两人像在天河上腾跃的飞龙，顾彦先像迎着朝阳鸣叫的凤凰，我以为东南的人才已经全在这里了，想不到又见到褚生。"陆机说："这是因为您没有看见过不鸣不跃的人才罢了！"

注释

①陆平原：陆机，字士衡，吴郡人，曾任平原内史。司空张华很赏识陆机和他弟弟陆云（字士龙），认为他们是吴地两个才子。

②云津：指银河。顾彦先：顾荣，字彦先，吴人，曾在吴国任黄门侍郎。吴亡后，与陆机兄弟同到洛阳，当时人士称他们为三俊。东南之宝：指东南的人才，即吴地的人才。

有问秀才："吴旧姓何如[①]？"答曰："吴府君，圣王之老成，明时之俊乂[②]。朱永长，理物之至德，清选之高望[③]。严仲弼，九皋之鸣鹤，空谷之白驹[④]。顾彦先，八音之琴瑟，五色之龙章[⑤]。张威伯，岁寒之茂松，幽夜之逸光[⑥]。陆士衡、士龙，鸿鹄之裴回，悬鼓之待槌[⑦]。凡此诸君，以洪笔为锄耒，以纸札为良田，以玄默为稼穑，以义理为丰年[⑧]；以谈论为英华，以忠恕为珍宝[⑨]；著文章为锦绣，蕴五经为缯帛[⑩]；坐谦虚为席荐，张义让为帷幕[⑪]；行仁义为室宇，修道德为广宅。"

译文

有人问秀才蔡洪：“吴地的世家大族怎么样？”蔡洪回答说：“吴府君是圣明君主的贤臣，太平盛世的杰出人才。朱永长是执政大臣里面德行最高尚的人，公开选拔的官员中最有声望的人。严仲弼像深泽中引颈长鸣的白鹤，像潜处空旷深邃山谷中的白驹。顾彦先像乐器中的琴瑟，花纹中的龙纹。张威伯是寒冬时茁壮的青松，黑夜里四射的光芒。陆士衡、士龙兄弟是在高空盘旋的天鹅，是有待敲击的大鼓。所有这些名士，把大笔当农具，拿纸张当良田，把清静无为当劳动，把掌握义理当丰收；把清谈当声誉，把忠恕当珍宝；把著述文章当做刺绣，把精通五经当做储藏丝绸；把坚持谦虚当做坐草席，把发扬道义礼让当做张挂帷幕；把推行仁义当做修造房屋，把加强道德修养当做构筑大厦。”

注释

①秀才：指蔡洪。
②吴府君：吴展，字士季，曾在吴国任广州刺史、吴郡太守，所以称府君。老成：年老德高的。俊乂（yì）：才德出众的人。
③理物：治理人民。至德：德行最高的人。清选：明澈选拔官员。高望：声望很高的人。
④九皋：深潭。按：《诗经·小雅·鹤鸣》：“鹤鸣于九皋，声闻于天。”《毛传》：“皋，泽也，言身隐而名著也。”这里借指名声传得很高很远。白驹：白马。按：《诗经·小雅·白驹》有“皎皎白驹，在彼空谷”句，《疏》：“贤者隐居，必当潜处山谷。”
⑤八音：乐器的统称，指金、石、土、革、丝、木、匏、竹八类乐器。五色：青、黄、赤、白、黑五色，这里指五色交错而成的花纹。龙章：龙纹。“章”指花纹。
⑥逸光：四射的光芒。
⑦鸿鹄：天鹅。裴回：通“徘徊”。悬鼓：大鼓。
⑧鉏耒（chú lěi）：两种农具，锄头和木叉。札：用来写字的木片。玄默：玄远沉静。稼穑：农业劳动。
⑨英华：这里指名誉。忠恕：两种道德，尽心和宽恕。
⑩蕴：储藏；积聚。缯帛：丝织品。
⑪席荐：草席。义让：仗义谦让。

卫伯玉为尚书令，见乐广与中朝名士谈议，奇之，曰："自昔诸人没已来，常恐微言将绝，今乃复闻斯言于君矣[1]！"命子弟造之，曰："此人，人之水镜也，见之若披云雾睹青天[2]。"

译文

卫伯玉任尚书令时，看见乐广和西晋的名士清谈，认为他不寻常，说道："自从当年那些名士逝世到现在，常常怕清谈快要绝迹，今天竟然从您这里听到这种清谈了！"便叫自己的子侄去拜访乐广，对子侄说："这个人，是人们的镜子，见到他，就像拨开云雾看见青天一样。"

注释

①诸人：指何晏、邓飏等清谈家。已来：以来。
②水镜：指镜子，比喻能明察秋毫。这里指对道理能了解得很清楚。

王太尉云："郭子玄语议如悬河写水，注而不竭[1]。"

译文

太尉王衍说："郭子玄的谈论好像瀑布倾泻下来，滔滔不绝。"

注释

①郭子玄：郭象，字子玄，是西晋时代重要的唯心主义哲学家，被认为是王弼第二。写：通"泻"。按："悬河写水"形容能言善辩，滔滔不绝。注：倒下，流下。

蔡司徒在洛，见陆机兄弟住参佐廨中，三间瓦屋，士龙住东头，士衡住西头[1]。士龙为人，文弱可爱；士衡长七尺余[2]，声作钟声，言多慷慨。

译文

司徒蔡谟在洛阳的时候，看见陆机、陆云兄弟住在僚属办公处里，有三间瓦屋，陆云住在东头，陆机住在西头。陆云为人，文雅纤弱得可爱；陆机身高七尺多，声音像钟声般洪亮，说话大多慷慨激昂。

注释

①蔡司徒：蔡谟，字道明，历任左光禄、录尚书事、扬州刺史、司徒。据《晋书·蔡谟传》载"谟性方雅"。参佐：属官。廨：官署。
②七尺：指成年人应有的身高。按：古代一尺只有现在六七寸长。

卞令目叔向[①]："朗朗如百间屋。"

译文

尚书令卞壶评论叔向说："气度宽阔，好像有上百个敞亮房间的大屋。"

注释

①卞令：卞壶，字望之，曾任尚书令。叔向：似是指叔父卞向，但有无其人，无从考证。

王敦为大将军，镇豫章。卫玠避乱，从洛投敦，相见欣然，谈话弥日。于时谢鲲为长史，敦谓鲲曰："不意永嘉之中，复闻正始之音[①]。阿平若在，当复绝倒[②]。"

译文

王敦任大将军时，镇守豫章。卫玠为了躲避战乱，从洛阳来到豫章投奔王敦，两人一见都很高兴，成天清谈。当时谢鲲在王敦手下任长史，王敦对谢鲲说："想不到永嘉年间，又听到了正始年间那种清谈。如果阿平在这里，就会佩服得五体投地。"

注释

①**永嘉**：西晋怀帝的年号。当时战乱不断。**正始之音**：指清谈玄学，正始年间谈玄的风尚。也就是糅合儒家经义，高谈老、庄，辨名析理，故作狂放。正始，三国时魏齐王曹芳的年号。按：永嘉年间，王敦还没有升任大将军职。

②**"阿平"句**：阿平即王澄，字平子。按：晋元帝时，王澄路过豫章，被王敦杀害了。

王平子与人书，称其儿："风气日上，足散人怀[①]。"

译文

王平子给友人写信，称赞自己的儿子说："他的风采和气量一天比一天长进，足以让人心怀舒畅。"

注释

①**风气**：风采气量。按：称赞子弟，以此抬高他们身价，是晋代的风气。

王丞相招祖约夜语，至晓不眠[①]。明旦有客，公头鬓未理，亦小倦，客曰："公昨如是似失眠[②]。"公曰："昨与士少语，遂使人忘疲。"

译文

丞相王导邀祖约晚上来清谈，谈到天亮也没有睡觉。第二天一早有客人来，王导出来见客时，还没有梳头，身体也有点困倦，客人问道："您昨天夜里好像失眠了。"王导说："昨晚和士少清谈，就让人忘了疲劳。"

注释

①祖约：字士少，曾任豫州刺史。
②"公昨"句："是"字疑是衍文，此句似应为"公昨如似失眠"，否则于理不顺。

庾公为护军，属桓廷尉觅一佳吏，乃经年[①]。桓后遇见徐宁而知之，遂致于庾公，曰："人所应有，其不必有；人所应无，己不必无[②]。真海岱清士[③]。"

译文

庾亮任护军将军的时候，托廷尉桓彝代找一个优秀的属官，过了一年竟然还没找到。桓彝后来碰见徐宁，并且很赏识他，就把他推荐给庾亮，并介绍说："人们应该有的，他不一定有；人们不应该有的，他不一定没有。他确实是海岱一带的清廉正直的人士。"

注释

①护军：护军将军，是掌握中央军权的。按：庾亮在晋明帝时升任护军将军。
②"人所"句：这里所说的有、无，大概是指礼法、道德方面的内容。按句意，似指徐宁与众不同。
③海岱：古称今山东省东海与泰山间之地。按：徐宁是东海郡人，东海郡包括江苏、山东东部一带。

王右军语刘尹："故当共推安石。"刘尹曰："若安石东山志立，当与天下共推之[①]。"

译文

右军将军王羲之对丹阳尹刘惔说："我们当然要一起推荐安石。"刘惔说："如果安石志在隐居，我们应该和天下人一起推荐他。"

注释

①"若安石"句：谢安（字安石）寓居会稽郡上虞县，官府多次征召，也不肯出任官职，只想在东山隐居，畅游山水。但是他一向名望很大，所以大家仍然希望他能出任。到四十多岁时，才应桓温的邀请出任司马。东山志：指隐居的心愿。

评点

从所搜集的评语看，士大夫所赞赏的内容很广泛，可以说是有什么就赞什么，这是可以理解的，因为他们佩服这些方面表现突出的人。除外，如显示尊贵，喜好饮酒，会欣赏山光水色等，也受到赞誉；尊贵，是士族阶层所自诩的异于平民百姓的特点，如果言行神采显示出这种身份，自然会成为学习的榜样；至于寄情山水之间，更是名士借以表达意趣超脱的一种追求，自然会得到很高的评价。

品藻第九

题解

品藻指评论人物高下。本篇主要做法是就两个人对比而论，一般是指出各有所长，只有部分条目点出高下之别。有时也会只就一个人的不同情况而论，这实际也是不同方面的对比。

汝南陈仲举、颍川李元礼二人，共论其功德，不能定先后。蔡伯喈评之曰："陈仲举强于犯上，李元礼严于摄下[①]。犯上难，摄下易。"仲举遂在三君之下，元礼居八俊之上[②]。

译文

汝南郡陈仲举、颍川郡李元礼两人，人们一起谈论他们的成就和德行，决定不了谁先谁后。蔡伯喈评论他们说："陈仲举敢于冒犯上司，李元礼严于整饬下属。冒犯上司难，整饬下属容易。"于是陈仲举的名次就排在三君之后，李元礼排在八俊之前。

注释

①强：指有勇气；敢。摄：整饬。

②"仲举"句：陈仲举和李元礼都是东汉人，是知名大官，地位影响不相上下，就用某一标准决其高下。当时一些人士互相标榜，给予各种称号，上等的有三人，叫三君，即窦武、刘淑、陈蕃三个为当时所崇敬的人，次一等的有八人，叫八俊，即李膺、王畅等八个才能出众的人。所谓君，指的是能做时代楷模的人；所谓俊，指的是士人中的英俊之人。

庞士元至吴，吴人并友之[①]。见陆绩、顾劭、全琮而为之目曰："陆子所谓驽马有逸足之用，顾子所谓驽牛可以负重致远[②]。"或问："如所目，陆为胜邪？"曰："驽马虽精速，能致一人耳；驽牛一日行百里，所致岂一人哉？"吴人无以难。"全子好声名，似汝南樊子昭[③]。"

译文

庞士元到了吴地，吴人都和他交朋友。他见到陆绩、顾劭、全琮三人，就给他们三人下评语说："陆君可以说是能够用来代步的驽马，顾君可以说是能够驾车载重物走远路的驽牛。"有人问道："真像你的评语那样，是陆君胜过顾君吗？"庞士元说："驽马就算跑得很快，也只能载一个人罢了；驽牛一天走一百里，可是所运载的难道只一个人吗？"吴人没话反驳他。"全君有很好的名声，像汝南郡樊子昭。"

注释

①庞士元：庞统，字士元，辅佐蜀汉刘备。当吴国将领周瑜帮助刘备取荆州并兼任南郡太守时，庞统任功曹，名声很大。周瑜死后，庞统送丧到吴地。
②驽马：劣马，跑不快的马，是对比着千里马说的。逸足：疾足，捷足。指代步。
③樊子昭：刘晔评论他是"退能守静，进不苟竞"的人，指闲居时能安于清静、保持节操，做官时不随便争夺。按："全子"一句也是庞士元的评论。

顾劭尝与庞士元宿语，问曰："闻子名知人，吾与足下孰愈？"曰："陶冶世俗，与时浮沉，吾不如子[①]；论王霸之余策，览倚仗之要害，吾似有一日之长[②]。"劭亦安其言。

译文

顾劭曾经和庞士元作过一次夜谈，他问庞士元说："听说您因善于鉴识人才而闻名，我和您两人谁更好些？"庞士元说："移风易俗，顺应潮流，这点我比不上您；至于谈论历代帝王统治的策略，掌握事物因果变化的要害，这方面我似乎比你稍强一些。"顾劭也认为他的话妥当。

注释

①陶冶：熏陶，给予良好的影响。与时浮沉：跟着时代、世俗走，能顺应潮流。按：《三国志·蜀志·庞统传》注，这句作"陶冶世俗，甄综人物，吾不及卿"。
②王霸：王道和霸道，指用仁义治天下和用武力治天下的策略。余策：遗策，前代留下的策略。倚仗：一本作"倚伏"，《庞统传》注也作"倚伏"，这是对的。倚伏，互相依存、制约。《老子》五十八章说："祸兮福之所倚，福兮祸之所伏。"有一日之长：比你年纪大一天，这里指擅长些。

冀州刺史杨淮二子乔与髦，俱总角为成器①。淮与裴頠、乐广友善，遣见之。頠性弘方，爱乔之有高韵②，谓淮曰："乔当及卿，髦小减也。"广性清淳，爱髦之有神检③，谓淮曰："乔自及卿，然髦尤精出。"淮笑曰："我二儿之优劣，乃裴、乐之优劣。"论者评之，以为乔虽高韵，而检不匝，乐言为得④。然并为后出之俊。

译文

冀州刺史杨淮的两个儿子杨乔和杨髦，都是幼年时就成名的。杨淮和裴頠、乐广两人很友好，就打发两个儿子去见他们。裴頠禀性宽宏正直，所以喜欢杨乔那种高雅的风度，对杨淮说："杨乔将会赶上你，杨髦稍差一点。"乐广禀性清廉淳厚，所以喜欢杨髦那种高贵的品德，他对杨淮说："杨乔自然能赶上你，可是杨髦更会高出一头。"杨淮笑道："我两个儿子的长处和短处，就是裴頠、乐广的长处和短处。"评论家评论这两人的看法，认为杨乔虽然风度高雅，可是品德修养还不够完美，还是乐广的话说对了。不过两个孩子都是后起之秀。

注释

①杨淮：应作杨准，西晋元康末年任冀州刺史，是当时名士。成器：有成就的人才。
②弘方：宽宏正直。高韵：高雅的风度。
③清淳：清廉淳厚。神检：高贵的品德修养。
④而检不匝：《晋书·乐广传》作"而神检不足"，检就是神检。匝（zā），绕一圈，这里指普遍、满。

明帝问谢鲲："君自谓何如庾亮？"[①]答曰："端委庙堂，使百僚准则，臣不如亮[②]；一丘一壑，自谓过之[③]。"

译文

晋明帝问谢鲲："您自己认为和庾亮相比，谁强些？"谢鲲回答说："用礼制整饬朝廷，使百官有个榜样，这方面，臣不如庾亮；至于寄情于山水的志趣，自以为超过他。"

注释

①谢鲲：是个放荡不羁的人，很有名望，舆论界把他和庾亮并提。曾任王敦的长史，知王敦将谋反，便纵酒作乐，不管政事。他随王敦到京都，入朝，当时明帝还是太子，在东宫接见了他，作了长时间的交谈。
②端委：礼服，这里指穿着礼服。庙堂：朝廷。
③一丘一壑：指山水胜境，比喻寄情山水，隐处岩壑。

世论温太真是过江第二流之高者[①]。时名辈共说人物，第一将尽之间，温常失色。

译文

世人评论温太真是从江北来的第二等人物中名列前茅的人。当时，名士们在一起品评人物，第一等人快要举完的时候，温太真经常紧张得脸色发白。

注释

①温太真：温峤，字太真，忠诚帝室，功业显著。

时人道阮思旷："骨气不及右军，简秀不如真长，韶润不如仲祖，思致不如渊源，而兼有诸人之美。[①]"

译文

当时人士评论阮思旷说："他的骨气比不上王右军，简约内秀比不上刘真长，华美柔润比不上王仲祖，才思韵味比不上殷渊源，可是却兼有这几个人的长处。"

注释

①骨气：刚直的气概。《晋书·王羲之传》称右军将军王羲之"以骨鲠称，尤善隶书"。简秀：简约内秀。《晋书·刘惔传》说刘真长性简贵，雅善言理，为政清整。韶润：指品性华美柔润。思致：才思和韵味。

桓大司马下都，问真长曰："闻会稽王语奇进，尔邪[1]？"刘曰："极进，然故是第二流中人耳！"桓曰："第一流复是谁？"刘曰："正是我辈耳！"

译文

大司马桓温到京都后，问刘真长道："听说会稽王的清谈有了出人意料的长进，是这样吗？"刘真长说："是有非常大的长进，不过仍旧是第二流中的人罢了！"桓温说："第一流的人又是谁呢？"刘真长说："正是我们这些人呀！"

注释

①会稽王：指简文帝司马昱，登位前封为会稽王。他喜欢清谈，刘真长是他的谈客。

殷侯既废[1]，桓公语诸人曰："少时与渊源共骑竹马，我弃去，己辄取之，故当出我下。"

译文

殷浩被罢官以后，桓温对大家说："小时候我和渊源一道骑竹马玩，我扔掉的竹马，他总是拾来骑，可知他本就不如我。"

注释

①"殷侯"句：殷浩曾任中军将军、都督五州军事，北征时大败。桓温一向妒忌他，就乘机上奏章请求惩办他，结果他被废为庶人。

刘尹、王长史同坐，长史酒酣起舞。刘尹曰："阿奴今日不复减向子期[1]。"

译文

丹阳尹刘惔和长史王濛坐在一起，王濛喝酒喝到痛快的时候就跳起舞来。刘惔说："你今天赶上向子期了。"

注释

①向子期：向秀，字子期。这里指王濛有向秀超尘脱俗的韵味。

有人问谢安石、王坦之优劣于桓公。桓公停欲言[1]，中悔，曰："卿喜传人语，不能复语卿。"

译文

有人向桓温问起谢安石和王坦之两人的优劣。桓温正要说，中途后悔了，便说："你喜欢传别人的话，不能再告诉你。"

注释

①停：正要。

王中郎尝问刘长沙曰："我何如苟子[1]？"刘答曰："卿才乃当不胜苟子，然会名处多[2]。"王笑曰："痴！"

译文

北中郎将王坦之曾经问长沙相刘爽："我和苟子相比，怎么样？"刘爽回答说："你的才学本来是不会超过苟子，可是领会名理的地方却比他强。"王坦之笑说："傻话！"

注释

①苟子：王脩的小名。
②会名：融会贯通名理。
按：谈名理是魏晋时代清谈的一个内容。

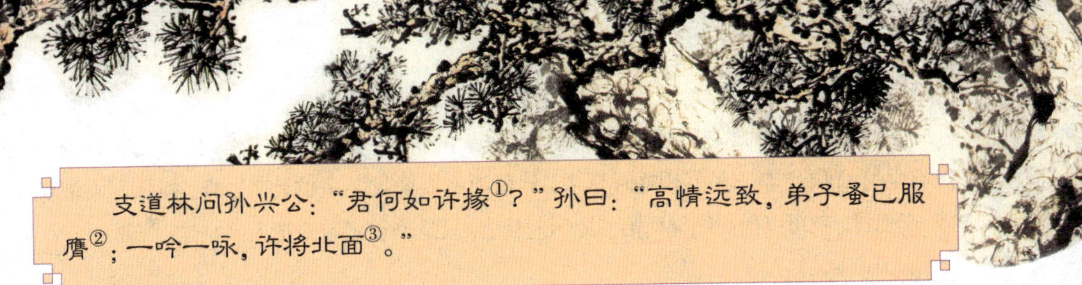

支道林问孙兴公："君何如许掾[①]？"孙曰："高情远致，弟子蚤已服膺[②]；一吟一咏，许将北面[③]。"

译文

支道林问孙兴公："您和许掾相比，怎么样？"孙兴公说："要论情趣高远，弟子对他早已心悦诚服；说到吟诗咏志，许掾却要拜我为师。"

注释

①许掾：许询，字玄度，曾被召为司徒掾。
②高情远致：高远的情趣。弟子：因为支道林是和尚，所以孙兴公谦称弟子。服膺：铭记在心；衷心信服。
③一吟一咏：指写诗作文。按：《晋书·孙绰传》载，孙绰（字兴公）博学，很有才华，擅长写文章，曾作《遂初赋》《天台山赋》等。

王右军问许玄度："卿自言何如安石[①]？"许未答，王因曰："安石故相为雄，阿万当裂眼争邪[②]！"

译文

右军将军王羲之问许玄度："你自己说说你和安石、万石相比，谁强些？"许玄度还没有回答，王羲之便说："安石自然对你称雄，阿万可要和你怒目相争吧！"

注释

①安石：一本作安、万，即指谢安、谢万，这是对的。
②相为：指向你，对你。一本作相与。裂眼：指睁大眼睛，形容愤怒的状态。

庾道季云："廉颇、蔺相如虽千载上死人，懔懔恒如有生气[①]。曹蜍、李志虽见在，厌厌如九泉下人[②]。人皆如此，便可结绳而治，但恐狐狸貒貉啖尽[③]。"

译文

庾道季说："廉颇和蔺相如虽然是千年以上的古人，依旧正气凛然，经常使人感到虎虎有生气。曹蜍、李志虽然现在还活着，却精神委靡像坟墓里的死人一样。如果人人都像曹、李那样，就可以回到结绳而治的原始时代去，只是恐怕野兽会把人都吃光。"

注释

①廉颇、蔺相如：战国时代赵国人。蔺相如完璧归赵，拜为上卿，位在廉颇上。廉颇本为大将，不服，想羞侮蔺相如，最后受感动而负荆请罪，与蔺相如成为至交。懔懔：同"凛凛"，可敬畏的样子。

②曹蜍(chú)、李志：两人憨厚而缺乏才智，做官而功业不显。见在：现在还活着。厌厌(yān yān)：形容精神不振。

③结绳而治：远古时代没有文字，用结绳记事的方法来处理政事。貒貉(tuān hé)：猪獾和狗獾。

有人问袁侍中曰[①]："殷仲堪何如韩康伯？"答曰："理义所得，优劣乃复未辨，然门庭萧寂，居然有名士风流，殷不及韩。"故殷作诔云："荆门昼掩，闲庭晏然[②]。"

译文

有人问侍中袁恪之："殷仲堪和韩康伯相比，谁强些？"袁恪之回答说："两人义理上的成就，其优劣实在是还没有辨明，可是门庭闲静，显然保存着名士的风雅，这一点，殷仲堪是赶不上韩康伯的。"所以殷仲堪在哀悼韩康伯的诔文上说："柴门白天也关闭着，清幽的庭院安安静静。"

注释

①袁侍中：袁恪之，字元祖，曾任黄门侍郎、侍中。

②荆门：柴门，指贫苦人家用木头、树枝等编的门。晏然：安安静静的。按：殷仲堪能清谈，擅长写文章。在清谈名理方面和韩康伯齐名。这一则里，袁恪之避开义理问题，只就风流一事比较其间优劣。

桓玄为太傅，大会，朝臣毕集①。坐裁竟，问王桢之曰："我何如卿第七叔②？"于时宾客为之咽气③。王徐徐答曰："亡叔是一时之标，公是千载之英。"一坐欢然。

译文

桓玄任太傅的时候，大会宾客，朝中大臣全都来了。大家才入座，桓玄就问王桢之："我和你七叔相比，谁强？"当时在座的宾客都为王桢之紧张得不敢喘气。王桢之从容回答说："亡叔只是一代的楷模，您却是千古的英才。"满座的人听了都喜气洋洋。

注释

①"桓玄"句：桓玄只任过太尉，不是太傅。
②卿第七叔：指王献之。王桢之是王徽之的儿子，王羲之的孙子，历任侍中、大司马长史。
③咽气：气塞，屏气，这里指紧张得喘不过气来。按：桓玄性情暴烈，而又酷爱书画，喜欢二王书法，总是以王献之自比。王桢之如果回答不好，就会触怒他。

评点

品藻即评论，本篇评论所涉及的内容广泛，所记载的也是士族阶层所讲究的各个方面，诸如品德、才学、功业、声威、风度、骨气、高洁、尊贵、出仕、归隐、清谈、吟咏，等等。对人物高下的评论，品评者总是回避排斥、指责别人，评论都是善意的。

规箴第十

题解

规箴指规劝告诫。本篇以规劝君主或尊长接受意见、改正错误的记述为主，少数几则是记载同辈或夫妇之间的劝导，只有一则是高僧对弟子亦即长辈对晚辈的规诫。从中也可以看到古人的规箴艺术。

汉武帝乳母尝于外犯事，帝欲申宪，乳母求救东方朔[①]。朔曰："此非唇舌所争，尔必望济者，将去时，但当屡顾帝，慎勿言。此或可万一冀耳。"乳母既至，朔亦侍侧，因谓曰："汝痴耳！帝岂复忆汝乳哺时恩邪！"帝虽才雄心忍，亦深有情恋，乃凄然愍之，即敕免罪[②]。

译文

汉武帝的奶妈曾经在外面犯了罪，武帝将要按法令治罪，奶妈去向东方朔求救。东方朔说："这不是靠唇舌能争得来的事，你想一定要把事办成的话，临走时，只可连连回头望着皇帝，千万不要说话。这样也许能有万一的希望呢。"奶妈进来辞行时，东方朔也陪侍在皇帝身边，奶妈照东方朔所说频频回顾武帝，东方朔就对她说："你是犯傻呀！皇上难道还会想起你喂奶时的恩情吗！"武帝虽然才智杰出，心肠刚硬，也不免引起深切的依恋之情，就悲伤地怜悯起奶妈来了，立刻下令免她的罪。

注释

①"汉武帝"句：汉武帝奶妈的子孙在京都长安横行霸道，官司奏请把奶妈流放到边远地区，武帝批准了。申宪，申明法令，指执行法令。东方朔，汉武帝时任侍中。

②心忍：心狠。凄然：形容悲伤。愍：怜悯。

京房与汉元帝共论①，因问帝："幽、厉之君何以亡？所任何人②？"答曰："其任人不忠。"房曰："知不忠而任之，何邪？"曰："亡国之君各贤其臣，岂知不忠而任之！"房稽首曰："将恐今之视古，亦犹后之视今也。③"

译文

京房和汉元帝在一起议论，趁机问元帝："周幽王和周厉王为什么灭亡？他们所任用的是些什么人？"元帝回答说："他们任用的人不忠。"京房又问："明知他不忠，还要任用，这是什么原因呢？"元帝说："亡国的君主，各自都认为他的臣下是贤能的。哪里是明知不忠还要任用他呢！"京房于是拜伏在地，说道："就怕我们今天看古人，也像后代的人看我们今天一样啊。"

注释

①京房：字君明，汉元帝时以孝廉为郎（皇帝的侍从官）。
②幽、厉之君：厉指周厉王，是西周时代的君主，在位时暴虐无道，滥施杀伐，终于被国人流放了。幽指周幽王，是厉王的孙子，在位时宠幸妃子褒姒，沉迷酒色，后来外族入侵，把他杀死。两人都是暴虐之君。
③稽（qǐ）首：古代最恭敬的一种礼节，跪下，拱手至地，头也至地。"将恐"句：汉元帝的亲信中书令石显和尚书令五鹿充宗专权，京房认为他们会犯上作乱，所以借幽、厉之君来向汉元帝进谏。

陈元方遭父丧，哭泣哀恸，躯体骨立。其母愍之，窃以锦被蒙上。郭林宗吊而见之，谓曰："卿海内之俊才，四方是则，如何当丧，锦被蒙上①？孔子曰：'衣夫锦也，食夫稻也，于汝安乎②？'吾不取也。"奋衣而去③。自后宾客绝百所日④。

译文

陈元方遭遇到丧父的不幸，哭泣悲恸，身体骨瘦如柴。他母亲心疼他，在他睡觉的时候，偷偷地用条锦缎被子给他盖上。郭林宗去吊丧，看见他盖着锦缎被子，就对他说："你是国内的杰出人物，各地的人都学习你，怎么能在服丧期间盖锦缎被子？孔子说：'穿着那花缎子衣服，吃着那大米白饭，你心里踏实吗？'我不认为这种做法是可取的。"说完就拂袖而去。自此以后有百来天宾客都不来吊唁了。

注释

①是则：则是，指效法你。
②"衣夫"句：出自《论语·阳货》，原文作"食夫稻，衣夫锦，于女安乎？"孔子的弟子宰我认为，为父母守孝三年，时间太长，孔子以为不到三年期满，吃大米饭，穿绸缎，心里不安。夫（fú），那个。
③奋衣：振衣，等于拂袖，甩手。
④百所日：百来天。所，约数词。

孙休好射雉，至其时，则晨去夕返[1]。群臣莫不止谏[2]："此为小物，何足甚耽！"休曰："虽为小物，耿介过人，朕所以好之[3]。"

译文

孙休喜欢射野鸡，到了射猎野鸡的季节，就早去晚归。群臣谁都劝止他说："这是小东西，哪里值得过分迷恋！"孙休说："虽然是小东西，可是比人还耿直，我因此喜欢它。"

注释

①孙休：是吴国君主孙权的儿子。孙权死后，孙休的弟弟孙亮继位，后孙亮被废，孙休继位。
②止谏：一作"上谏"。
③耿介：正直，心意专一。《周礼·春官·大宗伯》"士执雉"注："雉，取其守介而死。不失其节。"按：这句是托词，为自己开脱。

孙皓问丞相陆凯曰："卿一宗在朝有几人？"[1]陆曰："二相、五侯、将军十馀人。"皓曰："盛哉！"陆曰："君贤臣忠，国之盛也；父慈子孝，家之盛也。今政荒民弊，覆亡是惧[2]，臣何敢言盛！"

译文

孙皓问丞相陆凯说："你们那个家族在朝中做官的有多少人？"陆凯说："两个丞相、五个侯爵、十几个将军。"孙皓说："真兴旺啊！"陆凯说："君主贤明，臣下尽忠，这是国家兴旺的象征；父母慈爱，儿女孝顺，这是家庭兴旺的象征。现在政务荒废，百姓困苦，臣唯恐国家灭亡，还敢说什么兴旺啊！"

注释

①孙皓：吴国亡国之主，孙休死后，孙皓继位，荒淫骄横，朝野失望。后晋兵攻下建康，孙皓投降，吴国亡。陆凯：字敬风，吴人，和丞相陆逊同族。孙皓暴虐，陆凯直言敢谏，由于他宗族强盛，孙皓不敢加诛于他。

②覆亡是惧：惧覆亡。

晋武帝既不悟太子之愚，必有传后意[1]。诸名臣亦多献直言。帝尝在陵云台上坐，卫瓘在侧，欲申其怀，因如醉跪帝前，以手抚床曰："此坐可惜[2]！"帝虽悟，因笑曰："公醉邪？"

译文

晋武帝既然不明白太子愚蠢，就有意要把帝位传给他。众位名臣也多有直言强谏的。一次，武帝在陵云台上坐着，卫瓘陪侍在旁，想趁机申述自己的心意，便装做喝醉酒一样跪在武帝面前，用手拍着武帝的座床说："这个座位可惜呀！"武帝虽然明白他的用意，还是笑着说："您醉了吗？"

注释

①"晋武帝"句：武帝即位初年，立第二子司马衷为皇太子。太子当时九岁，没有才智，又不肯学习，朝廷百官认为他不能亲理政事，所以太子少傅卫瓘总想奏请废太子。后来武帝拿尚书省的政务令太子处理，太子不知该怎样回答，太子妃贾氏请人代作答，呈送武帝，武帝看了很高兴，废立的事便作罢。

②此坐可惜：指让太子登上此座，就值得惋惜。

王夷甫妇，郭泰宁女，才拙而性刚，聚敛无厌，干豫人事[1]。夷甫患之而不能禁[2]。时其乡人幽州刺史李阳，京都大侠，犹汉之楼护，郭氏惮之[3]。夷甫骤谏之[4]，乃曰："非但我言卿不可，李阳亦谓卿不可。"郭氏小为之损。

译文

王夷甫的妻子是郭泰宁的女儿，笨拙而又性情倔强，贪得无厌，喜欢干涉别人的事。王夷甫对她很伤脑筋却又制止不了。当时他的同乡、幽州刺史李阳，是京都的一个大侠客，如同汉代的楼护，王夷甫妻子郭氏很怕他。王夷甫常常劝戒他妻子，就跟她说：“不只我说你不能这样做，李阳也认为你不能这样做。”郭氏因此才稍微收敛了一点。

注释

①厌：满足。
②“夷甫”句：王衍（字夷甫）的妻子和晋惠帝皇后贾氏是表姐妹，她倚仗贾后的权势，所以王衍不能禁。
③楼护：是汉代的游侠，即重义气，能舍己助人的人。
④骤：屡次。

王夷甫雅尚玄远，常嫉其妇贪浊，口未尝言“钱”字①。妇欲试之，令婢以钱绕床，不得行。夷甫晨起，见钱阂行，呼婢曰：“举却阿堵物！②”

译文

王夷甫一向崇尚玄理，常常憎恨他妻子的贪婪卑污，口里不曾说过“钱”字。他妻子想试试他，就叫婢女拿钱来围着睡床放着，让他不能走路。王夷甫早晨起床，看见钱碍着自己走路，就招呼婢女说：“拿掉这些东西！”

注释

①尚：崇尚。玄远：指道的玄妙幽远；玄理。贪浊：贪婪卑污。
②阂（hé）：阻碍。阿堵：这。

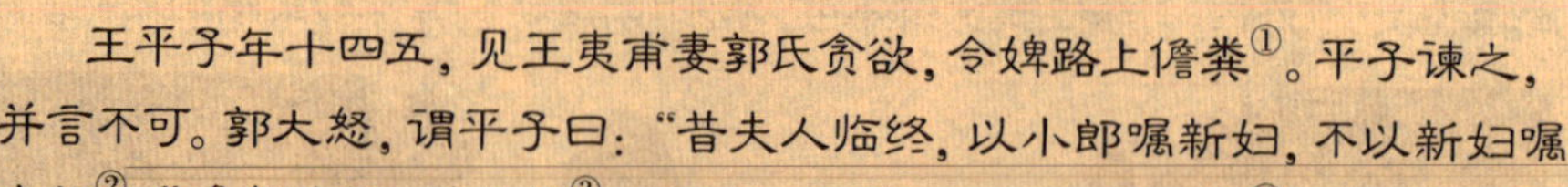

王平子年十四五，见王夷甫妻郭氏贪欲，令婢路上儋粪①。平子谏之，并言不可。郭大怒，谓平子曰：“昔夫人临终，以小郎嘱新妇，不以新妇嘱小郎②。”急捉衣裾，将与杖③。平子饶力，争得脱，逾窗而走④。

译文

王平子十四五岁时，看见王夷甫的妻子郭氏很贪心，竟叫婢女到路上捡粪。平子劝阻她，并且说明这样不行。郭氏大怒，对平子说：“以前婆婆临终的时候，把你托付给我，并没有把我托付给你。”说完就一把抓住平子的衣服，要拿棍子打他。平子力气大，挣扎开，才得以脱身，跳窗而逃了。

注释

①王平子：王澄，字平子，是王夷甫的弟弟。儋：同“担”，肩挑。
②夫人：指婆婆。小郎：称丈夫的弟弟为小郎，即小叔子。新妇：妇女的自称。
③裾（jū）：衣服的大襟，也指衣服的前后部分。
④饶力：多力。

郗太尉晚节好谈，既雅非所经，而甚矜之[①]。后朝觐，以王丞相末年多可恨，每见，必欲苦相规诫。王公知其意，每引作他言。临还镇，故命驾诣丞相，丞相翘须厉色，上坐便言[②]：“方当乖别，必欲言其所见。”意满口重，辞殊不流[③]。王公摄其次[④]，曰：“后面未期，亦欲尽所怀，愿公勿复谈。”郗遂大瞋，冰衿而出，不得一言[⑤]。

译文

太尉郗鉴晚年喜欢谈论，所谈的事既不是他向来所考虑的，又很自负。后来朝见皇帝的时候，因为丞相王导晚年做了许多让人遗憾的事，所以每次见到王导，定要苦苦劝诫他。王导知道郗鉴的意图，就常常用别的话来引开。后来郗鉴快要回到所镇守的地方，特意坐车去看望王导，他翘着胡子，脸色严肃，一落座就说：“快要分手了，我一定要把我所看到的事说出来。”他很自满，口气很重，可是话说得特别不顺当。王导纠正他说话的层次，然后说：“后会无定期，我也想尽量说出我的意见，就是希望您以后不要再谈论。”郗鉴于是非常生气，心情冰冷地走了，一句话也说不出来。

注释

①郗太尉：郗鉴，曾和王导、庾亮等受晋明帝遗诏，辅佐成帝。咸和初年，兼任徐州刺史，镇守京口，后为司空，进位太尉。按：下文说及“还镇”，大概仍然是镇守京口。经：治理，考虑。

②丞相翘须厉色：一本无“丞相”二字，这是对的。翘须厉色的是郗鉴。

③不流：不流畅，指语无伦次。

④摄其次：指整理他言谈的顺序。摄，整理。

⑤冰衿：心情冰冷。衿，心怀，心情。

苏峻东征沈充，请吏部郎陆迈与俱[①]。将至吴，密敕左右，令入阊门放火以示威[②]。陆知其意，谓峻曰：“吴治平未久，必将有乱。若为乱阶，请从我家始[③]。”峻遂止。

译文

苏峻起兵东下讨伐沈充，请吏部郎陆迈和他一起出征。快要到吴地的时候，苏峻秘密吩咐手下的人，叫他们进阊门去放火来显示军威。陆迈明白苏峻的意图，对他说：“吴地刚太平了不长时间，这样做一定会引起骚乱。如果要制造骚乱的借口，请从我家开始放火。”苏峻这才作罢。

注释

①“苏峻”句：晋明帝太宁二年（公元324年），王敦再次起兵反，并任沈充为车骑将军。沈充也就起兵直向建康。朝廷召临淮太守苏峻领兵入卫京都，大破沈充军。

②阊门：吴的西郭门。

③“若为”句：陆迈是吴郡吴（今江苏省吴县）人，反对苏峻在吴地放火，所以先说破苏峻的意图。阶，凭借，原因。

远公在庐山中，虽老，讲论不辍。弟子中或有堕者[①]，远公曰：“桑榆之光，理无远照，但愿朝阳之晖，与时并明耳[②]！”执经登坐，讽诵朗畅，词色甚苦[③]。高足之徒，皆肃然增敬。

译文

惠远和尚住在庐山里，虽然年老了，还不断地宣讲佛经。弟子中有人不肯好好学，惠远就说："我像傍晚的落日余晖，按理说不会照得久远了，但愿你们像早晨的阳光，越来越亮呀！"于是拿着佛经，登上讲坛，诵经响亮而流畅，言辞神态非常恳切。高足弟子，都更加肃然起敬。

注释

①堕者：同"惰者"，懒惰的人。
②桑榆之光：照在桑榆、榆树梢上的落日余晖，比喻老年时光。朝阳之晖：比喻年少时光。
③词色：同"辞色"，言辞和表情。苦：指恳切。

评点

本篇所涉及的内容多是为政治国之道、待人处事之方等，从中可看到不少直言敢谏的事例。例如记京房向汉元帝进谏时，暗中把元帝比做古代的亡国之君。其中有些人性格耿直，知无不言。例如记郭林宗认为陈元方在服丧期间盖着锦被睡觉是失礼，当面指斥他，并且"奋衣而去"，郭林宗所坚持的是符合当时的礼制标准的。有一些谏诤锋芒外露，无所顾忌。例如记陆凯在回答吴主孙皓的问话时直斥时政："今政荒民弊，覆亡是惧"，这等于当面指责君主祸国殃民，非圣主贤君。有一些规劝则和风细雨，含而不露。

捷悟第十一

题解

捷悟指迅速领悟。本篇记载几个对人、对事物快速而正确的分析和理解事例。突然遇到一件意外的事，在常人尚未理解之时，能根据人或事物的特点、出现环境、当时的诸多条件等等来综合分析，做出判断，这就是一种悟性。

杨德祖为魏武主簿，时作相国门，始构榱桷，魏武自出看，使人题门作"活"字，便去[1]。杨见，即令坏之。既竟，曰："门中'活'，'阔'字。王正嫌门大也[2]。"

译文

杨德祖任魏武帝曹操的主簿，当时正建相国府的大门，刚架椽子，曹操亲自出来看，并且叫人在门上写个"活"字，就走了。杨德祖看见了，立刻叫人把门拆了。拆完后，他说："门里加个'活'字，是'阔'字。魏王正是嫌门大了。"

注释

①杨德祖：杨修，字德祖，曹操任丞相时，调他任主簿，有才学，有悟性。后来被曹操杀害了。相国：指丞相。汉代有时设相国，有时设丞相。这里指相国府。榱桷（cuījué）：椽子。
②王：指魏王曹操。

人饷魏武一杯酪，魏武啖少许，盖头上题"合"字以示众，众莫能解[1]。次至杨脩，脩便啖，曰："公教人啖一口也，复何疑[2]！"

译文

有人送给魏武帝曹操一杯奶酪，曹操吃了一点，就在盖头上写了一个“合”字给大家看，没有谁能看懂是什么意思。轮到杨脩去看，他便吃了一口，说：“曹公教每人吃一口呀，还犹豫什么！”

注释

①饷：送。盖头：覆盖用的丝麻织品。
②教人啖一口：“合”字拆开，就是人、一、口三字，意为一人吃一口。

魏武尝过曹娥碑下，杨脩从，碑背上见题作“黄绢幼妇，外孙齑臼”八字[①]。魏武谓脩曰：“解不？”答曰：“解”。魏武曰：“卿未可言，待我思之。”行三十里，魏武乃曰：“吾已得。”令脩别记所知。脩曰：“黄绢，色丝也，于字为绝；幼妇，少女也，于字为妙；外孙，女子也，于字为好；齑臼，受辛也，于字为辞[②]：所谓绝妙好辞也。”魏武亦记之，与脩同，乃叹曰：“我才不及卿，乃觉三十里[③]。”

译文

魏武帝曹操曾经从曹娥碑旁路过，杨脩跟随着他，看见碑的背面写着“黄绢幼妇，外孙齑臼”八个字。曹操就问杨脩：“懂吗？”杨脩回答说：“懂。”曹操说：“你不要说出来，等我想一想。”走了三十里路，曹操才说：“我已经想出来了。”他叫杨脩把自己的理解另外写下来。杨脩写道：“黄绢，是有颜色的丝，色丝合成绝字；幼妇，是少女的意思，少女合成妙字；外孙，是女儿的儿子，女子合成好字；齑臼，是承受辛辣东西的，受辛合成辞（辤）字：这就是绝妙好辞。”曹操也把自己的理解写下了，结果和杨脩的一样，于是感叹地说：“我的才力赶不上你，竟然相差三十里。”

注释

①曹娥碑：曹娥是东汉时代一个孝女，父溺死，她为寻找父亲尸首而死，改葬时给她立了碑，就是曹娥碑。齑臼（jījiù）：捣姜蒜等的器具。
② 于字为辞：辞的异体字是“辤”。
③觉：同“较”，相差，相距。

王敦引军垂至大桁，明帝自出中堂[①]。温峤为丹阳尹，帝令断大桁，故未断，帝大怒瞋目，左右莫不悚惧[②]。召诸公来，峤至，不谢，但求酒炙。王导须臾至，徒跣下地[③]，谢曰："天威在颜，遂使温峤不容得谢[④]。"峤于是下谢，帝乃释然[⑤]。诸公共叹王机悟名言。

译文 

王敦率领军队东下，将要逼近朱雀桥，晋明帝亲自出到中堂。温峤当时任丹阳尹，明帝命令他毁掉朱雀桥，结果仍旧没有毁掉，明帝怒目圆睁，非常生气，随从的人都很恐惧。明帝立刻召集大臣们来，温峤到后，没有谢罪，只是求赐酒肉请死。王导接着来到，他光着脚退到地上，谢罪说："天子的威严就在眼前，于是使温峤吓得不可能谢罪了。"温峤这才退下谢罪，明帝也就心平气和了。大臣们都很赞赏王导的机敏而有悟性的名言。

注释 

①"王敦"句：晋明帝时，王敦起兵反，但当时他已病重，只派王含和钱凤率军下京都。垂，将近。大桁(háng)，大桥，这里指朱雀桥，在建康城南，朱雀门外，跨秦淮河。中堂，举行朝会等事的厅堂。

②"温峤"句：王敦起兵时，温峤与右将军卞敦守石头城。后王含、钱凤军直达秦淮河南岸，温峤便烧掉朱雀桥，王含军无法渡河。按：《资治通鉴·晋纪》载，温峤转移到秦淮北岸，烧朱雀桥，明帝想亲自领兵进攻，听说桥已毁，大怒。与这里所记不同。

③徒跣（xiǎn）：光着脚。

④天威：天子的威严。颜：脸，这里指眼前。容：或许，可能。按：一本无"容"字。

⑤释然：形容怒气消释而心平气和。

王东亭作宣武主簿，尝春月与石头兄弟乘马出郊[①]。时彦同游者连镳俱进[②]，唯东亭一人常在前，觉数十步，诸人莫之解。石头等既疲倦，俄而乘舆回。诸人皆似从官，唯东亭奕奕在前[③]。其悟捷如此。

译文

东亭侯王珣任桓温的主簿时，曾经在春天和石头兄弟骑马到郊外游春。当时同游的名流都一起并马前进；只有王珣一个人总是走在前面，和他们距离几十步远，大家都不理解其中的缘故。石头等人已经玩得很疲倦了，不久就坐车回去。结果其他人都像侍从官一样跟在后面，只有王珣精神抖擞地走在前面。他就是这样的有悟性而且机敏。

注释

①石头：桓熙的小名，是桓温的长子。
②连镳：坐骑并排着。
③奕奕：精神抖擞的样子。

评点

有悟性也是名士风流的一种表现。培养悟性，有可能对付突发事件。例如记曹操在一杯酪的盖头上题个“合”字，杨脩看到这里没有用“合”字的条件，于是从该字的组成部分看出是“公教人啖一口也”。有时突然出现危险情况，一些人可能被吓得不知所措，而机智的人会迅速适应环境并思考化险为夷的办法。

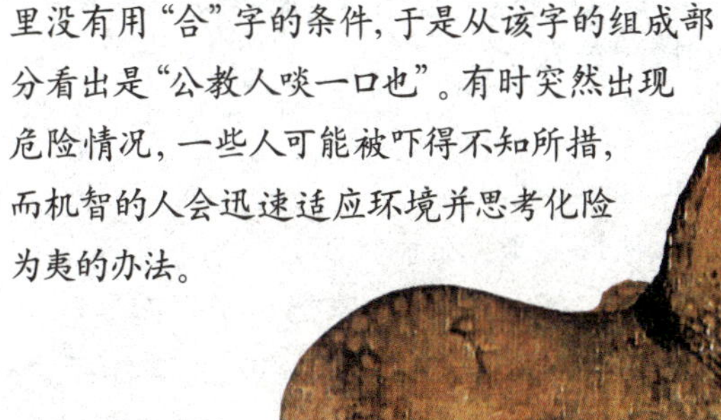

夙惠第十二

题解

夙惠，同于夙慧，指从小就聪明过人，即早慧。本篇的几则事例说的都是少年儿童的记忆、观察、推理、释因和理解礼制、表明心迹等方面的能力。

何晏七岁，明惠若神，魏武奇爱之①。因晏在宫内，欲以为子。晏乃画地令方，自处其中。人问其故，答曰："何氏之庐也②。"魏武知之，即遣还。

译文

何晏七岁的时候，聪明过人，魏武帝曹操特别喜爱他。因为何晏在曹操府第里长大，曹操想认他做儿子。何晏便在地上画个方框，自己站在里面。别人问他是什么意思，他回答说："这是何家的房子。"曹操知道了这件事，随即把他送回了何家。

注释

①"何晏"句：何晏的父亲死得早，曹操任司空时，娶了何晏的母亲，并收养了何晏。
②庐：简陋的房屋。按：这里指何晏不愿改姓做曹操的儿子。

晋明帝数岁，坐元帝膝上①。有人从长安来，元帝问洛下消息，潸然流涕。明帝问何以致泣，具以东渡意告之②。因问明帝："汝意谓长安何如日远？"答曰："日远。不闻人从日边来，居然可知。"元帝异之。明日，集群臣宴会，告以此意，更重问之。乃答曰："日近。"元帝失色，曰："尔何故异昨日之言邪？"答曰："举目见日，不见长安。"

译文

晋明帝才几岁的时候，一次，坐在元帝膝上。当时有人从长安来，元帝问起洛阳的情况，不觉伤心流泪。明帝问父亲什么事引得他哭泣，元帝就把过江来的意图一五一十地告诉他。于是问明帝："你看长安和太阳相比，哪个远？"明帝回答说："太阳远。没听说过有人从太阳那边来，显然可知。”元帝对他的回答感到惊奇。第二天，召集群臣宴饮，就把明帝这个意思告诉大家，并且再重问他一遍，不料明帝却回答说：“太阳近。”元帝惊愕失色，问他：“你为什么和昨天说的不一样呢？”明帝回答说：“现在抬起头就能看见太阳，可是看不见长安。”

注释

①“晋明帝”句：按：晋元帝司马睿原为安东将军，镇守建康。后来京都洛阳失守，怀帝逃到平阳，不久，长安也失守。晋愍帝死后，司马睿才即帝位。其长子司马绍后继位为明帝。
②“具以”句：按：晋元帝为琅邪王时，住在洛阳。他的好友王导知天下将要大乱，就劝他回到自己的封国，后来又劝他镇守建康，意欲经营一个复兴帝室的基地。这就是所谓东渡意。

韩康伯数岁，家酷贫，至大寒，止得襦，母殷夫人自成之，令康伯捉熨斗[①]。谓康伯曰：“且著襦，寻作复裈[②]。”儿云：“已足，不须复裈也。”母问其故，答曰：“火在熨斗中而柄热，今既著襦，下亦当暖，故不须耳。”母甚异之，知为国器[③]。

译文

韩康伯几岁时，家境非常贫苦，到了隆冬，只穿上一件短袄，是他母亲殷夫人亲手做的，做时叫康伯拿着熨斗取暖。母亲告诉康伯说：“暂时先穿上短袄，随着就给你做夹裤。”康伯说：“这已经够了，不须要夹裤了。”母亲问他为什么，他回答说：“火在熨斗里面，熨斗柄也就热了，现在已经穿上短袄，下身也会暖和的，所以不需要再做夹裤呀。”他母亲听了非常惊奇，知道他将来准是个治国的人才。

注释

①襦（rú）：短袄。
②复裈（kūn）：夹裤。
③国器：治国之才。

评点

本篇的几则说的都是早慧的事例，编纂者的用意在于说明小时候的聪颖预示长大后能成为杰出人物。例如记述在回答“长安何如日远”这一问题时，一个几岁小孩就能从不同角度观察而得出不同的结论。这虽然迹近诡辩，却能看出小孩子的机智和善于运用辩论手段。

豪爽第十三

题解

豪爽指豪放直爽。魏晋时代，士族阶层讲究豪爽的风姿气度，他们待人或处事，喜欢表现出一种宏大的气魄，直截了当，无所顾忌。

王大将军年少时，旧有田舍名，语音亦楚[1]。武帝唤时贤共言伎艺事，人皆多有所知，唯王都无所关，意色殊恶，自言知打鼓吹[2]。帝令取鼓与之，于坐振袖而起，扬槌奋击，音节谐捷，神气豪上，傍若无人。举坐叹其雄爽。

译文

大将军王敦年轻时，原来就有乡巴佬这个外号，说的话也是土话。晋武帝召来当时的名流一起谈论技艺的事，别人大多都懂得一些，只有王敦一点也不关心这些事，无话可说，神态、脸色都很不好，自称只懂得打鼓。武帝叫人拿鼓给他，他马上从座位上振臂站起，扬起鼓槌，精神振奋地击起鼓来，鼓音急促和谐，气概豪迈，旁若无人。满座的人都赞叹他的威武豪爽。

注释

①楚：中原人把南方人看成楚。王敦（字处仲）本是琅邪郡临沂人，语音不同于中原，一概都被说成楚音。

②伎艺：技艺，这里指歌舞。鼓吹：指鼓箫等乐器合奏。

王处仲每酒后，辄咏“老骥伏枥，志在千里；烈士暮年，壮心不已[1]。”以如意打唾壶，壶口尽缺[2]。

译文

王处仲每逢酒后，就吟咏“老骥伏枥，志在千里；烈士暮年，壮心不已”。还拿如意敲着唾壶打拍子，壶口全给敲缺了。

注释

①“老骥”两句：引自曹操的《龟虽寿》诗，大意是：老了的千里马躺在马棚里，它的志向却在于驰骋千里；壮士虽然到了晚年，雄心还是不减。按：《晋书·王敦传》载，王敦权势越来越大，想控制朝廷，晋元帝既怕他又恨他，就重用刘隗等人，王敦心意不平，常咏曹操这首诗。
②如意：器物名，用玉、骨等制成，可用来搔痒，也供指划、玩赏之用。唾壶：等于痰盂。

桓宣武平蜀，集参僚置酒于李势殿，巴、蜀缙绅莫不来萃[1]。桓既素有雄情爽气，加尔日音调英发，叙古今成败由人，存亡系才，其状磊落，一坐叹赏[2]。既散，诸人追味余馀言，于时寻阳周馥曰：“恨卿辈不见王大将军！[3]”

译文

桓温平定蜀地后，在李势原先的宫殿里设酒和下属聚会，巴、蜀一带的大官全都邀请来聚会。桓温不但一向有豪放的性情、直爽的气概，加之这一天的谈话语调英气勃勃，畅谈古今成败在人，存亡的关键在于人才，他仪态俊伟，满座的人都很赞赏。散会以后，大家还在回忆、玩味他的话，这时寻阳人周馥说：“遗憾的是你们没有见过王大将军！”

注释

①“桓宣武”句：桓温伐蜀地李势一事。公元346年桓温率水军伐蜀，当时李势正继承父业，占据蜀地称王，国号为汉。到347年桓温攻入成都，李势投降，汉国亡。萃，聚集；聚会。
②英发：英气勃发。磊落：指仪态俊伟。
③周馥：家住庐江郡寻阳县，曾为王敦的属官。按：周馥这话暗示王敦胜过桓温。

王司州在谢公坐，咏“入不言兮出不辞，乘回风兮载云旗”[①]。语人云：“当尔时，觉一坐无人[②]。”

译文

司州刺史王胡之有一次在谢安家做客，朗诵起“入不言兮出不辞，乘回风兮载云旗”的诗句。他告诉别人说：“在这个时候，就好像四周没有一个人。”

注释

①“入不”两句：引自屈原《九歌·少司命》，大意是：神来时不说话，去时不告辞，乘着旋风，驾着云旗。指神的意向难知，神的形貌也不得见。回风，旋风，云旗，以云为旗。
②”当尔”句：因神往于超现实的神灵境界，故觉四周无人。

评点

本篇所记载的主要是气概方面的豪爽。他们或者纵论古今，豪情满怀，慷慨激昂。或者有所触而长吟，意气风发，旁若无人。

容止第十四

题解

容止指仪容举止。容止，在本篇里有时偏重讲仪容，例如俊秀、魁梧、白净、光彩照人；有时也会偏重讲举止，例如庄重、悠闲。主要是从好的一面赞美，个别也讥谈貌丑。

魏武将见匈奴使[①]。自以形陋，不足雄远国，使崔季珪代，帝自捉刀立床头[②]。既毕，令间谍问曰："魏王何如？"匈奴使答曰："魏王雅望非常，然床头捉刀人，此乃英雄也。"魏武闻之，追杀此使[③]。

译文

魏武帝曹操将要接见匈奴的使节。他自认为相貌丑陋，不能对远方国家显示出自己的威严，便叫崔季珪代替，自己去握着刀站在崔季珪的坐床边。接见后，曹操派密探去问匈奴使节说："你看魏王怎么样？"匈奴使节回答说："魏王的崇高威望非同一般，可是床边握刀的人，这才是英雄啊。"曹操听说后，趁使节回国，派人追去杀了他。

注释

①**魏武**：曹操。按：下文的帝、魏王都是指曹操，因为他生前封魏王，谥号是武，曹丕登帝后，追尊他为武帝。

②**雄**：称雄；显示威严。**崔季珪**：崔琰，字季珪，在曹操手下任职。他仪表堂堂，很威严。而据刘孝标注引《魏氏春秋》说，曹操却是"姿貌短小"。

③**"魏武"句**：曹操认为匈奴使已经识破了他的野心和做法，所以把使臣杀了。按：此说不大可信。

何平叔美姿仪，面至白。魏明帝疑其傅粉，正夏月，与热汤饼[①]。既啖，大汗出，以朱衣自拭，色转皎然[②]。

译文

何平叔相貌很美，脸非常白。魏明帝怀疑他搽了粉，想查看一下，当时正好是夏天，就给他吃热汤面。吃完后，大汗淋漓，撩起红衣擦脸，脸色反而更加光洁。

注释

①傅粉：搽粉。汉魏时的贵公子喜欢搽粉，这是当时习气。汤饼：汤面。
②皎然：形容又白又亮。

魏明帝使后弟毛曾与夏侯玄共坐，时人谓蒹葭倚玉树[①]。

译文

魏明帝叫皇后的弟弟毛曾和夏侯玄并排坐在一起，当时的人评论说，这是芦苇倚靠着玉树。

注释

①夏侯玄：初任散骑黄门侍郎，年轻时就很出名。他曾和皇后的弟弟毛曾并排坐在一起，却认为这是耻辱，因为太不相称。魏明帝很不高兴，就把他降为羽林监。蒹葭倚玉树：蒹是荻，葭是芦苇，比喻微贱、貌丑。玉树指传说中的仙树或珍宝制作的树，比喻品貌之美。此指两个品貌极不相称的人在一起。

时人目夏侯太初朗朗如日月之入怀，李安国颓唐如玉山之将崩[①]。

译文

当时的人评论夏侯太初好像怀里揣着日月一样光彩照人，李安国精神不振，像玉山将要崩塌一样。

注释

①夏侯太初：夏侯玄，字太初。李安国：李丰，字安国，任中书令，后被杀。颓唐：指精神委靡不振。玉山：指玉石堆成的山，用来形容仪容美好。

嵇康身长七尺八寸，风姿特秀①。见者叹曰："萧萧肃肃，爽朗清举②。"或云："肃肃如松下风，高而徐引③。"山公曰："嵇叔夜之为人也，岩岩若孤松之独立④；其醉也，傀俄若玉山之将崩⑤。"

译文

嵇康身高七尺八寸，风度姿态秀美出众。见到他的人都赞叹说："他举止潇洒安详，气质豪爽清逸。"有人说："他像松树间沙沙作响的风声，高远而舒缓悠长。"山涛评论他说："嵇叔夜的为人，像挺拔的孤松傲然独立；他的醉态，像高大的玉山快要倾倒。"

注释

①七尺八寸：古代的尺寸，长度没有现代那么长，不过七尺八寸也表明身材高大。
②萧萧肃肃：萧萧形容举止潇洒脱俗，肃肃形容清静。举：挺拔。
③肃肃：象声词，形容风声。徐引：舒缓悠长。
④岩岩：形容高峻挺拔。
⑤傀俄：同"巍峨"，形容高大雄伟。

裴令公目王安丰："眼烂烂如岩下电①。"

译文

中书令裴楷评论安丰侯王戎说："他目光灼灼射人，像岩下闪电。"

注释

①眼烂烂：指目光闪闪。烂烂，明亮的样子。岩下：山岩之下，是眉棱下的比喻。

潘岳妙有姿容，好神情[①]。少时挟弹出洛阳道，妇人遇者，莫不连手共萦之[②]。左太冲绝丑，亦复效岳游遨，于是群妪齐共乱唾之，委顿而返[③]。

译文

潘岳有美好的容貌和优雅的神态风度。年轻时夹着弹弓走在洛阳大街上，遇到他的妇女无不手拉手地一同围住他。左太冲长得非常难看，他也来学潘岳到处游逛，这时妇女们就都向他乱吐唾沫，弄得他垂头丧气地回来。

注释

①神情：神态风度。
②萦：围绕。按：《语林》说，潘岳外出，妇女们都抛果子给他，常常抛满一车。
③委顿：很疲乏。

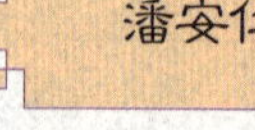

潘安仁、夏侯湛并有美容，喜同行，时人谓之连璧[①]。

译文

潘安仁和夏侯湛两人都很漂亮，而且喜欢一同行走，当时人们评论他们是连璧。

注释

①连璧：璧是一种玉器，连璧指两璧相连，比喻并美。按：《晋书·夏侯湛传》载，两人常常同行同止，出则同车，入则同席。

裴令公有俊容姿。一旦有疾，至困，惠帝使王夷甫往看。裴方向壁卧，闻王使至，强回视之。王出，语人曰："双眸闪闪，若岩下电；精神挺动，体中故小恶[①]。"

译文

中书令裴楷容貌俊美。有一次生了病，非常疲乏，晋惠帝派王夷甫去看望他。这时裴楷正向着墙躺着，听说王夷甫奉命来到，就勉强回过头来看看他。王夷甫告辞出来后，告诉别人说："他双目闪闪，好像山岩下的闪电；可是精神分散，身体确实有点不舒服。"

注释 

①挺动：动摇，晃动，这里指精神分散。

有人语王戎曰："嵇延祖卓卓如野鹤之在鸡群[1]。"答曰："君未见其父耳！"

译文 

有人对王戎说："嵇延祖气度不凡，在人群中就像野鹤站在鸡群中一样。"王戎回答说："那是因为您没有见过他的父亲罢了！"

注释 

①嵇延祖：嵇绍，字延祖，是嵇康的儿子。卓卓：形容超群出众，气度不凡。

裴令公有俊容仪，脱冠冕，粗服乱头皆好，时人以为玉人[1]。见者曰："见裴叔则，如玉山上行，光映照人。"

译文 

中书令裴叔则仪表出众，即使脱下礼帽，穿着粗陋的衣服，头发蓬松，也都很美，当时人们说他是玉人。见到他的人说："看见裴叔则，就像在玉山上行走，感到光彩照人。"

注释 

①冠冕：帝王、大夫所带的礼帽。玉人：比喻容貌美丽的人。

刘伶身长六尺，貌甚丑悴，而悠悠忽忽，土木形骸[1]。

译文 

刘伶身高四五尺，相貌非常丑陋、憔悴，可是他悠闲自在，不修边幅，质朴自然。

注释

①六尺：相当于现在四尺多一点，是比较矮小的。悴：憔悴。悠悠忽忽：悠闲、不经意的样子。土木形骸：把身体当成土木，不加修饰，状态自然。

骠骑王武子是卫玠之舅，俊爽有风姿[①]。见玠，辄叹曰："珠玉在侧，觉我形秽！"

译文

骠骑将军王武子是卫玠的舅舅，容貌俊秀，精神清爽，很有风度仪表。他每见到卫玠，总是赞叹说："珠玉在身边，就觉得我自己的形象丑陋了！"

注释

①王武子：王济，字武子，死后追赠骠骑将军。他的外甥卫玠，风采秀异，见者皆以为玉人。

有人诣王太尉，遇安丰、大将军、丞相在坐；往别屋，见季胤、平子[①]。还，语人曰："今日之行，触目见琳琅珠玉[②]。"

译文

有人去拜访太尉王衍，遇到安丰侯王戎、大将军王敦、丞相王导在座；到另一个房间去，又见到王季胤、王平子。回家后，告诉别人说："今天走这一趟，满眼都是珠宝美玉。"

注释

①王太尉：王衍。按：在王衍家所遇的五个人都是王衍的兄弟或堂兄弟，安丰即王衍堂兄王戎，大将军即堂弟王敦，丞相即堂弟王导，季胤是弟弟王诩的字，平子是弟弟王澄的字。
②琳琅：美玉，比喻人物风姿秀逸。

王丞相见卫洗马，曰："居然有羸形，虽复终日调畅，若不堪罗绮。"

译文

丞相王导看见太子洗马卫玠，说："身体显然很瘦弱，虽然整天很和适舒畅，也还是像弱不胜衣。"

王大将军称太尉："处众人中，似珠玉在瓦石间。"

译文

大将军王敦称赞太尉王衍说："他处在众人之中，就像珠玉放在瓦砾石块中间。"

卫玠从豫章至下都，人久闻其名，观者如堵墙[①]。玠先有羸疾，体不堪劳，遂成病而死。时人谓看杀卫玠。

译文

卫玠从豫章郡到京都时，人们早已听到他的名声，出来看他的人围得像一堵墙。卫玠本来就有虚弱的病，身体受不了这种劳累，终于形成重病而死。当时的人说是看死了卫玠。

注释

①下都：指京都建康（原名建邺）。西晋旧都洛阳，所以后来称新都为下都。按：卫玠渡江后，先到豫章（首府在南昌），后到建康，人们听说他容貌非凡，观者如堵。堵墙：墙。

石头事故，朝廷倾覆[①]。温忠武与庾文康投陶公求救[②]。陶公云："肃祖顾命不见及[③]。且苏峻作乱，衅由诸庾，诛其兄弟，不足以谢天下。"于时庾在温船后，闻之，忧怖无计。别日，温劝庾见陶，庾犹豫未能往。温曰："溪狗我所悉，卿但见之，必无忧也[④]。"庾风姿神貌，陶一见便改观；谈宴竟日，爱重顿至。

译文

石头城事变发生，朝廷倾覆了。温峤和庾亮投奔陶侃求救。陶侃说："先帝的遗诏并没有涉及我。再说苏峻作乱，事端都是由庾家的人挑起的，就是杀了庾家兄弟，也不足以向天下人谢罪。"这时庾亮正在温峤的船后，听见这些话，既发愁，又害怕，无计可施。有一天，温峤劝庾亮去见一见陶侃，庾亮很犹豫，不敢去。温峤说："那傒狗我很了解，你只管去见他，一定不会出什么事的。"庾亮那非凡的风度仪表，使得陶侃一见便改变了原来的看法；和庾亮畅谈欢宴了一整天，对庾亮的爱慕和推重一下子达到了顶点。

注释

①石头事故：指苏峻作乱。晋成帝咸和二年（公元327年），庾亮执掌朝政，下诏征历阳内史苏峻为大司农。苏峻一向怀疑庾亮想谋害自己，便起兵反，攻陷建康，自掌朝政，颁布大赦，独不赦庾亮兄弟。第二年又把晋帝迁到石头城。这时陶侃、温峤、庾亮等起兵讨伐苏峻。数月后，苏峻败死。

②温忠武：温峤，谥忠武。苏峻作乱时，温峤任平南将军、江州刺史，驻扎到寻阳。后庾亮战败，逃到他那里，他劝庾亮去见陶侃，并共推陶侃为盟主，起兵讨伐。庾文康：庾亮，晋明帝皇后的哥哥，谥文康。陶公：陶侃。苏峻作乱时，为征西大将军、荆州刺史，镇守江陵。

③"肃祖"句：肃祖是晋明帝的庙号；顾命指君主临终的命令。晋明帝病重时，王导、庾亮、温峤等同受顾命，辅佐幼主晋成帝。明帝死后，太后临朝听政，政事由庾亮决定。陶侃因为自己不在受顾命之列，深以为憾。

④溪狗：即傒狗。吴人把江西一带的人叫傒狗，是指语音不正说的，含鄙薄意。陶侃本鄱阳人，所以也得此称谓。

庾太尉在武昌，秋夜气佳景清，使吏殷浩、王胡之之徒登南楼理咏[①]。音调始遒，闻函道中有屐声甚厉，定是庾公[②]。俄而率左右十许人步来，诸贤欲起避之。公徐云："诸君少住，老子于此处兴复不浅[③]。"因便据胡床，与诸人咏谑，竟坐甚得任乐[④]。后王逸少下，与丞相言及此事。丞相曰："元规尔时风范不得不小颓[⑤]。"右军答曰："唯丘壑独存[⑥]。"

译文

太尉庾亮在武昌的时候，正值秋夜天气凉爽、景色清幽，他的属官殷浩、王胡之一班人登上南楼吟诗咏唱。正在吟兴高昂之时，听见楼梯上传来木板鞋的声音很重，料定是庾亮来了。接着庾亮带着十来个随从走来，大家就想起身回避。庾亮慢条斯理地说道：“诸君暂且留步，老夫对这方面兴趣也不浅。”于是就坐在马扎儿上，和大家一起吟咏、谈笑，满座的人都能尽情欢乐。后来王逸少东下建康，和丞相王导谈到这件事。王导说：“元规那时候的气派也不得不收敛一点。”王逸少回答说：“唯独幽深的情趣还保留着。”

注释

①“庾太尉”句：苏峻叛乱平定后，庾亮（字元规）升任都督江、荆等六州诸军事，移镇武昌。使吏，一本作“佐吏”，《晋书·庾亮传》也作“佐吏”，指地方长官的僚属。理咏，吟咏，作诗吟唱。

②遒（qiú）：高昂。函道：楼梯。

③老子：老人自称，等于老夫。

④胡床：交椅，是椅腿交叉、能折叠的一种坐具，即马扎儿。谑(xuè)：开玩笑。任乐：尽情欢乐。

⑤风范：气派。颓：低落；收缩。

⑥丘壑：山水幽美处所，是隐士所居之地，比喻深远的意境。

时人目王右军：“飘如游云，矫若惊龙[①]。”

译文

当时的人评论右军将军王羲之说：“像浮云一样飘逸，像惊龙一样矫捷。”

注释

①“飘如”句：按《晋书》本传载，这是评论王羲之的书法笔势的。

王长史尝病，亲疏不通。林公来，守门人遽启之曰：“一异人在门，不敢不启。”王笑曰：“此必林公。”

译文

长史王濛有一次生了病，无论亲疏来探病，都不给传达。一天支道林和尚来了，守门人立刻去禀报王濛说："有一个相貌特别的人来到门口，我不敢不禀报。"王濛笑道："这一定是林公。"

或以方谢仁祖不乃重者。桓大司马曰："诸君莫轻道，仁祖企脚北窗下弹琵琶，故自有天际真人想[①]。"

译文

有人拿别人来和谢仁祖并列而不那样看重他。大司马桓温说："诸位不要轻易评论，仁祖跷起脚在北窗下弹琵琶的时候，确是有飘飘欲仙的情意。"

注释

①企脚：指跷起腿。真人：修真得道的人，泛指仙人。按：谢仁祖（即谢尚）擅长音乐，通晓众艺。

王长史为中书郎，往敬和许。尔时积雪，长史从门外下车，步入尚书，著公服[①]。敬和遥望，叹曰："此不复似世中人！"

译文

长史王濛任中书郎的时候，一次往王敬和那里去。那时连日下雪，王濛在门外下车，走入尚书省，穿着官服。王敬和远远望见雪景衬着王濛，赞叹说："这人不再像是尘世中人！"

注释

①尚书：指尚书省。按：《晋书·王洽传》只说王洽（字敬和）历任中书郎、中军长史、司徒左长史等职，没有说到他在尚书省担任什么职务。

海西时，诸公每朝，朝堂犹暗，唯会稽王来，轩轩如朝霞举[①]。

译文

海西公称帝时，大臣们每次早朝，殿堂还很暗，只有会稽王来了，他气宇轩昂，才像朝霞高高升起一样。

注释

①海西：即晋废帝海西公。海西公即位后，会稽王司马昱才任丞相。

谢公云："见林公双眼，黯黯明黑[①]。"孙兴公见林公："棱棱露其爽[②]。"

译文

谢安说："我觉得林公一双眼睛，黑油油的，能照亮黑暗的地方。"孙兴公也觉得支道林是"威严的眼神里透露出直爽"。

注释

①林公：支道林和尚。黯黯(àn)：黑黑的。明：照亮。
②棱棱：形容威严正直。

庾长仁与诸弟入吴，欲住亭中宿[①]。诸弟先上，见群小满屋，都无相避意。长仁曰："我试观之。"乃策杖将一小儿，始入门，诸客望其神姿，一时退匿。

译文

庾长仁和弟弟们过江到吴地，途中想在驿亭里住宿。几个弟弟先进去，看见满屋都是平民百姓，这些人一点回避的意思也没有。长仁说："我试着进去看看。"于是就拄着拐杖，扶着一个小孩，刚进门，旅客们望见他的神采，一下子都躲开了。

注释

①庾长仁：庾统，字长仁，是庾亮的侄儿。亭：设在道边供旅客停宿的公房。

有人叹王恭形茂者，云："濯濯如春月柳[1]。"

译文

有人赞赏王恭形貌丰满美好，说："像春天的杨柳一样光鲜夺目。"

注释

①濯濯：形容有光泽，清朗。

评点

本篇有相当一部分条目是直接描写容貌举止。有一些条目只是点出"美姿仪"等，而不做具体描写；有的用侧面烘托法，表现人物容止之美。有时也用对比的手法，或者用品评的方式说出。士族阶层讲究仪容举止，这成了魏晋风流的重要组成部分。仪容风采有时甚至能借以活命或办成事情，足见注重容止是当时的风尚。另外，在赞美声中还可以看出一些名士羡慕隐逸、追求超然世外的举止风姿。例如赞叹"此不复似世中人"，这大概因顾盼生姿、闲适自得而引发人们超尘出世之想。

自新第十五

题解

自新指自觉改正错误，重新做人。

周处年少时，凶强侠气，为乡里所患，又义兴水中有蛟，山中有邅迹虎，并皆暴犯百姓，义兴人谓为三横，而处尤剧[①]。或说处杀虎斩蛟，实冀三横唯余其一。处即刺杀虎，又入水击蛟。蛟或浮或没，行数十里，处与之俱。经三日三夜，乡里皆谓已死，更相庆。竟杀蛟而出。闻里人相庆，始知为人情所患，有自改意。乃自吴寻二陆，平原不在，正见清河，具以情告[②]，并云："欲自修改，而年已蹉跎，终无所成[③]。"清河曰："古人贵朝闻夕死，况君前途尚可[④]。且人患志之不立，亦何忧令名不彰邪！"处遂改励，终为忠臣孝子。

译文

周处年轻时，凶狠倔强，好使气力，是乡里的祸害，加上义兴郡河里有蛟龙，山上有跛脚虎，都危害百姓，义兴人把他们叫做三横，而周处危害更大。有人劝周处去杀虎斩蛟，其实是希望三横中只剩下一个。周处立刻上山刺杀了老虎，又下河去斩蛟龙。蛟龙时而浮出水面，时而潜入水底，游了几十里，周处始终和蛟龙在一起搏斗。经过三天三夜，乡亲们都认为他已经死了，互相庆贺。没想到周处竟然杀死蛟龙，从水里出来了。他听说乡亲互相庆贺，才知道自己是人们所痛恨的人，就有意改过自新。于是到吴郡寻找陆机、陆云兄弟，平原内史陆机不在家，只见到清河内史陆云，就把情况一五一十地告诉了陆云，并且说："自己想加强修养，改正错误，可是岁月已经虚度，恐怕终究不会有什么成就。"陆云说："古人尚且重视朝闻夕死，何况您的前途还远大着呢。再说，一个人就怕不能立志，又何必担心美名不能显扬呢！"于是周处便改正错误，振作起来，终于成了忠臣孝子。

注释

①周处：字子隐，吴兴郡阳羡县人，后改属义兴郡（郡治在今江苏省宜兴县）。青少年时胡作非为，横行乡里，后勇于改过，在晋朝任广汉太守、御史中丞。侠气：指刚强不屈的气概。

邅(zhān)迹虎：《孔氏志怪》说："义兴有邪足虎，溪渚长桥有苍蛟，并大啖人。"邅迹虎即邪足虎，跛脚老虎。横：指残暴的东西。
②自吴：《晋书·周处传》作"入吴"。二陆：指陆机、陆云。兄弟齐名，号为二陆，吴人。陆机后来在晋朝曾任平原郡内史，陆云曾任清河郡内史，所以下文直呼为平原、清河。按：陆机比周处年轻二十多岁，所以周处年少时不可能寻访二陆。
③修改：加强修养，改正错误。蹉跎：虚度光阴。
④朝闻夕死：这是用《论语·里仁》"朝闻道，夕死可矣"的意思，大意是：早上听到了真理，就算晚上死去也不算虚度此生。

戴渊少时，游侠不治行检，尝在江、淮间攻掠商旅[①]。陆机赴假还洛，辎重甚盛，渊使少年掠劫[②]。渊在岸上，据胡床指麾左右，皆得其宜[③]。渊既神姿峰颖，虽处鄙事，神气犹异[④]。机于船屋上遥谓之曰："卿才如此，亦复作劫邪[⑤]？"渊便泣涕，投剑归机。辞厉非常，机弥重之，定交，作笔荐焉[⑥]。过江，仕至征西将军。

译文

戴渊年轻时，很侠义，不注意品行，曾在长江、淮河间袭击、抢劫商人和旅客。陆机度假后回洛阳，行李很多，戴渊便指使一班年轻人去抢劫。他在岸上，坐在马扎儿上指挥手下的人，安排得头头是道。戴渊原本风度仪态挺拔不凡，虽然是处理抢劫这种事，神气仍旧与众不同。陆机在船舱里远远地对他说："你有这样的才能，还要做强盗吗？"戴渊感悟流泪，便扔掉剑投靠了陆机。他的谈吐非同一般，陆机更加看重他，和他结为朋友，并写信推荐他。过江以后，戴渊做官做到征西将军。

注释

①游侠：指重信义、轻生死的人。行检：品行。攻掠：袭击、抢劫。
②辎重：行李。
③指麾：同"指挥"。
④峰颖：挺拔突出。
⑤劫：强盗。
⑥辞厉：指谈吐。

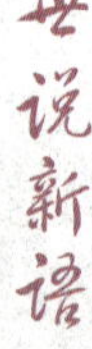

评点

本篇只有两则。前者说明改正错误要振作起来，应有一息尚存，绝不松懈之志。后者说明有才要用到正道上，知错必改。

企羡第十六

题解

企羡，举踵仰慕，同于企慕，指敬仰思慕。

王右军得人以《兰亭集序》方《金谷诗序》，又以己敌石崇，甚有欣色[①]。

译文

右军将军王羲之得知人们把《兰亭集序》和《金谷诗序》并列，又认为自己和石崇相当，神色非常欣喜。

注释

①《兰亭集序》：晋穆帝永和九年（公元353年）王羲之和谢安等四十一人聚会兰亭，饮酒赋诗。后来王羲之把这些诗汇编成集，并写了一篇序，就是《兰亭集序》。《金谷诗序》：金谷，园名，是晋人石崇在洛阳城外金谷涧修建的。石崇是富豪，官至荆州刺史，曾在金谷园大宴宾客，计三十人，饮酒赋诗，不赋诗的罚酒三杯。事后写成《金谷诗序》记载其事，附录其诗。

孟昶未达时，家在京口。尝见王恭乘高舆，被鹤氅裘[①]。于时微雪，昶于篱间窥之，叹曰："此真神仙中人！"

译文

孟昶还没有显贵时，家住京口。有一次看见王恭坐着高车，穿着鹤氅裘。当时下着零星小雪，孟昶在竹篱后偷着看他，赞叹说："这真是神仙中人！"

注释

①王恭：曾任青、兖二州刺史，镇守京口。鹤氅裘：用鸟羽绒絮成的裘，是外套。

评点

仰慕什么？人、事、物都可以，诸如出众的、善于清谈的、博学多才的、超尘脱俗的人物，太平盛世，吟咏盛事，这都在本篇企羡之列。

伤逝第十七

题解

伤逝指哀念去世的人。怀念死者，表示哀思，这是人之常情。本篇记述了丧儿之痛，对兄弟、朋友、属员之丧的悼念及做法。

王仲宣好驴鸣①。既葬，文帝临其丧，顾语同游曰："王好驴鸣，可各作一声以送之。"赴客皆一作驴鸣。

译文

王仲宣生前喜欢听驴叫。到安葬时，魏文帝曹丕去参加他的葬礼，回头对往日同游的人说："王仲宣喜欢听驴叫，各人应该学一声驴叫来送他。"于是去吊丧的客人都一一学了一声驴叫。

注释

①王仲宣：王粲，字仲宣，魏国人，建安七子之一。

孙子荆以有才，少所推服，唯雅敬王武子。武子丧，时名士无不至者。子荆后来，临尸恸哭，宾客莫不垂涕。哭毕，向灵床曰①："卿常好我作驴鸣，今我为卿作。"体似真声，宾客皆笑。孙举头曰："使君辈存，令此人死！"

译文

孙子荆倚仗自己有才能，很少推重并佩服别人，只是很尊敬王武子。王武子去世，当时有名望的人都来吊丧。孙子荆后到，对着遗体痛哭，宾客都感动得流泪。他哭完后，朝着灵床说："你平时喜欢听我学驴叫，现在我为你学一学。"学得像真的声音，宾客们都笑了。孙子荆抬起头说："让你们这类人活着，却让这个人死了！"

注释

①灵床：停放尸体的床铺。

王戎丧儿万子，山简往省之，王悲不自胜[①]。简曰："孩抱中物，何至于此[②]！"王曰："圣人忘情，最下不及情；情之所钟，正在我辈。"简服其言，更为之恸。

译文

王戎死了儿子万子，山简去探望他，王戎悲伤得受不了。山简说："一个怀抱中的婴儿罢了，怎么能悲痛到这个地步！"王戎说："圣人不动情，最下等的人谈不上有感情；感情最专注的，正是我们这一类人。"山简很敬佩他的话，更加为他悲痛。

注释

①"王戎"句：王戎丧儿，《晋书》的记载是王戎的堂弟王衍丧儿。按：万子年十九卒，似不能说"孩抱中物"。
②孩抱：孩提；婴儿。

有人哭和长舆，曰："峨峨若千丈松崩[①]。"

译文

有人哭吊和长舆，说："好像巍峨的千丈青松倒下来了。"

注释

①哭：吊唁。峨峨：形容高、巍峨。按：和峤（字长舆）很有风采，名声很大，庾敳曾称赞说："峤森森如千丈松。"

戴公见林法师墓，曰："德音未远，而拱木已积[①]。冀神理绵绵，不与气运俱尽耳[②]！"

译文

戴逵看见支道林法师的坟墓，说："那高明的言谈还留在耳边，可是墓上的树木已经连成一片了。但愿您那精湛的玄理能绵延不断地流传下去，不会和寿数一起完结啊！"

注释

①德音：善言，有德者的话，用来尊称别人的言谈。拱木：两手合围那样粗的树，也指墓上的树。
②绵绵：连续不断的样子。

王子猷、子敬俱病笃，而子敬先亡[①]。子猷问左右："何以都不闻消息？此已丧矣！"语时了不悲[②]。便索舆来奔丧，都不哭。子敬素好琴，便径入坐灵床上，取子敬琴弹，弦既不调，掷地云："子敬，子敬，人琴俱亡！"因恸绝良久。月余亦卒。

译文

王子猷和王子敬都病得很重，子敬先去世。一天子猷问侍候的人说："为什么一点也没有听到子敬的音讯？这是已经去世了！"说话时一点也不悲伤。于是就要车去奔丧，一点也没有哭。子敬平时喜欢弹琴，子猷便一直进去坐在灵座上，拿过子敬的琴来弹，琴弦怎么也调不好，就把琴扔到地上说："子敬，子敬，人和琴都不在了！"说完就悲痛得昏了过去，很久才醒过来。过了一个多月他也去世了。

注释

①"王子猷"句：王子猷和王子敬是兄弟，是王羲之的儿子。
②了：完全。

评点

本篇记载了伤逝的不同做法。有的依亲友的生前爱好奏一曲或学一声驴鸣以祭奠逝者。有的是睹物思人，感慨系怀，而兴伤逝之叹。有的是以各种评价颂扬逝者，以寄托自己的哀思。更有人慨叹知音已逝，"发言莫赏，中心蕴结"，而预料自己不久于人世。均令人伤感。

栖逸第十八

题解

栖逸，指避世隐居。自古就有隐士，魏晋时代，战乱频仍，政治迫害日益加重，一些对现实不满而想逃避的人或者有厌世思想的人更是羡慕隐居生活，以寄托自己漠视世事的情怀。而那些不甘寂寞又不耐清苦的人，虽然追求荣华富贵，又想寄情山水，做所谓“朝隐”名士，也把隐士看成理想人物。在这种情况下，编纂者设《栖逸》一门。

阮步兵啸，闻数百步[①]。苏门山中，忽有真人，樵伐者咸共传说。阮籍往观，见其人拥膝岩侧；籍登岭就之，箕踞相对[②]。籍商略终古，上陈黄、农玄寂之道，下考三代盛德之美，以问之，仡然不应[③]。复叙有为之教、栖神导气之术以观之，彼犹如前，凝瞩不转[④]。籍因对之长啸。良久，乃笑曰：“可更作。”籍复啸。意尽，退，还半岭许，闻上嗗然有声，如数部鼓吹，林谷传响[⑤]。顾看，乃向人啸也。

译文

步兵校尉阮籍吹口哨儿，声音能传一两里远。苏门山里，忽然来了个得道的真人，砍柴的人都这么传说。阮籍去看，看见那个人抱膝坐在山岩上；就登山去见他，两人伸开腿对坐着。阮籍评论古代的事，往上述说黄帝、神农时代玄妙虚无的主张，往下考究夏、商、周三代深厚的美德，拿这些来问他，那人仰着个头，并不回答。阮籍又另外说到儒家的德教主张，道家凝神导气的方法，来看他的反应，他还是像原先那样，目不转睛地凝视着。阮籍便对着他长长地吹了一个口哨儿。过了好一会儿，他才笑着说：“可以再吹一次。”阮籍又吹了一次。待到意兴已尽，便退下来，约莫回到半山腰处，听到山顶上众音齐鸣，好像几部器乐合奏，树林山谷都传来回声。阮籍回头一看，原来是刚才那个人在吹口哨儿。

注释

①阮步兵：阮籍，字嗣宗，汉魏时人，曾任步兵校尉。步，长度单位，三百步为一里。
②箕踞：伸开两腿坐着，像个簸箕。这是一种不拘礼节的坐法。
③终古：往昔；自古以来。玄寂之道：道家玄妙虚无的道理。仡(yì)然：抬头的样子。
④有为：有所作为，指儒家的学说。栖神导气之术：道家修炼的方法，指精神凝定不散乱，导气养神。
⑤噆然：查《康熙字典》无噆字，疑即“啾”。啾然，形容声音众多。

阮光禄在东山，萧然无事，常内足于怀[①]。有人以问王右军，右军曰：“此君近不惊宠辱，虽古之沉冥，何以过此[②]。”

译文

光禄大夫阮裕隐居东山，清静无为，内心一直很自足。有人因此问右军将军王羲之，羲之说：“这位先生近来不因荣辱而动心，就是古时的隐士，又怎么能超越这一点！”

注释

①阮光禄：阮裕。曾任尚书郎、临海太守，后辞职居会稽，有隐居之志。在东山隐居多年，朝廷又召他为金紫光禄大夫，他不肯就职。萧然：清静的样子。
②沉冥：等于沉冥的人，指隐士。

南阳刘驎之，高率善史传，隐于阳岐[①]。于时苻坚临江，荆州刺史桓冲将尽订谟之益，征为长史，遣人船往迎，赠贶甚厚[②]。驎之闻命，便升舟，悉不受所饷，缘道以乞穷乏，比至上明亦尽[③]。一见冲，因陈无用，翛然而退[④]。居阳岐积年，衣食有无，常与村人共。值己匮乏，村人亦如之。甚厚为乡闾所安。

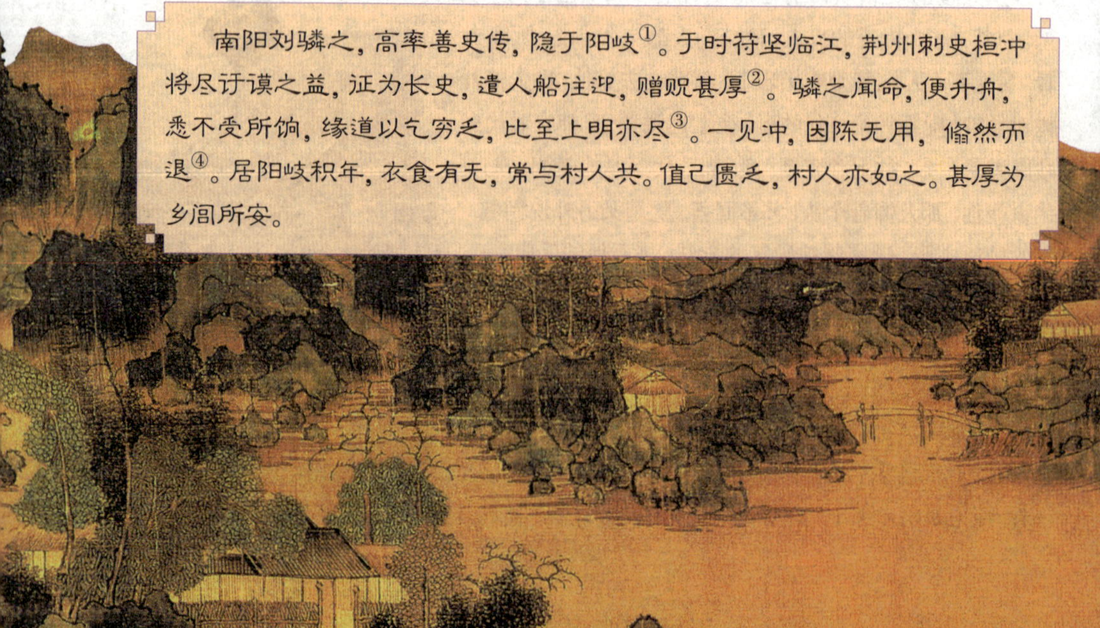

译文

南阳人刘驎之，高尚直率，历史知识很丰富，在阳岐村隐居。当时，苻坚南侵已经逼近长江，荆州刺史桓冲想尽力实现宏图大略，就聘刘驎之任长史，派人和船前去迎接他，赠送的礼物也很丰富。刘驎之只好从命，就上船出发，但桓冲所送的礼物一点也没有收受，沿途拿来送给贫困的人，等走到上明，东西也送光了。他一见到桓冲，便陈述自己没有才能，然后就自由自在地辞去职务。他在阳岐住了多年，衣食向来是和村人互通有无的。碰到自己短缺了，村人也同样帮助他。他是乡邻深感满意的人。

注释

①阳岐：村名，离荆州二百里。
②讦谟：宏图大略。赠贶：赠送。
③乞(qì)：给。上明：地名。桓冲为了阻止苻坚南侵，想移镇长江以南，便把荆州首府移到上明。
④翛(xiāo)然：无拘无束的样子。

孟万年及弟少孤，居武昌阳新县①。万年游宦，有盛名当世②。少孤未尝出，京邑人士思欲见之，乃遣信报少孤云："兄病笃。"狼狈至都，时贤见之者，莫不嗟重。因相谓曰："少孤如此，万年可死。"

译文

孟万年和他弟弟孟少孤，住在武昌郡阳新县。万年外出做官在当时享有盛名。孟少孤没有外出求过官，京都知名人士想见见他，便派信使给少孤报信说："你哥哥病重。"少孤急急忙忙地赶到京都，见到他的当代贤达，没有谁不赞叹、敬重他。于是他们评论说："少孤既是这样，万年可以死而无憾了。"

注释

①"孟万年"句：孟嘉，字万年，江州刺史庾亮召他任从事，后在桓温的将军府中任长史。他的弟弟孟陋，字少孤，名望很高，会稽王司马昱辅政时，召为参军，托病不肯赴任。
②游宦：外出求官。

康僧渊在豫章，去郭数十里立精舍，旁连岭，带长川，芳林列于轩庭，清流激于堂宇[①]。乃闲居研讲，希心理味。庾公诸人多往看之，观其运用吐纳，风流转佳。加已处之怡然，亦有以自得，声名乃兴[②]。后不堪，遂出[③]。

译文

康僧渊在豫章时，在离城几十里远的地方修建居所，旁边连着山岭，一条大河像衣带一样绕着它，繁花似锦的树林布置庭院，清清的流水在房前激起浪花。康僧渊于是避人独居研究解释佛经，倾心义理旨趣。庾亮等人常常去看望他，看到他运用言谈的手法，风度更加美好，加以他心旷神怡地对待这一切，也能够安闲自得，于是名声大了起来。后来他忍受不了这种有名气的生活，便离开了那里。

注释

①康僧渊：和尚名。《高僧传》说他本西域人，生于长安，东晋时过江，在豫章山上修了个庙宇住下。郭：城郭，在城的外围加筑的城墙，这里指城镇。精舍：僧人修炼的住所。
②吐纳：言谈；谈吐。加已：加以。怡然：形容安适愉快。
③"后不"句：据《高僧传》载，康僧渊后来死在庙里，和这里所说不同。

戴安道既厉操东山，而其兄欲建式遏之功[①]。谢太傅曰："卿兄弟志业，何其太殊？"戴曰："下官不堪其忧，家弟不改其乐[②]。"

译文

戴安道已经在东山隐居，他哥哥又想为国家建功立业。太傅谢安对他哥哥说："你们兄弟俩的志向、事业，怎么差异这么大呢？"他哥哥回答说："下官受不了那种忧愁，舍弟却改不了那种乐趣。"

注释

①厉操：磨练情操，使情操高尚，指隐居。式遏：指阻止害民之事，保卫国家。《诗·大雅·民劳》"式遏寇虐"，式是句首语气词，遏是阻止，原意指阻止侵犯、残害百姓。
②"下官"句：这是借用《论语·雍也》所述颜回的事，孔子说："贤哉，回也！一箪食，一瓢饮，在陋巷，人不堪其忧，回也不改其乐。"

许掾好游山水，而体便登陟[①]。时人云："许非徒有胜情，实有济胜之具[②]。"

译文

司徒掾许玄度喜欢游览山水，而且身体健壮敏捷，便于登高。当时的人说："许玄度不只有高雅的情趣，而且确有便于游览胜境的好身体。"

注释

①许掾：许询，字玄度，曾被召为司徒掾，不肯就职。
②胜情：高雅的情趣。济胜之具：指游览胜境所需要的条件，这里指身体。

评点

在位者喜欢猎取举逸拔才的美名，一些人也会借隐逸来沽名钓誉，获取高位；一般的名士也很羡慕隐士之名。至于真正的隐者，他们的生活情趣也可以从一些条目里看到。他们口不言世事，甚至连修身养性之道也不愿谈。平时"好游山水"所以篇中所记的"实有济胜之具"就得到时人的称道。他们"萧然无事，常内足于怀"，"不惊宠辱"；"衣食有无，常与村人共"。有的潜心体会佛经和道家养生方法。这些就是他们生活的部分写照。

贤媛第十九

题解

贤媛，指有德行有才智有美貌的女子。本篇所记述的妇女，或有德，或有才，或有貌，而以前两种为主。目的是要依士族阶层的伦理道德观点褒扬那些贤妻良母型的妇女，以之为妇女楷模。

陈婴者，东阳人，少修德行，著称乡党[①]。秦末大乱，东阳人欲奉婴为主，母曰："不可！自我为汝家妇，少见贫贱，一旦富贵，不祥。不如以兵属人[②]。事成，少受其利；不成，祸有所归。"

译文

陈婴是东阳县人，从小就注意加强道德品行的修养，在乡里中很有名望。秦代末年，天下大乱，东阳人想拥护陈婴做首领，陈母对陈婴说："不行！自从我做了你家的媳妇后，从年轻时起就遇到你家贫贱，一旦暴得富贵，不吉利。不如把军队交给别人。事成了，可以稍微得些好处；失败了，灾祸自有他人承担。"

注释

①"陈婴"句：据《史记·项羽本纪》载，陈婴原是东阳县的书吏。陈涉起义后，东阳人杀了县令，聚集几千人，强立陈婴为首领，遭陈母反对，才依附项梁。乡党：乡里。
②属（zhǔ）：交付。

汉元帝宫人既多，乃令画工图之。欲有呼者，辄披图召之。其中常者，皆行货赂[①]。王明君姿容甚丽，志不苟求，工遂毁为其状[②]。后匈奴来和，求美女于汉帝，帝以明君充行。既召见而惜之，但名字已去，不欲中改，于是遂行。

译文

汉元帝的宫女既然很多，于是就派画工去画下她们的模样，想要召唤她们时，就翻看画像按图召见。宫女中相貌一般的人，都贿赂画工。王昭君容貌非常美丽，不愿用不正当的手段去乞求，画工就丑化了她的容貌。后来匈奴来媾和，向汉元帝求赐美女，元帝便拿昭君当做皇族女嫁去。召见以后又很舍不得她，但是名字已经告诉了匈奴，不想中途更改，于是昭君终于去了匈奴。

注释

①货赂：贿赂。
②王明君：王昭君。晋人因避晋文帝司马昭讳改称为王明君。

赵母嫁女，女临去，敕之曰："慎勿为好[1]！"女曰："不为好，可为恶邪？"母曰："好尚不可为，其况恶乎！"

译文

赵母嫁女儿，女儿临出门时，她告诫女儿说："千万不要做好事！"女儿问道："不做好事，可以做坏事吗？"母亲说："好事尚且不能做，何况是坏事呢！"

注释

①慎勿为好：按：古代有以为做好事，会受到好人的妒忌，因为人们不喜欢别人超过自己。余嘉锡《世说新语笺疏》以为："盖古之教女者之意，特不愿其遇事表暴，斤斤于为善之名，以招人之妒嫉，而非禁之使不为善也。"

许允妇是阮卫尉女，德如妹，奇丑[1]。交礼竟，允无复入理，家人深以为忧。会允有客至，妇令婢视之，还答曰："是桓郎。"桓郎者，桓范也。妇云："无忧，桓必劝入。"桓果语许云："阮家既嫁丑女与卿，故当有意，卿宜察之。"许便回入内，既见妇，即欲出。妇料其此出无复入理，便捉裾停之[2]。许因谓曰："妇有四德，卿有其几[3]？"妇曰："新妇所乏唯容尔。然士有百行，君有几[4]？"许云："皆备。"妇曰："夫百行以德为首，君好色不好德，何谓皆备！"允有惭色，遂相敬重。

译文

许允的妻子是卫尉卿阮共的女儿，阮德如的妹妹，长得特别丑。新婚行完交拜礼，许允不可能再进新房去，家里人都十分担忧。正好有位客人来看望许允，新娘便叫婢女去打听是谁，婢女回报说："是桓郎。"桓郎就是桓范。新娘说："不用担心，桓氏一定会劝他进来的。"桓范果然劝许允说："阮家既然嫁个丑女给你，想必是有一定想法的，你应该体察明白。"许允便转身进入新房，见了新娘，即刻就想退出。新娘料定他这一走再也不可能进来了，就拉住他的衣襟让他留下。许允便问她说："妇女应该有四种美德，你有其中的哪几种？"新娘说："新妇所缺少的只是容貌罢了。可是读书人应该有各种好品行，您有几种？"许允说："样样都有。"新娘说："各种好品行里头首要的是德，可是您爱色不爱德，怎么能说样样都有！"许允听了，脸有愧色，从此夫妇俩便互相敬重。

注释

①阮卫尉：阮共，字伯彦，在魏朝官至卫尉卿。

②裾：衣服的大襟，也指衣服的前后部分。

③四德：即妇德、妇言、妇容、妇功。

④百行：指各种好的品行。

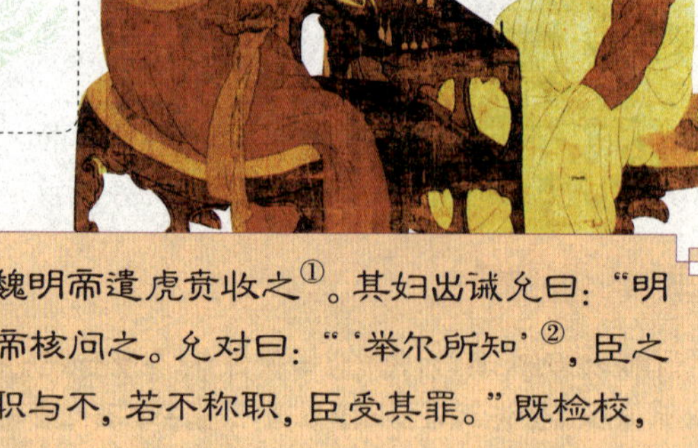

许允为吏部郎，多用其乡里，魏明帝遣虎贲收之[1]。其妇出诫允曰："明主可以理夺，难以情求。"既至，帝核问之。允对曰："'举尔所知'[2]，臣之乡人，臣所知也。陛下检校为称职与不，若不称职，臣受其罪。"既检校，皆官得其人，于是乃释。允衣服败坏，诏赐新衣。初，允被收，举家号哭，阮新妇自若，云："勿忧，寻还。"作粟粥待。顷之，允至。

译文

许允担任吏部郎的时候，大多任用他的同乡，魏明帝知道后，就派虎贲去逮捕他。许允的妻子跟出来劝诫他说："对英明的君主只可以用道理去取胜，很难用感情去求告。"押到后，明帝审查追究他。许允回答说："孔子说'提拔你所了解的人'，臣的同乡，就是臣所了解的人。陛下可以审查、核实他们是称职还是不称职，如果不称职，臣愿受应得的罪。"查验以后，知道各个职位都用人得当，于是就释放了他。许允穿的衣服破旧，明帝就叫赏赐新衣服。起初，许允被逮捕时，全家都号哭，他妻子阮氏却神态自若，说："不要担心，不久就会回来。"并且煮好小米粥等着他。一会儿，许允就回来了。

注释

①虎贲（bēn）：官名，负责侍卫君主和保卫王宫。宫廷卫戍部队的将领叫虎贲中郎将，主管虎贲郎。
②举尔所知：语出《论语·子路》，孔子的学生仲弓问孔子怎么样去识别优秀人才并把他们提拔上来，孔子便说了上面这句话。

王经少贫苦，仕至二千石[①]，母语之曰："汝本寒家子，仕至二千石，此可以止乎！"经不能用。为尚书，助魏，不忠于晋，被收[②]。涕泣辞母曰："不从母敕，以至今日！"母都无戚容，语之曰："为子则孝，为臣则忠；有孝有忠，何负吾邪！"

译文

王经年少时家境贫苦，后来做官做到二千石的职位时，他母亲对他说："你本来是贫寒人家的子弟，现在做到二千石这么大的官，这就可以止步了吧！"王经不能采纳母亲的意见。后来担任尚书，帮助魏朝，对晋司马氏不忠，被逮捕了。当时他流着泪辞别母亲说："没有听从母亲的教导，以至有今天！"他母亲一点愁容也没有，对他说："做儿子就能够孝顺，做臣子就能够忠君；现在你有孝有忠，有什么对不起我呢！"

注释

①王经：王经初为江夏太守，后升为二州刺史、司隶校尉。高贵乡公曹髦即位后，任尚书。甘露五年（公元260年）魏帝因为相国司马昭权倾帝室，召侍中王沈、尚书王经、散骑常侍王业共谋讨伐司马昭，王沈、王业连忙跑去向司马昭告密，并叫王经一起去，王经不肯。接着魏帝被杀，王经和家属也被害。二千石：职官的等级以年俸米石的多少来定高低，司隶校尉、州牧、郡太守等都是二千石，即月俸百二十斛。
②不忠于晋：按：王经是魏朝人，当时还没有晋朝，记事者是后代人，所以这样说。

山公与嵇、阮一面，契若金兰[①]。山妻韩氏，觉公与二人异于常交，问公。公曰："我当年可以为友者，唯此二生耳！"妻曰："负羁之妻亦亲观狐、赵，意欲窥之，可乎[②]？"他日，二人来，妻劝公止之宿，具酒肉；夜穿墉以视之，达旦忘反。公入曰："二人何如？"妻曰："君才致殊不如，正当以识度相友耳。"公曰："伊辈亦常以我度为胜。"

译文

山涛和嵇康、阮籍见一次面，就情意相投。山涛的妻子韩氏，发现山涛和两人的交情不一般，就问山涛。山涛说："我从前可以看成朋友的人，只有这两位先生罢了！"他妻子说："僖负羁的妻子也曾亲自观察过狐偃和赵衰，我心里也想偷着观察一下他们，行吗？"有一天，他们两人来了，山涛的妻子就劝山涛留他们住下来，并且准备好酒肉；到夜里，就在墙上挖个洞来察看他们，看到天亮也忘了回去。山涛进来问道："这两个怎么样？"他妻子说："您才能、情趣根本比不上他们，只能靠见识、气度和他们结交罢了。"山涛说："他们也常常认为我的气度优越。"

注释

①**契若金兰**：比喻情意相投。
②**"负羁"句**：据《左传·僖公二十三年》载，晋公子重耳逃亡国外时，狐偃、赵衰等人随从。在曹国，曹大夫僖负羁的妻子经过观察，认为狐偃、赵衰等随从都是能辅助晋公子回国做国君的好帮手。

王汝南少无婚，自求郝普女[1]。司空以其痴，会无婚处，任其意，便许之。既婚，果有令姿淑德。生东海，遂为王氏母仪[2]。或问汝南何以知之，曰："尝见井上取水，举动容止不失常，未尝忤观，以此知之。"

译文

汝南内史王湛年轻时没人提亲，便自己提出向郝普的女儿求亲。他父亲王昶因为他痴呆，一定无处求婚，便随他的心意，答应了他。婚后，郝氏果真美貌贤淑。后来生了王承，终于成了王家母亲们的典范。有人问王湛怎么了解她的，王湛说："我曾经看见她上水井打水，举止仪容不失常态，也没有不顺眼的地方，因此了解了她。"

注释

①**王汝南**：王湛，官至汝南内史。青少年时少说话，不喜交游，大家都认为他傻。父亲王昶，官至司空。
②**东海**：指王湛的儿子王承，曾任东海太守。**母仪**：做母亲们的典范。

陶公少有大志，家酷贫，与母湛氏同居[①]。同郡范逵素知名，举孝廉，投侃宿。于时冰雪积日，侃室如悬磬，而逵马仆甚多[②]。侃母湛氏语侃曰："汝但出外留客，吾自为计。"湛头发委地，下为二髲，卖得数斛米[③]。斫诸屋柱，悉割半为薪，剉诸荐以为马草[④]。日夕，遂设精食，从者皆无所乏。逵既叹其才辩，又深愧其厚意。明旦去，侃追送不已，且百里许[⑤]。逵曰："路已远，君宜还。"侃犹不返。逵曰："卿可去矣。至洛阳，当相为美谈。"侃乃返。逵及洛，遂称之于羊晫、顾荣诸人，大获美誉[⑥]。

译文

陶侃年少时就有大志，家境却非常贫寒，和母亲湛氏住在一起。同郡人范逵一向很有名望，被举荐为孝廉，有一次到陶侃家找地方住宿。当时，冰雪满地已经多日了，陶侃家一无所有，可是范逵车马仆从很多。陶侃的母亲湛氏对陶侃说："你只管到外面留下客人，我自己来想办法。"湛氏头发很长，拖到地上，她剪下来做成两条假发，换到几担米。又把每根柱子都削下一半来做柴烧，把草垫子都剁了做草料喂马。到傍晚，便摆上了精美的饮食，随从的人也都不欠缺。范逵既赞赏陶侃的才智和口才，又对他的盛情款待深感愧谢。第二天早晨，范逵告辞，陶侃送了一程又一程，快要送到百里左右。范逵说："路已经走得很远了，您该回去了。"陶侃还是不肯回去。范逵说："你该回去了。我到了京都洛阳，一定给你美言一番。"陶侃这才回去。范逵到了洛阳，就在羊晫、顾荣等人面前称赞陶侃，使他广泛地得到了好名声。

注释

①陶公：陶侃，鄱阳人，早年为寻阳县吏，鄱阳孝廉范逵曾去探望他。后升至大将军、太尉。
②悬磬：比喻空无所有，很贫穷。
③髲(bì)：假发。
④斫(zhuó)：砍；削。剉(cuò)：铡碎。荐：草垫。
⑤追送：跟随送行。
⑥羊晫、顾荣：羊晫是豫章国郎中令，是陶侃的同乡，顾荣是中书郎。

陶公少时作鱼梁吏，尝以坩鲊饷母[①]。母封鲊付使，反书责侃曰："汝为吏，以官物见饷，非唯不益，乃增吾忧也。"

译文 

陶侃年轻时做监管鱼梁的小吏，曾经送去一罐腌鱼给母亲。他母亲把腌鱼封好交给来人带回去，并且回封信责备陶侃说："你做官吏，拿公家的东西送给我，这不只没有好处，反而增加了我的忧虑。"

注释

①鱼梁：在水中筑的捕鱼的堰。按：《晋书·列女传》载，陶侃任寻阳县吏时，曾监管鱼梁。坩(gān)：陶器；瓦罐。鲝(zhǎ)：鱼制品，如腌鱼、糟鱼之类。

桓宣武平蜀，以李势妹为妾，甚有宠，常著斋后[①]。主始不知，既闻，与数十婢拔白刃袭之。正值李梳头，发委藉地，肤色玉曜，不为动容[②]。徐曰："国破家亡，无心至此；今日若能见杀，乃是本怀。"主惭而退。

译文

桓温平定了蜀地，娶李势的妹妹做妾，很宠爱她，总是把她安置在书斋后住。公主起初不知道，后来听说了，就带着几十个婢女提着刀趁她不备去杀她。到了那里，正遇见李氏在梳头，头发垂下来铺到地上，肤色像白玉一样光彩照人，并没有因为公主到来而表情有变。她从容不迫地说道："我国破家亡，并不情愿到这里来；今天如果能被杀而死，这倒是我的心愿。"公主很惭愧，就退出去了。

注释

①"桓宣武"句：桓温娶晋明帝女南康长公主为妻。平蜀：公元346年桓温率水军伐蜀，当时李势正继承父业，占据蜀地为王，国号为汉。到347年桓温攻入成都，李势投降，汉国亡。

②委：放下；垂下。曜：光芒。

桓车骑不好著新衣。浴后，妇故送新衣与，车骑大怒，催使持去。妇更持还，传语云："衣不经新，何由而故？"桓公大笑，著之。

译文

车骑将军桓冲不喜欢穿新衣服。有一次洗完澡，他妻子故意叫仆人送去新衣服给他，桓冲大怒，催仆人把衣服拿走。他妻子又叫人再拿回来，并且传话说："衣服不经过新的，怎么能变成旧的呢？"桓冲听了大笑，就穿上了新衣。

谢遏绝重其姊，张玄常称其妹，欲以敌之。有济尼者，并游张、谢二家，人问其优劣。答曰："王夫人神情散朗，故有林下风气；顾家妇清心玉映，自是闺房之秀①。"

译文

谢遏非常推重自己的姐姐谢道韫，张玄常常称赞自己的妹妹，想使她和谢遏姐姐并列。有个尼姑叫济尼，和张、谢两家都有交往，别人问她这两个人的高下。她回答说："王夫人神态风度潇洒爽朗，确实有隐士的风采和气度；顾家媳妇心地清纯，洁白光润，自然是妇女中的优秀者。"

注释

①林下：竹林之下或树林之下，实指隐士所在之处。按：济尼之言，实际是说顾家妇（张玄妹）不如王夫人（谢道韫）。称赞王夫人有隐士风度，顾家妇不过是妇女中的优秀者而已。

王尚书惠尝看王右军夫人，问："眼耳未觉恶不①？"答曰："发白齿落，属乎形骸；至于眼耳，关于神明，那可便与人隔②！"

译文

尚书王惠曾经去看望过右军将军王羲之的夫人，问她说："眼睛、耳朵还没有觉得不好吧？"她回答说："头发白了，牙掉了，这是属于身体的衰老；至于视力和听力，关系到精神，哪能就阻碍和别人交往呢！"

注释

①恶：不好，这里指视力、听力衰退。
②神明：精神。隔：隔阂。按：这句是说还没有到眼花耳聋、彼此不通情意的程度。

评点

本篇所记皆为贤媛事例，有一些妇女，德行可嘉，能从伦理道德方面考虑并处理问题。有一些妇女，才智过人，目光敏锐，观察入微。至于美貌，似乎并没有看成贤媛的一个独立标准，所以在记叙美貌的同时，总涉及德行或才智。

术解第二十

题解

术解，指精通技艺或方术。本篇记载着一些有特殊技能的事例，都是各有专长。

荀勖尝在晋武帝坐上食笋进饭，谓在坐人曰："此是劳薪炊也[①]。"坐者未之信，密遣问之，实用故车脚[②]。

译文

荀勖曾经在晋武帝的宴席上吃笋下饭，他对在座的人说："这是拿使用过度的木料作柴火煮的。"座上的人不相信，暗中派人去问厨师，才知道的确是拿旧车轮作柴火煮成的。

注释

①劳薪：以使用过度的木材为柴火。
②车脚：车轮。

王武子善解马性。尝乘一马，著连钱障泥，前有水，终日不肯渡[①]。王云："此必是惜障泥。"使人解去，便径渡。

译文

王武子善于了解马的脾性。他曾经骑马外出，马背上盖着连钱花纹的垫子，碰到前面有条河，马整天不肯渡过去。王武子说："这一定是马舍不得弄坏垫子。"叫人解下垫子，马就径直渡过去了。

注释

①连钱：一种花饰，像钱纹。障泥：垫马鞍的垫子，下垂至马腹，用来挡泥土。

评点

本篇记载了一些有特殊技能的事例，如通晓音乐、音律，善解马性，善于品酒，都是各有专长。本书从此类中选取两例，前者记能从煮出的菜蔬里品尝出是用什么样的柴火煮的，后者记善解马性。

巧艺第二十一

题解

巧艺，指精巧的技艺，这里的艺主要指棋琴书画、建筑、骑射等技巧性、技术性的技能。

谢太傅云："顾长康画，有苍生来所无[1]。"

译文

太傅谢安说："顾长康的画，是自有人类以来所没有的。"

注释

①顾长康：即名画家顾恺之，字长康。苍生：人类。

顾长康好写起人形。欲图殷荆州，殷曰："我形恶，不烦耳。"顾曰："明府正为眼尔[1]。但明点童子，飞白拂其上，使如轻云之蔽日[2]。"

译文

顾长康喜欢人物写生。他想画荆州刺史殷仲堪，仲堪说："我的相貌不好看，不麻烦你了。"顾长康说："明府只是因为眼睛罢了。只要明显地点出瞳人，用飞白笔法轻轻掠过上面，让它像一抹轻云遮住太阳一样，这不很好吗。"

注释

①"明府"句：明府在这里是对殷仲堪的尊称。殷仲堪一只眼瞎，所以不愿画像。
②童子：瞳子；瞳人。飞白：中国画中一种枯笔露白的线条。

顾长康画谢幼舆在岩石里。人问其所以，顾曰："谢云：'一丘一壑，自谓过之①。'此子宜置丘壑中。"

译文

顾长康画谢幼舆的像，把他安置在山崖乱石中。有人问他什么原因，顾长康说："谢幼舆说过：'在一山一水间游乐，自以为超过他。'这位先生就该安置在山崖沟壑里。"

注释

① "一丘"句：这里只取"一丘一壑"义。

顾长康画人，或数年不点目精①。人问其故，顾曰："四体妍蚩，本无关于妙处②；传神写照，正在阿堵中③。"

译文

顾长康画人像，有的几年不点眼睛。有人问他什么原因，他说："形体的美丑，本来和神妙之处没有什么关系；画像要能传神，正是在这里面。"

注释

①目精：眼珠。
②四体：四肢，这里泛指形体。妍蚩：同"妍媸"，美丑。
③传神：指生动地表现出人物的神情意态。写照：摹画人像。阿堵：这，此处指眼珠。

评点

本篇内有一些条目记述、赞扬画家、书法家们特殊的艺术造诣以及他们对技艺的执著追求，例如记大画家顾长康的故事，其中一些内容如"传神写照，正在阿堵中"等已经被引申、凝炼成为名言而流传后世。

宠礼第二十二

题解 

宠礼，指礼遇尊荣，实即指得到帝王将相、三公九卿等的厚待。这在古代是一种难得的荣誉，而宣扬这些，是要人们对在上位者感恩图报。

元帝正会，引王丞相登御床，王公固辞，中宗引之弥苦①。王公曰："使太阳与万物同晖，臣下何以瞻仰！"

译文 

晋元帝在正月初一举行朝贺礼时，拉着丞相王导登上御座和自己坐在一起，王导坚决推辞，元帝更加恳切地拉着他。王导说："如果太阳和万物一起发光，臣下又怎么瞻仰太阳呢！"

注释

①"元帝"句：晋元帝司马睿，死后的庙号是中宗。元帝初为琅邪王时，王导就倾心辅佐他，后来即帝位，任王导为中书监、录尚书事。

评点 

本篇记晋元帝只是"引王丞相登御床"，而对贵为丞相的王导来说已是很特殊的恩宠，以至"固辞"不敢接受。一方面表现了在古代得到帝王的厚待是一种难得的荣誉，另一方面也可看出君臣礼数的不可逾越。

任诞第二十三

题解

任诞，指任性放纵。这是魏晋名士作达生活方式的主要表现。名士们主张言行不必遵守礼法，凭禀性行事，不做作，不受任何拘束，认为这样才能回归自然，才是真正的名士风流。在这种标榜下，许多人以作达为名，实际是以不加节制地纵情享乐为目的。

任诞的动机，各人或有不同。有的名士借作达以避乱世，有的名士要求在官场中保留一些个性自由，不失人的真性，其任诞言行对返礼教来说，有一定意义。但多数名士的任诞行为是不可取的。本书分立《任诞》一门，多少可以看出编纂者并不同意这种行为，还是主张以礼法准则来规范人们的社会行动。

刘公荣与人饮酒，杂秽非类，人或讥之①。答曰："胜公荣者不可不与饮，不如公荣者亦不可不与饮，是公荣辈者又不可不与饮②。"故终日共饮而醉。

译文

刘公荣和别人喝酒时，会和不同身份、地位的人在一起，杂乱不纯，有人因此指责他。他回答说："胜过公荣的人，我不能不和他一起喝；不如公荣的人，我也不能不和他一起喝；和公荣同类的人，更不能不和他一起喝。"所以他整天都和别人共饮而醉倒。

注释

①非类：不是同类的人，这里指身份、门第不同类的人。
②辈：不同一类别、等级。

刘伶恒纵酒放达，或脱衣裸形在屋中，人见讥之。伶曰："我以天地为栋宇，屋室为裈衣，诸君何为入我裈中[①]！"

译文

刘伶经常不加节制地喝酒，任性放纵，有时在家里赤身露体，有人看见了就责备他。刘伶说："我把天地当做我的房子，把屋子当做我的衣裤，诸位为什么跑进我裤子里来！"

注释

①裈(kūn)：裤子。

阮仲容、步兵居道南，诸阮居道北[①]；北阮皆富，南阮贫。七月七日，北阮盛晒衣，皆纱罗锦绮[②]；仲容以竿挂大布犊鼻裈于中庭[③]。人或怪之，答曰："未能免俗，聊复尔耳！"

译文

阮仲容、步兵校尉阮籍住在道南，其他阮姓住在道北；道北阮家都很富有，道南阮家比较贫穷。七月七日那天，道北阮家大晒衣服，晒的都是华贵的绫罗绸缎；阮仲容却用竹竿挂起一条粗布短裤晒在院子里。有人对他的做法感到奇怪，他回答说："我还不能免除世俗之情，姑且这样做做罢了！"

注释

①阮仲容：阮咸，字仲容，是阮籍的侄儿，竹林七贤之一。
②"七月"句：旧时风俗，七月七日晒衣裳、书籍，据说这样就不会受虫蛀。
③犊鼻裈：短裤，一说围裙。

刘道真少时，常渔草泽，善歌啸，闻者莫不留连[①]。有一老妪，识其非常人，甚乐其歌啸，乃杀豚进之。道真食豚尽，了不谢。妪见不饱，又进一豚。食半余半，乃还之。后为吏部郎，妪儿为小令史，道真超用之。不知所由，问母，母告之。于是赍牛酒诣道真[②]，道真曰："去，去！无可复用相报。"

译文

刘道真年轻时，常常到草泽去打鱼，他擅长用口哨吹小曲，听到的人都流连忘返。有一个老妇人，知道他不是一个普通的人，而且很喜欢他的口哨，就杀了个小猪送他吃。道真吃完了小猪，一点也不道谢。老妇人看见他还没吃饱，又送上个小猪。刘道真吃了一半，剩下一半，就退回给老妇人。后来担任吏部郎，老妇人的儿子是个职位低下的令史，道真就越级任用他。令史不知道是什么原因，去问母亲，母亲告诉他经过。于是他带上牛肉酒食去拜见道真，道真说：“走吧，走吧！我没有什么可以再用来回报你的了。”

注释

①渔：捕鱼。
②赍（jī）：携带。

有人讥周仆射：与亲友言戏，秽杂无检节[①]。周曰：“吾若万里长江，何能不千里一曲[②]！”

译文

有人指责尚书左仆射周顗：和亲友言谈玩笑，粗野驳杂，失于检点节制，周顗说：“我好比万里长江，怎么能一泻千里也不拐一个弯儿！”

注释

①周仆射：周顗，字伯仁，任尚书左仆射，享有崇高声望。纵酒放荡，蔑视礼法，常醉酒失态。
②“吾若”句：这里以长江的弯曲比喻自己行为的偏差。

苏峻乱，诸庾逃散[①]。庾冰时为吴郡，单身奔亡，民吏皆去，唯郡卒独以小船载冰出钱塘口，蘧篨覆之[②]。时峻赏募觅冰，属所在搜检甚急[③]。卒舍船市渚，因饮酒醉还，舞棹向船曰："何处觅庾吴郡，此中便是！"冰大惶怖，然不敢动。监司见船小装狭，谓卒狂醉，都不复疑[④]。自送过浙江，寄山阴魏家，得免[⑤]。后事平，冰欲报卒，适其所愿。卒曰："出自厮下，不愿名器[⑥]。少苦执鞭，恒患不得快饮酒[⑦]；使其酒足余年，毕矣，无所复须。"冰为起大舍，市奴婢，使门内有百斛酒，终其身。时谓此卒非唯有智，且亦达生[⑧]。

译文

苏峻发动叛乱时，姓庾一族的人都逃散了。庾冰当时任吴郡内史，单身逃亡，百姓官吏都离开他跑了，只有郡衙里一个差役独自用只小船装着他逃到钱塘口，用席子遮掩着他。当时苏峻悬赏募集人来搜捕庾冰，要求各处搜查，催得非常紧急。那个差役把船停在市镇码头上走了，后来趁着喝醉了回来，舞着船桨对着船说："还到哪里去找庾吴郡，这里面就是！"庾冰听了，非常恐惧，可是不敢动。监司看见船小舱窄，认为是差役烂醉后胡说，一点也不再怀疑。自从送过浙江，寄住在山阴县魏家以后，庾冰才得以脱险。后来平定了叛乱，庾冰想要报答那个差役，满足他的要求。差役说："我是差役出身，不羡慕那些官爵器物。只是从小就苦于当奴仆，经常发愁不能痛快地喝酒；如果让我这后半辈子能有足够的酒喝，这就行了，不再需要什么了。"庾冰给他修了一所大房子，买来奴婢，让他家里经常有成百石的酒，就这样供养了他一辈子。当时的人认为这个差役不只有智谋，而且对人生也很达观。

注释

①"苏峻"句：指苏峻作乱一事。

②庾冰：庾亮的弟弟，曾任吴国内史（即这里说的为吴郡），苏峻叛乱时，曾遣兵攻庾冰，庾冰抵挡不住，弃郡奔会稽。后领兵攻苏峻，直达京都。蘧篨（qúchú）：粗席子，用竹子或苇子编成。

③所在：到处，各处。

④监司：负责监察的官员。

⑤浙（zhè）江：浙江的古名。

⑥厮：杂役。名器：官爵和车服等标志名位、等级的器物。

⑦执鞭：拿鞭子赶车，泛指为他人服役。

⑧达生：指看透人生的一种达观的处世态度。

桓子野每闻清歌，辄唤"奈何①！"谢公闻之，曰："子野可谓一往有深情。"

译文

桓子野每逢听到别人清歌，总是帮腔呼喊"奈何！"谢安听见了，说："子野可以说是一往情深。"

注释

①清歌：指没有乐器伴奏的唱歌。奈何：《古今乐录》说："奈何，曲调之遗音也。"即一人唱，众人唤"奈何"帮腔相和。

罗友作荆州从事，桓宣武为王车骑集别①，友进坐良久，辞出。宣武曰："卿向欲咨事，何以便去？"答曰："友闻白羊肉美，一生未曾得吃，故冒求前耳，无事可咨。今已饱，不复须驻。"了无惭色。

译文

罗友任荆州刺史桓温的从事，有一次桓温聚集大家给车骑将军王洽送别，罗友前来坐了很久，才告辞退出。桓温问他："你刚才像是要商量什么事，为什么就走呢？"罗友回答说："我听说白羊肉味道很美，一辈子还没有机会吃过，所以冒昧地请求前来罢了，其实没有什么事要商量的。现在已经吃饱了，就没有必要再留下了。"说时，没有一点羞愧的样子。

注释

①王车骑：指王洽。但《晋书·王洽传》没有说到王洽曾任此职。其子王珣死后曾追赠车骑将军。

王子猷尝暂寄人空宅住，便令种竹。或问："暂住何烦尔！"王啸咏良久，直指竹曰："何可一日无此君！"

译文

王子猷曾经暂时借住别人的空房，随即叫家人种竹子。有人问他："暂时住一下，何必这样麻烦！"王子猷吹口哨并吟唱了好一会儿，才指着竹子说："怎么可以一天没有这位先生！"

王子猷居山阴[①]。夜大雪，眠觉，开室，命酌酒。四望皎然，因起彷徨，咏左思《招隐》诗[②]。忽忆戴安道，时戴在剡，即便夜乘小船就之[③]。经宿方至，造门不前而返。人问其故，王曰："吾本乘兴而行，兴尽而返，何必见戴！"

译文

王子猷住在山阴县。有一夜下大雪，他一觉醒来，打开房门，叫家人拿酒来喝。眺望四方，一片皎洁，于是起身徘徊，朗诵左思的《招隐》诗。忽然想起戴安道，当时戴安道住在剡县，他立即连夜坐小船到戴家去。船行了一夜才到，到了戴家门口，没有进去，就原路返回。别人问他什么原因，王子猷说："我本是趁着一时兴致去的，兴致没有了就回来，为什么一定要见到戴安道呢！"

注释

①山阴：县名，今浙江省绍兴县。按：王子猷弃官东归，住在山阴县。
②四望：眺望四方。彷徨：同"徘徊"。左思《招隐》诗：左思是西晋时著名诗人，对当时门阀士族专权感到不满。《招隐》诗写寻访隐士和对隐居生活的羡慕。
③剡：剡县，今浙江省嵊县。有剡溪可通山阴县。

王子猷出都，尚在渚下。旧闻桓子野善吹笛，而不相识[①]。遇桓于岸上过，王在船中，客有识之者，云是桓子野。王便令人与相闻[②]，云："闻君善吹笛，试为我一奏。"桓时已贵显，素闻王名，即便回下车，踞胡床，为作三调。弄毕，便上车去[③]。客主不交一言。

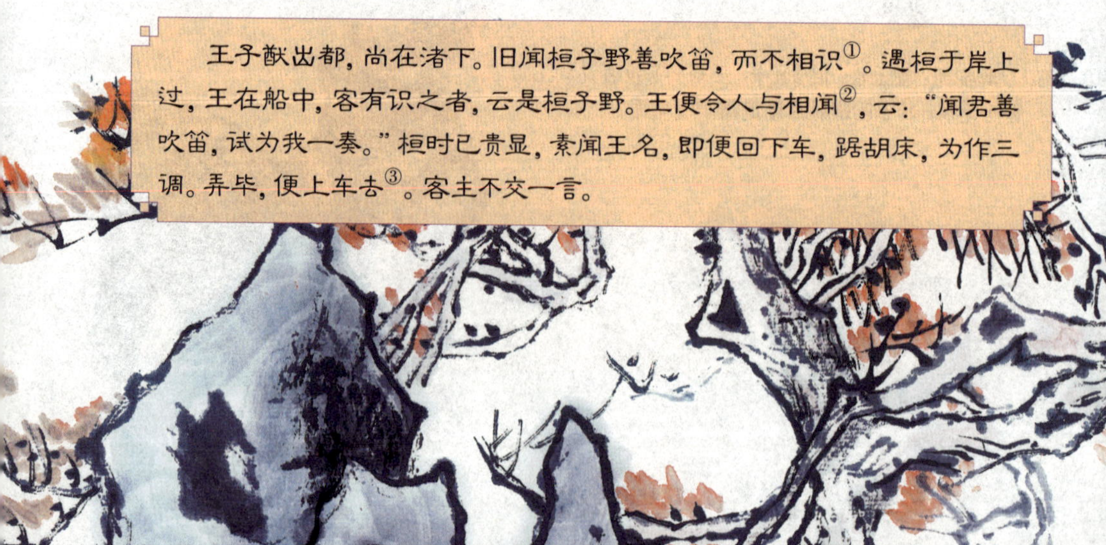

译文

王子猷坐船进京，还停泊在码头上，没有上岸。过去听说过桓子野擅长吹笛子，可是并不认识他。这时正碰上桓子野从岸上经过，王子猷在船中，听到有个认识桓子野的客人说，那是桓子野。王子猷便派人替自己传个话给桓子野，说："听说您擅长吹笛子，试为我奏一曲。"桓子野当时已经做了大官，一向听到过王子猷的名声，立刻就掉头下车，上船坐在马扎儿上，为王子猷吹了三支曲子。吹奏完毕，就上车走了。宾主双方没有交谈一句话。

注释

①桓子野：桓伊，小名子野，曾任大司马参军，后任豫州刺史。《晋书》本传说他"善音乐，尽一时之妙，为江左第一"。
②相闻：互通信息。
③弄：演奏。

王孝伯问王大："阮籍何如司马相如[1]？"王大曰："阮籍胸中垒块，故须酒浇之[2]。"

译文

王孝伯问王大："阮籍比起司马相如怎么样？"王大说："阮籍心里郁积着不平之气，所以需要借酒浇愁。"

注释

①阮籍：为人本有济世志，后纵酒谈玄，不问世事。字嗣宗，魏代人，竹林七贤之一，是著名的文学家。在大将军、晋文王司马昭辅政时，任大将军从事中郎、步兵校尉。对司马氏的黑暗统治抱消极抵抗的态度，行为狂放，不拘礼法。司马相如：字长卿，是汉代著名的辞赋家。《高士传》说他"仕宦不慕高爵，常托疾不与公卿大事。终于家。其《赞》曰'长卿慢世，越礼自放……托疾避官，蔑此卿相'"。
②垒块：比喻胸中郁积的不平之气。按：这两句指阮籍和司马相如相同，只是阮籍喜欢纵酒。

王佛大叹言[①]："三日不饮酒，觉形神不复相亲[②]。"

译文

王佛大叹息说："三天不喝酒，就觉得身体和精神不再相依附了。"

注释

①王佛大：王忱，字佛大，也叫王大。性嗜酒，一饮连日不醒，结果因喝酒而死。
②"觉形"句：比喻魂不守舍。

王孝伯言[①]："名士不必须奇才，但使常得无事，痛饮酒，熟读《离骚》，便可称名士。"

译文

王孝伯说："做名士不一定需要特殊的才能，只要能经常无事，尽情地喝酒，熟读《离骚》，就可以称为名士。"

注释

①王孝伯：王恭，字孝伯，曾任兖、青二州刺史，读书少，不熟悉用兵，笃信佛教，在东晋末年的战乱中被杀。余嘉锡《世说新语笺疏》说："此言不必须奇才，但读《离骚》，皆所以自饰其短也。"

评点

名士作达的首要表现就是蔑视礼教，不拘礼法。本篇记王孝伯之言，可说有点睛之妙，他说："名士不必须奇才，但使常得无事，痛饮酒，熟读《离骚》，便可称名士。"除此以外，他们要随心所欲，不勉强自己，不限制自己。例如记王子猷雪夜忽忆邻县戴安道，立刻乘船去拜访，经一夜才到，可是又及门而返，说："吾本乘兴而行，兴尽而返，何必见戴。"

简傲第二十四

题解

简傲，指高傲，也就是傲慢失礼，是在处理人际关系上表现出来的性格特点。本篇跟上一篇一样，主要也是描写名士风流。

晋文王功德盛大，坐席严敬，拟于王者①。唯阮籍在坐，箕踞啸歌，酣放自若。

译文

晋文王功劳很大，恩德深厚，座上客人在他面前都很严肃庄重，把他比拟为王。只有阮籍在座上，伸开两腿坐着，啸咏歌唱，痛饮放纵，不改常态。

注释 

①晋文王：司马昭，封为晋公，后又封为晋王，死后谥为文王。阮籍在世时，他只是晋公。坐席：座位，这里指满座的人。

王戎弱冠诣阮籍，时刘公荣在坐，阮谓王曰："偶有二斗美酒，当与君共饮，彼公荣者无预焉。"二人交觞酬酢，公荣遂不得一杯①；而言语谈戏，三人无异。或有问之者，阮答曰："胜公荣者，不得不与饮酒；不如公荣者，不可不与饮酒；唯公荣可不与饮酒②。"

译文

王戎青年时代去拜访阮籍，这时刘公荣也在座，阮籍对王戎说："碰巧有两斗好酒，该和您一起喝，那个公荣不要参加进来。"两人频频举杯，互相敬酒，刘公荣始终得不到一杯；可是三个人言谈耍笑，和平常一样。有人问阮籍为什么这样做，阮籍回答说："胜过公荣的人，我不能不和他一起喝酒；比不上公荣的人，又不可不和他一起喝酒；只有公荣这个人，可以不和他一起喝酒。"

注释

①交觞：互相敬酒。觞，酒杯。酬酢：宾主互相敬酒。
②"胜公荣"句：是借用刘公荣的话开玩笑。

钟士季精有才理，先不识嵇康[①]；钟要于时贤俊之士，俱往寻康。康方大树下锻，向子期为佐鼓排[②]。康扬槌不辍，傍若无人，移时不交一言。钟起去，康曰："何所闻而来？何所见而去？"钟曰："闻所闻而来，见所见而去。"

译文

钟士季有精深的才思，先前不认识嵇康；他邀请当时一些才德出众人士一起去寻访嵇康。碰上嵇康正在大树下打铁，向子期打下手拉风箱。嵇康继续挥动铁槌，没有停下，旁若无人，过了好一会儿也不和钟士季说一句话。钟士季起身要走，嵇康才问他："听到了什么才来的？看到了什么才走的？"钟士季说："听到了所听到的才来，看到了所看到的才走。"

注释

①钟士季：即钟会，因访问嵇康受到冷遇，怀恨在心，后借故在司马昭前诬陷嵇康，嵇康终于被杀害。
②排：风箱。

嵇康与吕安善，每一相思，千里命驾[①]。安后来，值康不在，喜出户延之，不入，题门上作"凤"字而去[②]。喜不觉，犹以为欣。故作凤字，凡鸟也。

译文

嵇康和吕安很友好，每一想念对方，即使相隔千里，也立刻动身前去相会。后来有一次，吕安到来，正碰上嵇康不在家，嵇喜出门来邀请他进去，吕安不肯，只在门上题了个“凤”字就走了。嵇喜没有醒悟过来，还因此感到高兴。所以写个“凤”字，是因为它分开来就成了凡鸟。

注释

①“每一”句：《晋书·嵇康传》：“东平吕安服康高致，每一相思，辄千里命驾。”
②喜：嵇喜，嵇康的哥哥，曾任扬州刺史。延：迎接，邀请。凤：繁体字作“鳳”，是由凡、鸟两个字组成的。“凡鸟”比喻平凡的人物。按：吕安轻视权贵，看不起嵇康这种凡俗之士，所以用这个字来表示轻蔑。

王子猷作桓车骑骑兵参军[①]。桓问曰：“卿何署？”答曰：“不知何署，时见牵马来，似是马曹[②]。”桓又问：“官有几马？”答曰：“不问马，何由知其数[③]！”又问：“马比死多少[④]？”答曰：“未知生，焉知死[⑤]！”

译文

王子猷任车骑将军桓冲的骑兵参军。一次桓冲问他：“你在哪个官署办公？”他回答说：“不知是什么官署，只是时常见到牵马进来，好像是马曹。”桓冲又问：“官府里有多少马？”他回答说：“不过问马，怎么知道马的数目！”桓冲又问：“近来马死了多少？”他回答说：“活着的还不知道，哪能知道死的！”

注释

①王子猷：王徽之，字子猷，行为怪诞，故作超脱。
②马曹：曹是分科办事的官署。当时没有马曹一名，王子猷为显示自己清高超脱，不管俗事，故意说成马曹。
③不问马：这是引用《论语·乡党》的话，原是说孔子的马棚失火，孔子只问伤了人没有，“不问马”（没有问到马）。
④比：比来，近来。
⑤“未知”句：这是引用《论语·先进》的话，篇中记述孔子的学生子路向孔子问死是怎么回事，孔子回答说：“未知生，焉知死。”（生的道理还不了解，怎么能了解死。）王子猷在此并非用原意。

王子敬兄弟见郗公，蹑履问讯，甚修外生礼[①]。及嘉宾死，皆著高屐，仪容轻慢[②]。命坐，皆云："有事，不暇坐。"既去，郗公慨然曰："使嘉宾不死，鼠辈敢尔！

译文

王子敬兄弟去见郗愔，都要穿好鞋子去问候，很遵守外甥的礼节。到郗嘉宾死后，去见郗愔时都穿着高底木板鞋，态度轻慢。郗愔叫他们坐，都说："有事，没时间坐。"他们走后，郗愔感慨地说："如果嘉宾不死，鼠辈敢这样！"

注释

①"王子敬"句：王子敬，即王献之，是郗愔的外甥，郗愔原与姐夫王羲之优游岁月，有隐居志；后兼任徐、兖二州刺史，调任会稽内史。一生资望较浅。蹑履：穿着鞋子，表示恭敬。外生：外甥。

②嘉宾：即郗愔的儿子郗超。生前深得征西大将军桓温的信任，权重一时。按：王子敬推重郗嘉宾，所以尊重郗愔。嘉宾一死，就以名门望族骄人，怠慢郗愔了。

评点

士族阶层享受着各种特权，总是自命不凡，轻视别人。为了维护门阀等级制度，他们常用的一个法宝就是以尊贵骄人。拿王氏一族来说，这是名门望族，其子弟在人前就骄纵得不得了。例如记王子猷对顶头上司也是不爱答理，玩世不恭，对所掌管的事物一问三不知。其他一些人为了显示自己的名士风度，也是不讲礼貌，举止轻浮。

但是也有傲视权贵的名士，本篇所记的嵇康即是。

排调第二十五

题解

排调，指戏弄嘲笑。本篇记载了许多有关排调的小故事，其中包括嘲笑、戏弄、讽刺、反击、劝告，也有亲友间的开玩笑。从中可以看出当时人士在交往中讲究机智和善于应付，要求做到语言简练有味，机变有锋，大方得体，击中要害等，这也是魏晋风度的重要内容。

晋文帝与二陈共车，过唤钟会同载，即驶车委去。比出，已远。既至，因嘲之曰："与人期行，何以迟迟？望卿遥遥不至①。"会答曰："矫然懿实，何必同群②！"帝复问会："皋繇何如人③？"答曰："上不及尧、舜，下不逮周、孔，亦一时之懿士④。"

译文

晋文帝和陈骞、陈泰一起乘车，当车子经过钟会家时，招呼钟会一同乘车，还没等他出来，就丢下他驾车离开了。等他出来，车子已经走远了。他赶到以后，晋文帝借机嘲笑他说："和别人约定时间一起走，你为什么迟迟不出来？大家盼着你，你却遥遥无期。"钟会回答说："懿德、实才矫然出众的人，为什么一定要和大家合群！"文帝又问钟会："皋繇是怎样一个人？"钟会回答说："比上不如尧舜，比下不如周公和孔子，但也是当时的懿德之士。"

注释

①遥遥：形容时间长久。按：因为钟会的父亲名繇，而繇和遥同音，所以用“遥遥”来戏弄钟会。
②矫然：形容高超出众。懿实：指有美德实才的人，懿指美好。按：陈骞的父亲名陈矫，晋文帝的父亲是司马懿，陈泰的父亲名陈群，祖父名陈寔。钟会在回答时或者直用其名，或者用同音字，以此来报复他们三人。
②皋繇：舜时的法官。按：“繇”和钟会父亲的名字同字同音。
③懿士：有美德的人。

嵇、阮、山、刘在竹林酣饮，王戎后往，步兵曰：“俗物已复来败人意[①]！”王笑曰：“卿辈意亦复可败邪？”

译文

嵇康、阮籍、山涛、刘伶，在竹林中畅饮，王戎后到，步兵校尉阮籍说：“俗物又来败坏人的意兴！”王戎笑着说：“你们的意兴也能败坏吗？”

注释

①俗物：魏晋时名士以脱离世务为清高，常以俗物骂那些和自己不相合的人。败人意：败坏人意，犹言扫兴，败兴。

孙子荆年少时欲隐，语王武子：“当枕石漱流[①]”，误曰：“漱石枕流。”王曰：“流可枕，石可漱乎？”孙曰：“所以枕流，欲洗其耳[②]；所以漱石，欲砺其齿。”

译文

孙子荆年轻时想要隐居，告诉王武子说：“就要枕石漱流”，口误说成“漱石枕流。”王武子说：“流水可以枕，石头可以漱口吗？”孙子荆说：“枕流水是想要洗干净自己的耳朵，漱石头是想要磨练自己的牙齿。”

注释

①枕石漱流：比喻隐居山林。枕石，用石做枕。漱流，用流水来漱口。

②洗其耳：比喻不愿意过问世事。传说尧想召隐士许由为九州长，许由认为这听脏了自己的耳朵，就到河里洗耳。

王浑与妇钟氏共坐，见武子从庭过[①]，浑欣然谓妇曰："生儿如此，足慰人意。"妇笑曰："若使新妇得配参军，生儿故可不啻如此[②]。"

译文

王浑和妻子钟氏在一起坐着，看见他们的儿子武子从院中走过，王浑高兴地对妻子说："生个这样的儿子，满可以安心了。"他的妻子笑着说："如果我能婚配参军，生的儿子本来可以不止是这样的。"

注释

①武子：王济，字武子，王浑的儿子。

②参军：王沦，字太冲，王浑的弟弟，曾为晋文王大将军参军。不啻：不止。

荀鸣鹤、陆士龙二人未相识，俱会张茂先坐。张令共语，以其并有大才，可勿作常语。陆举手曰："云间陆士龙[①]。"荀答曰："日下荀鸣鹤[②]。"陆曰："既开青云睹白雉，何不张尔弓，布尔矢[③]？"荀答曰："本谓云龙骙骙，定是山鹿野麋；兽弱弩强，是以发迟[④]。"张乃抚掌大笑。

译文

荀鸣鹤、陆士龙两人原来不相识，在张茂先家中做客时碰见了。张茂先让他们一起谈一谈，而且因为他们都有很高的才学，让他们不要说平常的俗话。陆士龙拱手说："我是云间陆士龙。"荀鸣鹤回答说："我是日下荀鸣鹤。"陆士龙说："已经拨开云彩现青天，看见了白雉，为什么不张开你的弓，搭上你的箭？"荀鸣鹤回答说："我本来以为是威武的云龙，可原来是山野麋鹿；兽弱而弓强，因此迟迟不敢放箭。"张茂先于是拍手大笑。

注释 

①“云间”句：陆士龙名云，字士龙，吴郡人。祖父陆逊，是吴国丞相，封华亭侯，以后就世居华亭。华亭，古名云间，据说是因陆云此言而得名，在今江苏省松江县西。其次，云中之龙，既切陆云的名和字，也是暗喻其高。
②“日下”句：日下指京都。荀鸣鹤，颍川人。在晋代，颍川郡首府在河南许昌，和京都洛阳靠近，所以荀鸣鹤说是日下人。日下的字面义指太阳之下。其次，日下之鹤，既切荀姓（荀字从日），也是用来暗喻其高。
③“既开”句：这句针对荀鸣鹤的名字，暗指射鹤。白雉：鸟名，像野鸡而色白，暗指荀不是鹤。
④“本谓”句：这句暗指陆士龙并不是龙。骙骙(kuíkuí)：形容强壮。麋(mí)：驼鹿。

元帝皇子生，普赐群臣。殷洪乔谢曰：“皇子诞育，普天同庆。臣无勋焉，而猥颁厚赉[①]。”中宗笑曰[②]：“此事岂可使卿有勋邪！”

译文

晋元帝皇子降生，普遍赏赐群臣。殷洪乔谢赏时说：“皇子诞生，普天下共同庆贺。臣下没有功劳，却辱蒙重赏。”元帝笑着说：“这事难道能让你有功劳吗！”

注释 

①猥(wěi)：谦词，表示谦卑。赉(lài)：赏赐。
②中宗：晋元帝死后的庙号。

诸葛令、王丞相共争姓族先后[①]。王曰：“何不言葛、王，而云王、葛[②]？”令曰：“譬言驴马，不言马驴，驴宁胜马邪！”

译文

尚书令诸葛恢和丞相王导两人一起争论姓氏的先后。王导说：“为什么不说葛、王，而说王、葛？”诸葛恢说：“譬如说驴马，不说马驴，驴难道胜过马吗！”

注释

①"诸葛"句：这里说两人按习惯说法来争辩姓氏的先后顺序，以别高低。余嘉锡《世说新语笺疏》说：凡两字连续而有平仄声的不同，总是平声字在前，仄声字在后。姓族，姓氏家族。

②葛：诸葛氏原为葛氏，后称诸葛。

王公与朝士共饮酒[1]，举琉璃碗谓伯仁曰："此碗腹殊空，谓之宝器，何邪[2]？"答曰："此碗英英[3]，诚为清彻，所以为宝耳。"

译文

王导和朝廷的官员一道饮酒，他举起琉璃碗对周伯仁说："这个碗腹内空空，还称它是宝器，为什么呢？"周伯仁回答说："这个碗亮晶晶的，确实晶莹澄澈，这就是成为宝器的原因啊。"

注释

①朝士：周代官名，后泛称朝廷官吏。

②"此碗"句：王导以碗比喻伯仁，嘲笑他无能，腹中空洞无物。

③英英：明亮的样子。

谢幼舆谓周侯曰[1]："卿类社树，远望之，峨峨拂青天[2]；就而视之，其根则群狐所托，下聚溷而已[3]。"答曰："枝条拂青天，不以为高；群狐乱其下，不以为浊。聚溷之秽，卿之所保，何足自称！"

译文

谢幼舆对武城侯周顗说："你像社坛上的树，远远望去，高耸云霄；走近去看，它的根部却是群狐聚居的地方，下面堆积着污秽的东西罢了。"周顗回答说："树枝擦着青天，我不认为高；群狐在它根部捣乱，也不认为混乱。至于藏垢纳污这种丑恶的事，是你所占有的，哪里值得自夸呢！"

注释

①谢幼舆：谢鲲，字幼舆，喜欢玄学，任达不拘，曾任豫章太守，后任王敦长史。《晋书·谢鲲传》载："鲲不徇功名，无砥砺行，居身于可否之间，虽自处若秽，而动不累高。"

②社树：社坛周围的树。峨峨：形容高峻。

③聚溷（hùn）：聚集污秽。

王丞相枕周伯仁膝，指其腹曰："卿此中何所有？"答曰："此中空洞无物，然容卿辈数百人。"

译文

丞相王导枕着周伯仁的膝，用手指着他的肚子说："你这里有什么东西？"周伯仁回答说："这里空空洞洞，没有东西，可是能容纳下几百个像你这样的人。"

康僧渊目深而鼻高，王丞相每调之[①]。僧渊曰："鼻者面之山，目者面之渊；山不高则不灵，渊不深则不清。"

译文

康僧渊眼睛深陷，鼻梁很高，丞相王导常常嘲笑他。僧渊说："鼻子是脸上的山；眼睛是脸上的深潭；山不高，就没有神灵，潭不深，就不会清澈。"

注释

①康僧渊：西域僧人。曾和殷浩谈及佛经义理，辨别俗书性情之义。

初，谢安在东山，居布衣，时兄弟已有富贵者，翕集家门，倾动人物[①]。刘夫人戏谓安曰："大丈夫不当如此乎？"谢乃捉鼻曰："但恐不免耳[②]。"

译文

当初，谢安在东山，处于平民地位，这时兄弟之中已经得到富贵的，都集中在他这一家门，倾倒了名士。谢安妻子刘夫人对谢安开玩笑说："大丈夫不该这样吗？"谢安便摁着鼻子说："只怕避免不了呢。"

注释

①翕（xī）集：聚集。家门：家族。倾动：震动；倾倒。
②"但恐"句：谢安一族之中，堂兄谢尚、哥哥谢奕、弟弟谢万都已高官厚禄，富贵一时，而谢安有隐居之志，无出仕之心。可是名声已显，恐为时势所逼，不得不出仕，所以说了这句话。

郝隆七月七日出日中仰卧[①]，人问其故，答曰："我晒书[②]。"

译文

郝隆在七月七日那天到太阳地里脸朝上躺着，有人问他干什么，他回答说："我晒书。"

注释

①郝隆：字佐治，曾任征西将军桓温的参军。
②我晒书：民间风俗，七月初七日晒经书和衣裳。郝隆看见别人晒衣裳，戏称自己满肚子经书也要晒晒。

庾园客诣孙监，值行，见齐庄在外，尚幼，而有神意[①]。庾试之，曰："孙安国何在[②]？"即答曰："庾稚恭家。"庾大笑曰："诸孙大盛，有儿如此！"又答曰："未若诸庾之翼翼[③]。"还，语人曰："我故胜，得重唤奴父名[④]。"

译文

庾园客去拜访秘书监孙盛，碰上孙盛外出，看见齐庄在外面，年纪还小，却有一股机灵气。庾园客就考验他一下，说："孙安国在什么地方？"齐庄马上回答说："在庾稚恭家。"庾园客大笑说："孙氏家族非常旺盛，有这样的儿子！"齐庄又回答说："不如庾氏家族那样洋洋翼翼。"齐庄回家告诉别人说："实是我胜了，我能够多叫一次那奴才的父亲的名字。"

注释

①庾园客：庾爰之，小名园客，是庾翼（字稚恭）的儿子。孙监：孙盛，字安国，任秘书监，所以称孙监。齐庄：孙放，字齐庄，是孙盛的儿子。神意：灵气。
②"孙安"句：直呼对方父亲的名字，这是不敬的。
③"未若"句：庾园客用了齐庄父亲的名字，齐庄也直称庾翼来报复。翼翼：形容旺盛，兴旺。因有两个"翼"字，所以下文齐庄说："得重唤奴父名。"
④奴：卑贱之称。

袁羊尝诣刘恢，恢在内眠未起[①]。袁因作诗调之曰："角枕粲文茵，锦衾烂长筵[②]。"刘尚晋明帝女，主见诗不平[③]，曰："袁羊，古之遗狂[④]！"

译文

袁羊有一次去拜访刘惔，刘惔正在内室睡觉，还没有起床。袁羊于是作诗戏弄他说："角枕粲文茵，锦衾烂长筵。"刘惔娶晋明帝女儿为妻，庐陵公主看见袁羊的诗愤愤不平，说："袁羊是古代狂徒的后代！"

注释

①刘恢：是刘惔之误。
②"角枕"二句：大意是华丽的褥子上用兽角装饰的枕头鲜艳夺目，精美的席子上锦被光辉灿烂。语出《诗经·唐风·葛生》："角枕粲兮，锦衾烂兮。"《葛生》是一首描写丈夫出征，生死不明，妻子在家思念的诗。袁羊用这篇诗的语句作诗嘲笑刘惔，无怪庐陵公主见诗不平。
③尚：指娶公主为妻。刘惔娶晋明帝的女儿庐陵公主为妻。
④狂：放荡不羁。

王子猷诣谢公，谢曰："云何七言诗[1]？"子猷承问，答曰："昂昂若千里之驹，泛泛若水中之凫[2]。"

译文

王子猷去拜访谢安，谢安问："什么是七言诗？"王子猷被问到，回答说："昂昂若千里之驹，泛泛若水中之凫。"

注释

①七言诗：相传汉武帝在柏梁台上和群臣联句，赋七言诗，每人一句，一句一意，世称柏梁体。旧说七言诗起源于此。

②"昂昂"两句：《楚辞·卜居》："宁昂昂若千里之驹乎，将泛泛若水中之凫。"这里引用时减去了表达选择问的词。大意是：像千里马那样高视阔步，像野鸭子那样漂浮不定。按：王子猷引此，说明他不懂装懂。

王文度、范荣期俱为简文所要。范年大而位小，王年小而位大。将前，更相推在前；既移久，王遂在范后。王因谓曰："簸之扬之，糠秕在前[1]。"范曰："洮之汰之，沙砾在后[2]。"

译文

王文度和范荣期一起得到简文帝邀请。范荣期年纪大而职位低，王文度年纪小而职位高。到了简文帝那里，将要进去的时候，两人轮番推让，要对方走在前面；已经推让了很久，王文度终于走在范荣期的后面。王文度于是说："簸米扬米，秕子和糠在前面。"范荣期说："淘米洗米，沙子和石子在后面。"

注释

①糠秕（bǐ）：秕糠。

②洮：洗。沙砾：沙子和小石块。按：两人借位置的先后互相取笑。

魏长齐雅有体量，而才学非所经[1]。初宦当出，虞存嘲之曰："与卿约法三章：谈者死，文笔者刑，商略抵罪[2]。"魏怡然而笑，无忤于色[3]。

译文

魏长齐很有气量，可是才学不是他所擅长的。刚做官要赴任时，虞存嘲笑他说："和你约法三章：高谈阔论的人处死，舞文弄墨的人判刑，品评人物就治罪。"魏长齐和悦地笑了，没有一点抵触情绪。

注释

①魏长齐：魏颉，字长齐，官至山阴令。体量：气量。
②文笔：韵文称文，散文称笔，文笔泛指文章，这里指写文章。
③怡然：愉快的样子。忤：抵触。

谢遏夏月尝仰卧，谢公清晨卒来，不暇著衣，跣出屋外，方蹑履问讯[1]。公曰："汝可谓'前倨而后恭'[2]。"

译文

谢遏在夏天的一个夜晚，脸朝上睡着，谢安清晨突然来到，谢遏来不及穿衣服，光着脚跑出屋外，这才穿鞋请安。谢安说："你可以说是'前倨而后恭'。"

注释

①跣：赤脚。蹑履：穿鞋。
②"前倨"句：语出《战国策·秦策》。据载，苏秦贫困时，嫂不为礼，后富贵而归，嫂"蛇行匍伏，四拜，自跪而谢"。苏秦说："嫂，何前倨而后卑也？"意谓先前傲慢而现在谦卑。

顾长康作殷荆州佐，请假还东[1]。尔时例不给布帆，顾苦求之，乃得发[2]。至破冢，遭风大败[3]。作笺与殷云："地名破冢，真破冢而出[4]。行人安稳，布帆无恙。"

译文

顾长康任荆州刺史殷仲堪的参军，请假回家。那时按照惯例不供给帆船，顾长康极力恳求殷仲堪借船，才得以起程。到了破冢，遇到大风，布帆完全坏了。顾长康写信给殷仲堪说：“地名叫破冢，我们真是破冢而出。行人安稳，布帆无病。”

注释

①还东：回东边去，这里指回家。顾长康，晋陵人，晋陵在今江苏武进县，古属扬州，在荆州东边。
②布帆：布做的船帆，也指帆船。
③破冢：地名，在今湖北江陵县东南长江东岸。
④破冢而出：指死里逃生。冢，坟墓。

苻朗初过江，王咨议大好事，问中国人物及风土所生，终无极已[①]。朗大患之。次复问奴婢贵贱，朗云：“谨厚有识中者，乃至十万[②]；无意为奴婢问者，止数千耳[③]。”

译文

苻朗刚过江到晋国，骠骑咨议王肃之非常好管闲事，问中原地区的人物和风土人情、物产，问个没完没了。苻朗对他非常心烦。然后又问奴婢价钱的高低，苻朗说：“谨慎、忠厚、有见识的，竟然可达十万钱；没有见识，只是提出奴婢问问的，不过几千钱罢了。”

注释

①苻朗：字元达，是前秦苻坚的侄儿，在前秦任青州刺史，当晋国讨伐青州时，向谢玄投降，被任用为员外散骑侍郎，渡江到扬州。王咨议：王肃之，字幼恭，王羲之第四子。曾任中书郎、骠骑咨议。
②识中：知识。
③“无意”句：这句话语意双关，苻朗借此讥刺王肃之问事喋喋不休，令人轻贱。无意，无见识。

顾长康啖甘蔗，先食尾。人问所以，云："渐至佳境[①]。"

译文

顾长康吃甘蔗，先从蔗梢吃起。有人问他什么原因，他说："逐渐进入美妙的境界。"

注释

①佳境：美妙的境界。按：甘蔗的头部最甜，从蔗梢吃起，越吃越甜。

桓南郡与殷荆州语次，因共作了语[①]。顾恺之曰："火烧平原无遗燎[②]。"桓曰："白布缠棺竖旒旐[③]。"殷曰："投鱼深渊放飞鸟[④]。"次复作危语[⑤]。桓曰："矛头淅米剑头炊[⑥]。"殷曰："百岁老翁攀枯枝。"顾曰："井上辘轳卧婴儿。"殷有一参军在坐，云："盲人骑瞎马，夜半临深池。"殷曰："咄咄逼人[⑦]！"仲堪眇目故也[⑧]。

译文

南郡公桓玄和荆州刺史殷仲堪谈话时，顺便一同说那种表明一切都终了的事。顾恺之说："火烧平原无遗燎。"桓玄说："白布缠棺竖旒旐。"殷仲堪说："投鱼深渊放飞鸟。"接着又说处于险境的事。桓玄说："矛头淅米剑头炊。"殷仲堪说："百岁老翁攀枯枝。"顾恺之说："井上辘轳卧婴儿。"殷仲堪有一个参军也在座，说："盲人骑瞎马，夜半临深池。"殷仲堪说："咄咄逼人！"这是因为殷仲堪瞎了一只眼睛。

注释

①语次：谈话之间。了语：一种语言游戏，说出了结之事。
②“火烧”句：意指烈火烧光了平原，一点火种也没有剩下。遗燎，余火，剩下的火种。按：下文每人所说的句子都和了字押韵。
③“白布”句：意指用白布裹着棺材，竖起了招魂幡出殡。旒旐(liúzhào)，招魂幡，出殡时在棺材前引路的旗子。
④“投鱼”句：意指把鱼放回深渊，把飞鸟放回山林。
⑤危语：举出危险之事的话。下文的句子也都和“危”字押韵。
⑥“矛头”句：意指在矛尖上淘米，在剑尖上煮饭。淅（xī）米，淘米。
⑦咄咄逼人：惊叹给人以威胁。这里形容出语侵人，令人难受。
⑧眇(miǎo)目：瞎了一只眼睛。

祖广行恒缩头。诣桓南郡，始下车，桓曰：“天甚晴朗，祖参军如从屋漏中来①。”

译文

祖广走路经常缩着脑袋。他去拜访南郡公桓玄，刚一下车，桓玄说：“天气很晴朗，怎么祖参军像是从漏雨的房子里出来一样。”

注释

①屋漏：破屋漏雨之处。

评点

本篇记载了许多有关排调的故事，在此仅略谈几点。

在言谈中，对方经常会提出问题，有善意的，有不怀好意的，也有不易捉摸其用意的，应对的人就要审时度势，做到针对性强，又无懈可击。例如本篇所记的问的人借开玩笑讥周伯仁腹中空空无所有，回答的人就借“空洞无物”表明自己胸怀宽阔，这种回答就很有韵味。

有一些事例只是亲友间为了活跃气氛，使谈话生动滑稽，而增加一些诙谐成分。有的只是开开玩笑，也有一些近乎恶意攻击的排调需要认真对付，例如故意犯讳就是这样。

轻诋第二十六

题解

轻诋，指轻视诋毁。对人有所不满，或当面、或背地里说出，其中有批评，有指摘，有责问，有讥讽，这就是本篇所搜集的主要事例。

庾元规语周伯仁："诸人皆以君方乐。"周曰："何乐？谓乐毅邪①？"庾曰："不尔，乐令耳②。"周曰："何乃刻画无盐，以唐突西子也③？"

译文

庾元规告诉周伯仁说："大家都拿你和乐氏并列。"周伯仁问道："是哪个乐氏？是指的乐毅吗？"庾元规说："不是这样，是乐令啊。"周伯仁说："怎么竟美化无盐来亵渎西施呢？"

注释

①乐毅：战国时燕国人，燕昭王时任上将军，曾率五诸侯国之兵征伐齐国，大破齐军，封为昌国君。
②乐令：乐广，西晋人，官至太子舍人、尚书令。
③"何乃"句：指用丑妇来比美女，比拟不伦不类。无盐，指无盐女，传说中的丑女。西子，即西施，古代的美女，春秋时越王勾践把她献给吴王夫差。刻画，描摹。唐突，冒犯，亵渎。按：依《晋书》所记，乐广虽然名重当时，却门第寒微，而周伯仁德望素重，又袭父爵，门第高贵，故轻视乐广。

褚太傅初渡江，尝入东，至金昌亭，吴中豪右燕集亭中[1]。褚公虽素有重名，于时造次不相识，别敕左右多与茗汁，少著粽，汁尽辄益，使终不得食[2]。褚公饮讫，徐举手共语云："褚季野[3]。"于是四坐惊散，无不狼狈。

译文

太傅褚季野刚到江南时，曾经到吴郡去，到了金昌亭，吴地的豪门大族，正在亭中聚会宴饮。褚季野虽然一向有很高的名声，可是当时那些富豪匆忙中不认识他，就另外吩咐手下人多给他茶水，少摆上粽子，茶喝完了就添上，让他始终也吃不上。褚季野喝完茶，慢慢和大家作揖、谈话，说："我是褚季野。"于是满座的人惊慌地散开，个个进退两难。

注释

①东：对建康来说，吴郡、会稽为东。金昌亭：亭名，在苏州城西门附近。豪右：豪门大族。
②造次：匆忙。粽：一说指蜜饯果品。
③举手：指拱手作揖。褚季野：褚裒，字季野，很有名望，死后追赠侍中、太傅。

王右军在南，丞相与书，每叹子侄不令，云："虎豘、虎犊，还其所如[1]。"

译文

右军将军王羲之在南方，丞相王导给他写信，常常慨叹子侄辈才质平庸，说："虎豘、虎犊，正像他们的名字一样。"

注释

①"虎豘"句：虎豘是王彭之小名，官至黄门侍郎。虎犊是王彪之小名，是王彭之三弟，累迁至左光禄大夫。两人是王导的族人。豘的原义是猪，犊的原义是小牛。这句指两人才智低下，正如各自的小名一样。

王中郎与林公绝不相得[1]。王谓林公诡辩，林公道王云："著腻颜帢，缔布单衣，挟《左传》，逐郑康成车后[2]。问是何物尘垢囊[3]！"

译文 

北中郎将王坦之和支道林非常合不来。王坦之认为支道林只会诡辩，支道林批评王坦之说："戴着油腻的古帽，穿着布制单衣，夹着《左传》，跟在郑康成的车子后面跑。试问这是什么尘垢口袋！"

注释

①相得：彼此合得来。
②颜帢(qià)：魏代士人戴的一种便帽，前面横缝着。晋代以后，渐去掉缝儿，就叫无颜帢。可知颜帢是旧制，所以讥为腻。绵布：疑指某一种布。郑康成：郑玄，字康成，东汉时的经学大师，遍注群经。按：这几句是讥讽王坦之治学食古不化。
③尘垢囊：装灰尘和污垢的口袋，用来比喻王坦之。

人问顾长康："何以不作洛生咏？"答曰："何至作老婢声[①]！"

译文

有人问顾长康："为什么不模仿洛阳书生读书的声音来咏诗呢？"顾长康回答说："何至于模仿老女仆的声音！"

注释

①"何至"句：洛生咏的语音低沉粗重，而顾长康是晋陵郡无锡人，南方人，语音清细，所以轻视洛生咏。

旧目韩康伯：将肘无风骨[①]。

译文

过去人们评论韩康伯是：即使捏着他的胳膊肘儿，也没有一点刚气、骨头。

注释

①将肘：握住胳膊肘。将，一本作"捋"，这似乎更好。原注谓"韩康伯似肉鸭"。

支道林入东，见王子猷兄弟。还，人问："见诸王何如？"答曰："见一群白颈乌，但闻唤哑哑声①。"

译文

支道林到会稽去，见到了王子猷兄弟。他回到京都，有人问："你看王氏兄弟怎么样？"支道林回答说："看见一群白脖子乌鸦，只听到哑哑叫。"

注释

①"见一"句：王氏兄弟多穿白衣领服装，故讥为白颈乌。哑哑声，陆游《老学庵笔记》卷八载："古所谓揖，但举手而已。今所谓喏，乃始于江左诸王。方其时，惟王氏子弟为之。"据此，哑哑声是讥笑作揖时出声致敬的那种声音。

桓南郡每见人不快，辄嗔云："君得哀家梨，当复不烝食不①？"

译文

南郡公桓玄每当看见别人不痛快，就生气说："您得到哀家的梨，该不会蒸着吃吧？"

注释

①哀家梨：指秣陵哀仲家的梨，又大又好，入口就溶化。烝：同"蒸"。按：这句指愚蠢的人不辨味，得好梨也要蒸着吃。

评点

本篇轻诋的着眼点是多方面的，有言论、文章、行为、本性、胸怀等，甚至形貌、语音不正都会受到轻蔑，总之是对什么不满就说什么。其中有一些事例对了解那个时代还是有启发的。例如记周伯仁轻视乐广，其实据《晋书》所载，两人在当时俱有重名，所不同的是周伯仁袭父爵武城侯，而乐广却门第寒微，少孤贫。可见此则轻诋的是门第，是为了维护门阀制度。

假谲第二十七

题解

假谲，指虚假欺诈。本篇所记载的事例都用了作假的手段，或说假话，或做假事，以达到一定的目的。

魏武少时，尝与袁绍好为游侠[①]。观人新婚，因潜入主人园中，夜叫呼云："有偷儿贼！"青庐中人皆出观，魏武乃入，抽刃劫新妇[②]。与绍还出，失道，坠枳棘中，绍不能得动[③]。复大叫云："偷儿在此！"绍遑迫自掷出，遂以俱免[④]。

译文

魏武帝曹操年轻时，和袁绍两人常常喜欢做游侠。他们去看人家结婚，乘机偷偷进入主人的园子里，到半夜大喊大叫："有小偷！"青庐里面的人，都跑出来察看，曹操便进去，拔出刀来抢劫新娘子。接着和袁绍迅速跑出来，中途迷了路，陷入了荆棘丛中，袁绍动不了。曹操又大喊："小偷在这里！"袁绍惊恐着急，赶快自己跳了出来，两人终于得以逃脱。

注释

①游侠：指重义气、勇于救人急难的人。
②青庐：当时婚俗，用青布做帐幕，设于门旁，叫做青庐，新婚夫妇在里面行交拜礼。
③还（xuán）：迅速。枳（zhǐ）：多刺的树。枳树和棘树都多刺。
④遑迫：恐惧急迫。掷：腾跃。

魏武行役，失汲道，军皆渴[①]。乃令曰："前有大梅林，饶子、甘酸，可以解渴[②]。"士卒闻之，口皆出水。乘此得及前源。

译文

魏武帝曹操率部远行军，找不到取水的路，全军都很口渴。于是便传令说：“前面有大片的梅树林子，梅子很多，味道甜酸，可以解渴。”士兵听了这番话，口水都流出来了。利用这个办法得以赶到前面的水源。

注释

①汲（jī）：取水。
②饶子：果实很多。

魏武常言：“人欲危己，己辄心动。”因语所亲小人曰：“汝怀刃密来我侧，我必说心动。执汝使行刑，汝但勿言其使，无他，当厚相报[1]。”执者信焉，不以为惧，遂斩之[2]。此人至死不知也。左右以为实，谋逆者挫气矣[3]。

译文

魏武帝曾经说过：“如果有人要害我，我立刻就心跳。”于是授意他身边的侍从说：“你揣着刀隐蔽地来到我的身边，我一定说心跳。我叫人逮捕你去执行刑罚，你只要不说出是我指使，没事儿，到时一定重重酬报你。”那个侍从相信了他的话，不觉得害怕，终于被杀了。这个人到死也不醒悟啊。手下的人认为这是真的，谋反者丧气了。

注释

①无他：没有别的；无害。
②执者：指被逮捕的人。
③挫气：挫伤了勇气；丧气。

魏武常云：“我眠中不可妄近，近便斫人，亦不自觉[1]。左右宜深慎此。”后阳眠，所幸一人窃以被覆之，因便斫杀[2]。自尔每眠，左右莫敢近者。

译文

魏武帝曹操曾经说过：“我睡觉时不可随便靠近我，一靠近，我就杀人，自己也不知道。身边的人应该十分小心这点。”有一天，曹操假装睡熟了，有个亲信偷偷地拿条被子给他盖上，曹操趁机把他杀死了。从此以后，每次睡觉的时候，身边的人没有谁敢靠近他。

注释

①斫(zhuó)：砍。
②阳：通“佯”，假装。所幸：宠幸的人。

王右军年减十岁时，大将军甚爱之，恒置帐中眠[1]。大将军尝先出，右军犹未起。须臾钱凤入，屏人论事，都忘右军在帐中，便言逆节之谋[2]。右军觉，既闻所论，知无活理，乃剔吐污头面被褥，诈孰眠[3]。敦论事造半，方意右军未起，相与大惊曰：“不得不除之。”及开帐，乃见吐唾从横，信其实孰眠，于是得全[4]。于时称其有智。

译文

右军将军王羲之不满十岁的时候，大将军王敦很喜爱他，常常安排他在自己的床帐中睡觉。有一次王敦先出帐，王羲之还没有起床。一会儿，钱凤进来，屏退手下的人，商议事情，一点也没想起羲之还在床上，就说起叛乱的计划。王羲之醒来，已经听到了他们的谈论，就知道没法活命了，于是抠出口水，把头脸和被褥都弄脏了，假装睡得很熟。王敦商量事情到中途，才想起王羲之还没有起床，彼此十分惊慌，说：“不得不把他杀了。”等到掀开帐子，才看见他口水到处都是，就相信他真的睡得很熟，于是才保住了命。当时人们都称赞他有智谋。

注释 

①“王右军”句：王敦是王羲之的堂伯父。《晋书·王允之传》认为这事属王允之。允之也是王敦的侄儿。减，少于。
②钱凤：字世仪，任王敦的参军，是王敦的谋主。王敦发动叛乱失败后，他也被杀。屏人：叫别人避开。逆节：叛逆。
③剔吐：用指头抠出口水。
④从横：即纵横，此指到处流淌。

温公丧妇。从姑刘氏，家值乱离散，唯有一女，甚有姿慧，姑以属公觅婚[1]。公密有自婚意，答云：“佳婿难得，但如峤比云何？”姑云：“丧败之余，乞粗存活，便足慰吾余年，何敢希汝比[2]。”却后少日，公报姑云：“已觅得婚处，门地粗可，婿身名宦，尽不减峤。”因下玉镜台一枚[3]。姑大喜。既婚交礼，女以手披纱扇，抚掌大笑曰：“我固疑是老奴，果如所卜[4]。”玉镜台是公为刘越石长史北征刘聪所得[5]。

译文

温峤死了妻子。堂房姑母刘氏，一家人碰上战乱，辗转离散，只有一个女儿，很漂亮又很聪明，堂姑母托温峤给找个女婿。温峤私下里有意给自己定亲，就回答说：“称心如意的女婿不容易找到，只是和我一样的行不行？”姑母说：“经过战乱活下来的人，只求马马虎虎保住条命，就足以让我晚年安适，哪里还敢希望和你一样。”过后不几天，温峤回复姑母说：“已经找到一户人家，门第还过得去，女婿本人名声、官位全都不比我差。”于是送上一个玉镜台做聘礼。姑母非常高兴。等到结婚，行了交拜礼以后，新娘用手拨开纱扇，拍手大笑说：“我本来就疑心是你这个老家伙，果然不出所料。”玉镜台是温峤做刘越石的长史北伐刘聪时得到的。

注释

①有姿慧：漂亮、聪明。属：同“嘱”。
②丧败之余：兵荒马乱后的幸存者。粗：大体上，马马虎虎。
③玉镜台：玉制镜座，用以承托圆形的铜镜。
④纱扇：新娘用来遮脸的用具，疑是盖头一类。
⑤刘聪：五胡十六国时期汉的国君，匈奴族。

评点

从篇中所记载的事例看，有一些手段是阴谋诡计，而另一些则属于一种应变之计。例如记王羲之幼年为了保全性命而“诈孰眠”。还有一些随机应变的事例，虽然也是所谓谲，但全无恶意，例如记曹操让士卒望梅止渴，取得了预期的效果，于假谲中见机智。至于叙述曹操的奸诈，惨杀别人来保护自己，透露出士族阶层中掌握生杀大权者的虚伪、残忍。这类假谲就不可取了。

黜免第二十八

题解

黜免，指降职、罢官。本篇主要记述诸葛厷被黜免的事由和结果，从其中可以窥见统治者内部的勾心斗角和晋王室衰微的情况。

诸葛厷在西朝，少有清誉，为王夷甫所重，时论亦以拟王。后为继母族党所谗，诬之为狂逆①。将远徙，友人王夷甫之徒诣槛车与别②，厷问："朝廷何以徙我？"王曰："言卿狂逆。"厷曰："逆则应杀，狂何所徙！"

译文

诸葛厷在西晋时，年纪很轻就有美好的声誉，受到王夷甫的推重，当时的舆论也拿他和王夷甫相比。后来被他继母的亲族造谣中伤，诬蔑他是狂放叛逆。将要把他流放到边远地区时，他的朋友王夷甫等人到囚车前和他告别，诸葛厷问："朝廷为什么流放我？"王夷甫说："说你狂放、叛逆。"诸葛厷说："叛逆就应当斩首，狂放有什么可流放的呢！"

注释

①族党：同族亲属。狂逆：狂放而且叛逆。
②槛车：囚车。

殷中军被废，在信安，终日恒书空作字①。扬州吏民寻义逐之，窃视，唯作"咄咄怪事"四字而已②。

译文

中军将军殷浩被免官以后，住在信安县，一天到晚总是在半空中虚写字形。扬州的官吏和百姓沿着他的笔顺跟着他写，暗中察看，也只是写"咄咄怪事"四个字而已。

注释

①“殷中军”句：晋穆帝永和九年（公元353年），殷浩以中军将军受命北伐，结果大败而回，被桓温奏请废为庶人，于是迁居扬州东阳郡信安县。

②咄咄怪事：形容令人惊讶的怪事。

评点

本篇记述诸葛厷被其继母所陷害，遭受流放的故事及中军将军殷浩被免官的故事，阐述亲戚间的排挤陷害及宫纬内部斗争的激烈与残酷。可谓欲加之罪，何患无辞。

俭啬第二十九

题解

俭啬，指吝啬。本篇跟后面几篇，如汰侈、忿狷、谗险等，同样是记述士族阶层的各种性格表现。

王戎俭吝，其从子婚，与一单衣，后更责之。

译文

王戎很吝啬，他的侄儿结婚，只送一件单衣，过后又要回去了 。

王戎有好李，卖之，恐人得其种，恒钻其核。

译文

王戎家有良种李子，卖李子时，怕别人得到他家的良种，总是先把李核钻破再卖。

王戎女适裴頠，贷钱数万。女归，戎色不说；女遽还钱，乃释然。

译文

王戎的女儿嫁给裴頠，曾向王戎借了几万钱。女儿回到娘家，王戎的脸色就很不高兴；女儿赶快把钱还给他，王戎这才心平气和了。

评点

篇内所述多是豪族高官的一些生活侧面。例如本篇所记的几则关于司徒王戎的事。王戎“既贵且富”，却吝啬异常：侄儿结婚，只送一件单衣做礼物，事后还又要了回来；女儿结婚时借了他的钱，不还钱就给脸色看，这些都很有代表性地显示出一个守财奴的性格特点。

汰侈第三十

题解

汰侈，指骄纵奢侈。跟上一篇相反，本篇记载的是豪门贵族凶残暴虐、穷奢极侈的本性。

石崇每要客燕集，常令美人行酒[1]；客饮酒不尽者，使黄门交斩美人[2]。王丞相与大将军尝共诣崇，丞相素不能饮，辄自勉强，至于沉醉。每至大将军，固不饮，以观其变。已斩三人，颜色如故，尚不肯饮。丞相让之，大将军曰："自杀伊家人，何预卿事！"

译文

石崇每次请客宴会，常常让美人劝酒；如果哪位客人不干杯，就叫家奴接连杀掉劝酒的美人。丞相王导和大将军王敦曾经一同到石崇家赴宴，王导一向不能喝酒，这时总是勉强自己喝，直到大醉。每当轮到王敦，他坚持不喝，来观察情况的变化。石崇已经连续杀了三个美人，王敦神色不变，还是不肯喝酒。王导责备他，王敦说："他自己杀他家里的人，干你什么事！"

注释

①石崇：字季伦，晋代人，曾任荆州刺史，因劫夺远使、客商而致富，常与贵戚王恺等斗富，后被害。

②黄门：阉人，可以在内庭侍候的奴仆。交：接连，交替。按：黄门不只一人，轮流来斩美人。

石崇厕，常有十馀婢侍列，皆丽服藻饰[1]；置甲煎粉、沉香汁之属，无不毕备[2]。又与新衣著令出，客多羞不能如厕。王大将军往，脱故衣，著新衣，神色傲然。群婢相谓曰："此客必能作贼！"

译文

石崇家的厕所，经常有十多个婢女各就各位侍候，都穿着华丽的衣服，打扮起来；并且放上甲煎粉、沉香汁一类物品，各样东西都准备齐全。又让上厕所的宾客换上新衣服出来，客人大多因为难为情不能上厕所。大将军王敦上厕所，就敢脱掉原来的衣服，穿上新衣服，神色傲慢。婢女们互相评论说："这个客人一定会作乱！"

注释

①侍列：侍位，在各自的位置上侍候。藻饰：修饰，打扮。
②甲煎粉：一种香粉。沉香汁：沉香木制成的香水。

武帝尝降王武子家，武子供馔，并用琉璃器①。婢子百余人，皆绫罗绔褶，以手擎饮食②。烝豚肥美，异于常味。帝怪而问之，答曰："以人乳饮豚。"帝甚不平，食未毕，便去。王、石所未知作③。

译文

晋武帝曾经到王武子家里去，武子设宴侍奉，全是用的琉璃器皿。婢女一百多人，都穿着绫罗绸缎，用手托着食物。蒸小猪又肥嫩又鲜美，和一般的味道不一样。武帝感到奇怪，问他怎么烹调的，王武子回答说："是用人乳喂的小猪。"武帝非常不满意，还没有吃完，就走了。这是连王恺、石崇也不懂得的做法。

注释

①降：临幸，指皇帝到某处去。
②褥(luó)：女人上衣。擎：托着。
③王、石：指王恺、石崇。

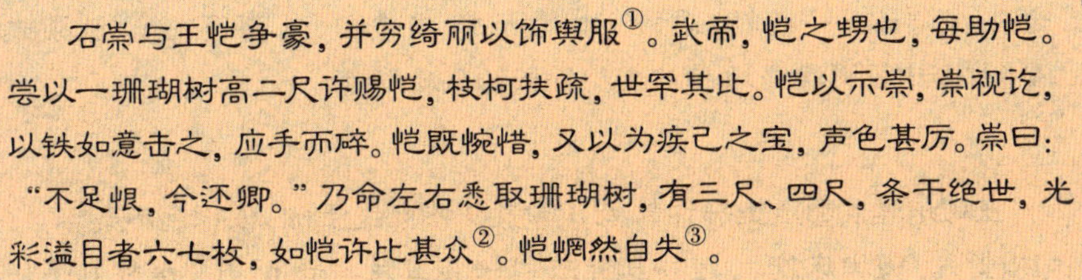

石崇与王恺争豪，并穷绮丽以饰舆服[①]。武帝，恺之甥也，每助恺。尝以一珊瑚树高二尺许赐恺，枝柯扶疏，世罕其比。恺以示崇，崇视讫，以铁如意击之，应手而碎。恺既惋惜，又以为疾己之宝，声色甚厉。崇曰："不足恨，今还卿。"乃命左右悉取珊瑚树，有三尺、四尺，条干绝世，光彩溢目者六七枚，如恺许比甚众[②]。恺惘然自失[③]。

译文

石崇和王恺争比阔绰，两人都用尽最鲜艳华丽的东西来装饰车马、服装。晋武帝是王恺的外甥，常常资助王恺。他曾经把一棵二尺来高的珊瑚树送给王恺，这棵珊瑚树枝条繁茂，世上很少有和它相当的。王恺拿来给石崇看，石崇看后，拿铁如意敲它，随手就打碎了。王恺既惋惜，又认为石崇是妒忌自己的宝物，一时声色俱厉。石崇说："不值得遗憾，现在就赔给你。"于是就叫手下的人把家里的珊瑚树全都拿出来，有三四尺高的，树干、枝条举世无双而且光彩夺目的有六七棵，像王恺那样的就更多了。王恺看了，惘然若失。

注释

①豪：豪华；阔绰。
②绝世：冠绝当代；举世无双。许：这样。
③惘(wǎng)然：失意的样子。

评点

豪门贵族视人命如儿戏，例如记石崇宴客，让美人行酒，客人饮酒不尽就杀美人，可是连杀三人，王敦还是不肯饮。石崇的凶暴，王敦的狠毒，令人发指。另一方面，他们又极尽奢侈之能事，争豪斗富，暴殄天物。例如记石崇和王恺斗富，记王武子家以人乳喂猪，连皇帝都深为不满，"食未毕，便去"。可见当时贵族官僚及皇亲国戚骄纵奢侈到何种程度，这给人民和国家带来的灾难是不言而喻的。

忿狷第三十一

题解

忿狷（juàn），指愤恨、急躁。本篇所述，多是因一小事而生气、仇视或性急的事例，从中可更清楚地看到豪门贵族的丑恶形象。

王司州尝乘雪往王螭许[1]。司州言气少有牾逆于螭，便作色不夷[2]。司州觉恶，便舆床就之[3]，持其臂曰："汝讵复足与老兄计！"螭拨其手曰："冷如鬼手馨，强来捉人臂！"

译文

司州刺史王胡之有一次冒雪前去王螭府上。王胡之说话时的言谈、态度稍微冒犯了王螭，王螭便生气不高兴。王胡之觉得冒犯了他，就把坐床挪近王螭身边，拉着他的手臂说："你难道值得和老兄计较！"王螭拨开他的手说："冷得像鬼手一样，还硬要来拉人家的胳膊！"

注释

①王螭：王恬，小名螭虎，是王胡之的堂弟。
②言气：说话和态度。牾（wǔ）逆：忤逆；触犯。不夷：不平和；不愉快。
③恶(wù)：冒犯。舆床：举床。

评点

本篇原有8则，本书仅选其1则。记载因一小事而生气的事例。

谗险第三十二

题解

谗险，指奸诈阴险。本篇所载，或进谗言，或用奸计，都有其阴险用心。

孝武甚亲敬王国宝、王雅[1]。雅荐王珣于帝，帝预见之。尝夜与国宝、雅相对，帝微有酒色，令唤珣。垂至，已闻卒传声，国宝自知才出珣下，恐倾夺要宠[2]，因曰："王珣当今名流，陛下不宜有酒色见之，自可别诏也。"帝然其言，心以为忠，遂不见珣。

译文

晋孝武帝很亲近并且尊重王国宝和王雅。王雅向孝武帝推荐王珣，孝武帝想要召见他。有一夜，孝武帝和王国宝、王雅对坐喝酒，孝武帝脸上略带点酒色，便下令召见王珣。王珣将到，已经听到了吏卒传话的声音，王国宝知道自己的才能在王珣之下，恐怕王珣会争夺显职和宠幸，就对孝武帝说："王珣是当代的著名人士，陛下不宜带着酒色召见他，本来可以另外召见的。"孝武帝认为他的话说得对，心里认为他是忠心，终于没有召见王珣。

注释

①王国宝：晋孝武帝时任中书令，后任尚书左仆射，善于谄媚，总揽大权。晋安帝时，兖州刺史王恭以讨伐王国宝为名起兵，晋室恐惧，杀国宝。王雅：字茂建，因得到宠幸而任太子少傅。

②倾夺：争夺。要宠：显要职务和宠幸。一本作"其宠"，疑是。

评点

本篇原有4则，本书仅选其1则，记用阴险手段阻止皇帝召见别人，以防失宠的事例。

尤悔第三十三

题解

尤悔，指罪过和悔恨。本篇所记，多涉及政治上的斗争，少数是生活上的事情。有的条目侧重记述言行上的错误、坏事，有的侧重于悔恨，有的同时述及错误和悔恨。那些牵涉政治斗争的条目记载着为了争权夺位，置对手于死地的事实，可以看出统治阶级内部斗争的残酷性。

魏文帝忌弟任城王骁壮。[1]因在卞太后阁共围棋，并啖枣，文帝以毒置诸枣蒂中，自选可食者而进[2]；王弗悟，遂杂进之。既中毒，太后索水救之；帝预敕左右毁瓶罐，太后徒跣趋井，无以汲，须臾遂卒。复欲害东阿[3]，太后曰："汝已杀我任城，不得复杀我东阿！"

译文

魏文帝曹丕猜忌他的弟弟任城王曹彰勇猛刚强。趁在卞太后的住房里一起下围棋并吃枣的机会，文帝先把毒药放在枣蒂里，自己挑那些没放毒的吃；任城王没有察觉，就把有毒、没毒的混着吃了。中毒以后，卞太后要找水来解救他；可是文帝事先命令手下的人把装水的瓶罐都打碎了，卞太后匆忙间光着脚赶到井边，却没有东西打水，不久任城王就死了。魏文帝又要害死东阿王，卞太后说："你已经害死了我的任城王，不能再害我的东阿王了！"

注释

①任城王：曹彰，字子文，卞太后第二子，封任城王。骁壮：勇猛、刚强。
②卞太后：魏文帝曹丕的母亲，曹丕登位时尊为太后。
③东阿：曹植，字子建，卞太后第四子，封东阿王。按：曹植封东阿王是曹丕死后之事。

陆平原河桥败，为卢志所谗，被诛[1]。临刑叹曰："欲闻华亭鹤唳，可复得乎[2]！"

译文

平原内史陆机在河桥兵败后，受到卢志的谗害，终于被杀。临刑时叹息说："想听一听故乡的鹤鸣，还能听得到吗！"

注释

①"陆平原"句：陆平原，即陆机。在西晋八王之乱中，成都王司马颖任陆机为平原内史。太安初年，司马颖起兵讨伐长沙王司马乂，又任陆机代理河北大都督。陆机进兵洛阳，在河桥大败。于是被司马颖的左长史卢志诬为将要谋反，终被杀害。
②华亭鹤唳：华亭，今上海市松江县西平原村，有华亭谷、华亭水，是陆机故居。其地出鹤，当地人谓之鹤窠。后来用"华亭鹤唳"表示怀念故土而感慨生平，悔入仕途。唳，鸣叫。

王大将军起事，丞相兄弟诣阙谢[①]。周侯深忧诸王，始入，甚有忧色。丞相呼周侯曰："百口委卿[②]！"周直过不应。既入，苦相存救。既释，周大说，饮酒。及出，诸王故在门。周曰："今年杀诸贼奴，当取金印如斗大系肘后。"大将军至石头，问丞相曰："周侯可为三公不？"丞相不答。又问："可为尚书令不？"又不应。因云："如此，唯当杀之耳！"复默然。逮周侯被害，丞相后知周侯救己，叹曰："我不杀周侯，周侯由我而死，幽冥中负此人！"

译文

大将军王敦起兵反，丞相王导兄弟到朝廷请罪。武城侯周𫖮特别担忧王氏一家，刚进宫时，表情很忧虑。王导招呼周𫖮说："我一家百口就拜托你了！"周𫖮照直走过去，没有回答。进宫后，极力援救王导。事情解决以后，周𫖮极为高兴，喝起酒来。等到出宫，王氏一家仍然在门口。周𫖮说："今年把乱臣贼子都消灭了，定会拿到像斗大的金印挂在胳膊肘上。"王敦攻陷石头城后，问王导说："周侯可以做三公吗？"王导不回答。又问："可以做尚书令吗？"王导又不回答。王敦就说："这样，只该杀了他罢了！"王导再次默不作声。等到周𫖮被害后，王导才知道周𫖮救过自己，他叹息说："我不杀周侯，周侯却是因为我而死，我在糊涂中辜负了这个人！"

注释

①"王大"句：大将军王敦是王导的堂兄，在东晋初年，两人共同辅佐晋元帝。永昌元年（公元322年），王敦在镇守地武昌起兵反，以诛刘隗为名，直下建康。当时王导任司空、录尚书事，每天带着同宗族的人到朝廷待罪。刘隗则劝晋元帝杀王氏。阙，皇宫门前两边的楼台，泛指皇宫、朝廷。
②委：托付。按：这句指希望周侯保全其家族。

桓公卧语曰："作此寂寂，将为文、景所笑[①]。"既而屈起坐曰[②]："既不能流芳后世，亦不足复遗臭万载邪！"

译文

桓温躺在床上和他的亲信说道："做这种寂寂无闻的事，将会被文帝、景帝所耻笑。"接着一下坐起来说："既不能流芳百世，难道也不值得遗臭万年吗！"

注释

①寂寂：形容冷落凄清，比喻不能做一番事业、登上帝位。文、景：指晋文帝司马昭和晋景帝司马师。这两人都曾废旧主，立新君，为子孙篡位打下了基础。
②屈起：崛起；起来。

简文见田稻，不识，问是何草，左右答是稻。简文还，三日不出，云："宁有赖其末，而不识其本[①]！"

译文

简文帝看见田里的稻子，不认识，问是什么草，近侍回答是稻子。简文帝回到宫里，三天没有出门，说："哪里有依靠它的末梢活命，而不识其根本的呢！"

注释

①"宁有"句：意指依靠谷米生活而不识其根本。末，指谷穗。本，指禾苗。简文帝因不识稻子而自责。

评点

本篇从原篇条目中选取了几则典型的尤悔事例。

记魏文帝为了保住帝位，残忍杀害亲兄弟，这是罪行；记陆机因受诬陷而被杀的时候慨叹："欲闻华亭鹤唳，可复得乎。"这是悔恨当初进入仕途；记因为王导三缄其口，王敦才杀了周侯，事后王导知错而悔恨。

有的条目所载的不仅仅是悔，而是愧恨，是感到羞愧，心里自恨不该如此。例如记身为皇帝连稻苗也不认得，是应该羞愧得无地自容了。

纰漏第三十四

题解

纰（pī）漏，指差错疏漏。本篇所记，多是在言行上由于疏忽而造成的差错，这对人有儆戒作用。

任育长年少时，甚有令名[①]。武帝崩，选百二十挽郎，一时之秀彦，育长亦在其中[②]。王安丰选女婿，从挽郎搜其胜者，且择取四人，任犹在其中。童少时，神明可爱，时人谓育长影亦好。自过江，便失志[③]。王丞相请先度时贤共至石头迎之，犹作畴日相待，一见便觉有异。坐席竟，下饮，便问人云："此为茶，为茗[④]？"觉有异色，乃自申明云："向问饮为热为冷耳[⑤]。"尝行从棺邸下度，流涕悲哀。王丞相闻之，曰："此是有情痴。"

译文

任育长年轻时，名声很好。晋武帝死后，要挑选一百二十人做挽郎，这些都是当时才德出众的人，任育长也在其中。安丰侯王戎要挑选女婿，从挽郎里面寻找超群的人，暂且挑出四个人，任育长仍然在其中。少年时代，他聪明可爱，当时的人认为他相貌也好。自从过江以后，就头脑糊涂了。过江时，丞相王导邀请先前渡江的贤达一同到石头城迎接他，还是像过去一样对待他，可是一见面便发现他有变化。安排好座席后，摆上茶来，任育长就问别人道："这是茶还是茗？"刚一问，发现别人表情有变化，自己就申明："刚才问茶是热的还是冷的罢了。"有一次，他从棺材铺前走过，流了泪，很悲痛。王导听说了，说道："这是有情之痴。"

注释

①任育长：任瞻，字育长，曾任仆射、都尉、天门太守。
②挽郎：拉棺材唱挽歌的青年。秀彦：德才杰出的人。
③失志：失去神志；头脑糊涂。
④茶、茗：早采者为茶，晚采者为茗，一说茗是茶芽。
⑤"向问"句：冷和茗在晋代同韵，热和茶虽不同韵而主元音相近，所以任育长能改口。

殷仲堪父病虚悸，闻床下蚁动，谓是牛斗①。孝武不知是殷公，问仲堪：有一殷，病如此不？仲堪流涕而起曰："臣进退唯谷②。"

译文

殷仲堪的父亲有病，身体虚弱，心悸，听到床下蚂蚁活动，认为是牛在斗架。晋孝武帝不知道是殷仲堪的父亲，便问殷仲堪：有一位姓殷的，病情这样这样，是吗？殷仲堪流着泪站起来回答说："臣不知说什么好。"

注释

①虚悸：虚弱心跳。原注说殷父有精神病。
②进退唯谷：进退两难，这里指不知所对。

评点

本篇从原篇中选取了两则有代表性的事例，一则记述因没有考虑所问内容跟对话人有什么联系而贸然提问，结果触犯忌讳。另一则记载的因疏忽而造成的差错，对现代人有很好的儆戒作用。

惑溺第三十五

题解

惑溺，指沉迷不悟。沉迷于声色、财富、妒忌、情爱里面而不能自拔，无所节制，都属惑溺。

荀奉倩与妇至笃，冬月妇病热，乃出中庭自取冷，还以身熨之[①]。妇亡，奉倩后少时亦卒，以是获讥于世。奉倩曰："妇人德不足称，当以色为主。"裴令闻之，曰："此乃是兴到之事，非盛德言，冀后人未昧此语[②]。"

译文

荀奉倩和妻子的感情非常深厚，冬天他妻子发烧，他就亲自到院子里挨冻，再回屋里用身体贴着妻子。妻子死了，荀奉倩过后不多久也死了，因此受到世人的讥讽。荀奉倩曾经说过："妇女的德行不值得称道，应当以姿色为主。"中书令裴楷听说这句话，说道："这只是一时兴趣所至的事，不是德行高尚的人该说的话，希望后人不会被这句话弄糊涂。"

注释

①中庭：庭中。
②兴到：兴致所到。

贾公闾后妻郭氏酷妒[①]。有男儿名黎民，生载周，充自外还，乳母抱儿在中庭，儿见充喜踊，充就乳母手中呜之[②]。郭遥望见，谓充爱乳母，即杀之。儿悲思啼泣，不饮它乳，遂死。郭后终无子。

译文

贾充的后妻郭氏极端妒忌。她有一个男孩名叫黎民，出生才满一周岁时，贾充从外面回来，奶妈正抱着小孩在院子里玩，小孩看见贾充，高兴得欢蹦乱跳，贾充走过去在奶妈的手里亲了小孩一下。郭氏远远望见了，认为贾充爱上了奶妈，立刻把奶妈杀了。小孩想念奶妈，不停地啼哭，不吃别人的奶，终于饿死了。郭氏后来到底没有再生儿子。

注释

①贾公闾：贾充的字。
②载周：周岁。呜之：亲之。

王安丰妇，常卿安丰[1]。安丰曰："妇人卿婿，于礼为不敬，后勿复尔。"妇曰："亲卿爱卿，是以卿卿；我不卿卿，谁当卿卿[2]！"遂恒听之。

译文

安丰侯王戎的妻子常常称王戎为卿。王戎说："妻子称丈夫为卿，在礼节上算做不敬重，以后不要再这样称呼了。"妻子说："亲卿爱卿，因此称卿为卿；我不称卿为卿，谁该称卿为卿！"于是索性任凭她这样称呼。

注释

①卿安丰：称安丰为卿。按：称对方为卿是平辈间表示亲热而不拘礼法的称呼。
②"亲卿"句：按礼法，夫妻要相敬如宾，而王妻认为夫妻相亲相爱，不用讲客套。

评点

本篇所选，或记迷于女色，或记因妒忌起风波；最后一则记夫妇间惑于情爱，其情虽深，但仍为惑溺。警示人们欲要有节，情要有度。

仇隙第三十六

题解

仇隙，指仇怨、嫌隙。本篇记述各种结怨的故事，点明结怨的起因、报仇的经过、结果等。

孙秀既恨石崇不与绿珠，又憾潘岳昔遇之不以礼[1]。后秀为中书令，岳省内见之，因唤曰："孙令，忆畴昔周旋不？"秀曰："中心藏之，何日忘之[2]！"岳于是始知必不免。后收石崇、欧阳坚石，同日收岳[3]。石先送市，亦不相知。潘后至，石谓潘曰："安仁，卿亦复尔邪？"潘曰："可谓'白首同所归'。"潘《金谷集》诗云："投分寄石友，白首同所归[4]。"乃成其谶[5]。

译文

孙秀既怨恨石崇不肯送出绿珠，又不满潘岳从前对自己不礼貌。后来孙秀任中书令，潘岳在中书省的官府里见到他，就招呼他说："孙令，还记得我们过去的来往吗？"孙秀说："中心藏之，何日忘之！"潘岳于是才知道免不了祸难。后来孙秀逮捕石崇、欧阳坚石，同一天逮捕潘岳。石崇首先押赴刑场，也不了解潘岳的情况。潘岳后来也押到了，石崇对他说："安仁，你也这样吗？"潘岳说："可以说是'白首同所归'。"潘岳在《金谷集》中的诗写道："投分寄石友，白首同所归。"这竟成了他的谶语。

注释

①绿珠：石崇的爱妾，善吹笛，很漂亮。孙秀曾派人向石崇索取绿珠，石崇不肯给。孙秀怒，矫诏逮捕石崇。潘岳：字安仁，曾任给事黄门侍郎。孙秀诬陷他和石崇追随淮南王等作乱，夷三族。

②“中心”句：引自《诗经·小雅·隰桑》，这里指心中存着这件事，哪一天能忘记。中心，心中。

③欧阳坚石：欧阳建，字坚石，是石崇的外甥。

④“投分”句：大意是：我希望寻找坚贞的知己，友情始终如一，同生共死。投分（fèn），志向相合；知交。石友，比喻像金石一样坚贞的朋友。

⑤谶(chèn)：预兆；预言。

评点

本篇所载仇隙事例，其中一些条目反映出古人对仇怨所持的道德观念，例如古人认为杀父之仇，不共戴天，父仇必报，否则不孝。有一些条目记下了公报私仇的小人行径。还有以个人好恶恩怨而欲置人于死地者。这些内容也能反映出那个乱世的人情世态。